KB071730

형경숙 장편소설

니시나리의
푸른 바람

청어

니시나리의 푸른 바람

형경숙 지음

발 행 처·도서출판 청어
발 행 인·이영철
영   업·이동호
기   획·이용희
편   집·방세화
디 자 인·이해니 ㅣ 이수빈
제작부장·공병한
인   쇄·두리터

등   록·1999년 5월 3일
(제321-3210000251001999000063호)

1판 1쇄 인쇄·2018년 10월 10일
1판 1쇄 발행·2018년 10월 20일

주소·서울특별시 서초구 효령로55길 45-8
대표전화·02-586-0477
팩시밀리·02-586-0478

홈페이지·www.chungeobook.com
E-mail·ppi20@hanmail.net
ISBN·979-11-5860-586-5(03810)

이 도서의 국립중앙도서관 출판시도서목록(CIP)은 서지정보유통지원시스템 홈페이지
(http://seoji.nl.go.kr)와 국가자료공동목록시스템(http://www.nl.go.kr/kolisnet)에서 이용
하실 수 있습니다.(CIP제어번호: CIP2016028002)

니 시 나 리 의 푸 른 바 람

작가의 말

돌아보니 나에게 있어 삶이라는 인생여정이 참으로 역동적이었던 거구나 싶다. 애당초 삶의 목적을 뚜렷하게 가지고 있었던 것도 아니었으면서 잡담하는 시간조차 아까워 닥치면 닥치는 대로 무작정 열심히 살려고만 바동댔던 것을 보면. 글을 쓰기까지의 과정이라고 해야 할까.

돌아보건대……. 되돌릴 수만 있다면……. 자식 노릇, 부모 노릇, 동기간 노릇, 두루 제대로 하고, 스스로에 대한 자아 성찰도 해가면서 도담도담 살아볼 것인데……. 다그치며 살다 보니 아쉽게도 돌아보거나 헤아리며 살아볼 그럴 겨를이라는 것이 없었다.

지금은 너나없이 바쁘게 돌아가는 세상이 됐다. 오죽하면 실업자가 과로사한다는 말까지 나왔을까. 그 바쁜 삶을 무엇으로 채우며 살아들 갈까.

역사에 기초하거나 정통성에 기초하기보다는 분열지향적인 정보들이 득시글 넘쳐나는 세태 속에서.

물론 이 시대가 다양성 추구의 시대이기는 하다. 그렇다 하더라도 기존의 것들은 무시되고 무너뜨려야 할 존재로서 가치가 없는 것인가.

왜 이런 이야기를 들먹이게 되는가.

유대인들의 민족에 대한 자긍심은 세계에서도 유래를 찾아볼 수 없으리만치 유별나다. 나라가 위험하다 싶으면 외국에 있다가도 득달같이 달려 들어가는 것이 그들이다. 역사와 민족정신으로 똘똘 뭉치는 것이다. 나는 단지 그들의 역사나 민족정신이 부러운 것이 아니다. 그들의 역사정신, 민족정신이 어디에서 나오는가. 그 근원이 부러운 것이다.

우리나라 역사가, 민족정신이 그들만 못한가. 이 대목에서 나는 우리의 장구한 역사와 뿌리 깊은 민족과 풍부한 문화유산이 무시되거나 등한시 되고 있는 것에 부끄럽다 못해 자괴감마저 든다.

역사란 조상들의 지혜와 교훈이 압축된 삶의 발자취이다. 동북공정을 벌이는 중국과, 임나일본부설과 독도영유권을 주장하는 일본에 의해 우리나라 역사는 뿌리가 말살되어 버렸다. 이런 상황에서 무엇으로 나라를 지켜낼 것인가? 단지 땅덩어리만을 지켜내는, 그것만이 다인가?

모르거나 인식조차 못하는 역사. 역사를 모르는데 어찌 바른 애국애족이 나오기를 바라리야.

누구든 태어나면 출생신고를 한다. 출생신고로서 가족과 나라의 일원이 된다. 가족의 일원으로서의 족보와 국민의 일원으로서의 호적이 갖춰지게 된다. 가족과 국민으로서의 정체성이 갖춰지면 그것이 개인의 역사가 된다. 하물며 나라이겠는가?

사회가 고도로 세분화되어가고 있는 이 마당에 고리타분하게 그런 문제들을 들먹이는 까닭이 뭐냐, 할 것이다.

나의 주인이면서 역사의 주인이기도 한 나. 나 자신의 정체성이 확립되려면 당연히 역사가 바탕이 되어야 하고, 그럼으로써 개개인의 소중한 존재가 된다. 그걸 아는 것이 각자의 자아 아니겠는가.

내 나라 역사를 모른다, 역사의식이 없다. 그러면서 나를 안다? 어불성설이다. 인터넷에 넘쳐나는 정보들처럼 역사의식 없는, 주인의식이 없는 남의 생각들로만 가득 채워진 정체불명의 의식구조들. 끔찍하지 않은가.

이 세상에서 가장 소중한 것이 나 자신이지만 역사라는 것이 없다면…… 나 자신의 존재가 온전하게 갖춰지게 될까, 자신감 있게 드러내어지게 될까?

개인적으로 나는 좀 더 일찍이 역사에 관심을 두고 공부를 했더라면 하는 아쉬움을 가지고 있다. 그랬더라면 더 단단한 지표 위에 흐트러짐 없는 삶이 되었을 것으로 여겨지고, 이루

고자 하는 뜻도 원대하게 이루어낼 수가 있지 않았을까, 하는
아쉬움에서다. 유대인보다도 장구한 역사, 유대인보다도 뿌리
가 깊은 민족, 유대인보다도 풍부한 문화유산을 가진 대한민
국 국민의 일원으로서 말이다.

　그처럼 장구한 역사가 바로잡혀 복원이 되고, 자랑스러운
역사 위에 대한민국 일등국민으로서 모두가 당당하게 세계
를 제패해나가기를 바라는 마음에서 이다지 들먹여 보았다.

　이국 하늘의 혹독한 환경 속에서도 꺾이지 않는 의지로서
저마다의 고랑을 단단하게 일구어낸, 『니시나리의 푸른 바람』
작중 인물들처럼.

　끝으로 졸작을 펴내 주신 청어 이영철 사장님과 편집위원
님들께 감사를 표합니다.

서치　형경숙

차례

세월 저편

"저~기."

눈발이 희끗희끗 날리는 속에서 이인직이 손가락을 치켜들며 눈으로 가리킨다. 뭘 가지고 저러나? 그의 손가락 끝을 보는데……

"……!"

민규는 그만 몸이 얼어붙고 만다.

"미스 홍! 미스 홍이에요!"

이인직이 소리친다.

"맞잖아요! 맞아요!"

흥분까지 해댄다.

나이 들었어도 알아볼 수 있는 그 모습, 민규는 가슴이 뭉클해진다.

"그 옆에 홍 여사도 있어요!"

'그렇군, 언니인 홍 여사.'

"청년 둘도 있네요. 조카들 공부시킨다더니, 오늘 졸업하는 모양이에요!"

이인직의 말마따나 그래 보인다. 보란 듯이 가르칠 거라며 두 주먹을 불끈 쥐던 그녀. 해냈구나. 해냈어. 기어이.

"처녀의 몸으로 참, 대단해요. 성공했어요, 성공했다고요. 다른 대학도 아니고 S대를 졸업시키다니! 가히 여장부야!"

홍 여사와 미스 홍의 느닷없는 등장에 혼이 빠져버린 민규는 이 인직의 감탄사 연발에도 움쩍을 못 하겠다.

"조카들을 공부시키는 그런 처녀도 있어요?"

"있다마다요."

이인직의 흥분과 민규의 경직된 모습에 아내가 의아해하며 묻는다.

"어떤 처녀인데요?"

"일본 니시나리 시장에서 언니와 함께 장사하는 처년데 순전히 조카들 공부시키기 위해 장사를 하는 처녀예요. 공부시킨 그 조카가 오늘 졸업을 하는 모양이고요."

"그래요? 그렇다면 참 대단한 아가씨로군요?"

이인직의 설명에 아내가 감탄스러운 얼굴로 그들을 바라본다.

"그러시다면 가서 만나보지 그러세요? 얼마나 반가우시겠어요?"

"반갑다마다요. 반갑기로 말하면……."

이인직이 아내를 의식하는 눈길로 민규를 흘낏 돌아보곤 말꼬리를 접어버린다.

아내가 이해할 수 없는 세월 저편. 가슴 깊숙한 곳에 못이 되어버린 미스 홍.

"세월은 어쩔 수가 없구먼. 팔팔하고 생기 발랄하던 그 미스 홍이 처녀티가 없어지고……. 홍 여사는 저리 찌그러졌으니……."

이인직의 말마따나 홍 여사는 그렇다 쳐도, 당차고, 생기발랄하던 미스 홍이 처녀티가 없이 어깨가 늘어진 몰골이라니……. 그 정도로 삶의 무게에 짓눌렸겠지.

"어, 어, 어, 저런! 저러면 안 되는데. 그냥 가버리면 안 되는데? 저리 가버리면……."

교정을 빠져나가는 미스 홍의 일행을 바라보며 이인직이 발만 동동 구른다.

"무정하게 저리 가버리다니! 아~ 니시나리의 푸른 바람이여!"

아쉬워하다 못해 이인직이 머리를 감싸 쥐며 애석해하고, 민규의 가슴은 옥죄듯 아파온다.

멋모르는 아내가 그들을 만나보기를 권하고, 민규는 얼어붙어 나서지를 못하고, 그러는 사이에 민규의 존재를 알 리 없는 미스 홍이 교정을 빠져나가버린다. 마음 한구석 그리움의 잔재였던 미스 홍. 그녀는 그렇게 불시에 모습을 드러냈다가 홀연히 사라져버렸다.

"말해놓고 보니 기똥차네요! 니시나리의 푸른 바람. 어때요? 딱 맞는 말 아니에요? 니시나리의 푸른 바람 미스 홍"

민규의 심정을 알 리 없는 이인직이 자신이 내뱉은 말에 의기양양하며 어깨를 으쓱 들어 올린다.

성격대로라면 교정을 빠져나간 미스 홍을 못 붙들 이인직이 아니다. 그럼에도 이인직은 아내를 의식해서 그리하지 못했을 것이다.

"미스 홍뿐이었겠소? 그때는 모두가 바라는 희망의 바람이었지."

미스 홍만을 지칭한 것에 민규가 다른 말이 나오지 못하도록 쐐기를 박아버린다. 사실 누구보다도 미스 홍을 만나고픈 사람이 민규다. 그렇다고 아내 앞에서 스스럼없이 태연하게 만날 자신이 있느냐, 그건 아니다.

"그럼요. 그럼요. 니시나리의 푸른 바람은 박 형이 일으키고 박 형이 이루어냈잖소."

민규의 뜻을 알아챈 이인직이 어설프게 호들갑을 떨고 나온다.

민규와 이인직은 니시나리에서처럼 지금도 사장이 아닌 이 형, 박 형이라는 존칭을 써오고 있다. 그때의 동료의식에서.

"모두 같이 해낸 거지 어디 나 혼자서 했소?"

"앞장서는 거 그거 아무나 못해요."

"돌이켜보니 아련하구려. 그런 일이 있었던가 싶기도 하고. 일본에서 온 지도 십 오륙 년……. 세월이 그렇게 되었구려."

"그러게나 말입니다."

이인직도 그 시절을 돌이키는가. 그의 눈길이 먼 하늘을 좇는다.

일본에 갈 당시 여섯 살이던 자신의 딸이 대학을 졸업하고, 미스 홍도 그쯤 된 조카가 졸업을 하였으니……. 마음이 짠하다. 미스 홍의 뒤태에서 민규는 당차게 다져진 그녀의 굵은 고랑이 그려졌다. 누구도 빼앗을 수 없는 굵고도 선명한 고랑이.

현대인들은 인파의 홍수 속에 외로운 섬 하나씩을 지니고 산다던가. 민규는 일본에서도 그랬지만 돌아와서도 김용 사장과 함께 사업을 하면서 옆도 뒤도 돌아볼 겨를이 없었고, 5년 뒤에 돌아온 이인직도 음악과는 담을 쌓고 적응하기에 여념이 없었을 것이다. 미스 홍처럼 운명적인 고랑 하나씩을 치열하게 일구고 다지기에 외로움이라는 걸 느껴볼 겨를이 없었다.

김용 사장은 광고업계의 대부가 됨으로써 그의 고랑이 탄탄하게 다져졌고, 민규는 김용 사장의 하청업계로 기반이 세워짐으로써 나름의 고랑이 다져진 셈이다. 이인직 또한 광고업계를 예술적으로 끌어올려 보겠다는 야심 찬 계획을 진행시켜 나가고 있으니 그의 고랑 또한 만만찮을 것이다.

"미스 홍은 놓쳐버렸고……. 김 사장님한테로나 갑시다. 일 때문에 못 오신다며 오라고 하였으니 일이 얼추 끝나가지 싶소."

이인직이 미스 홍 일행이 사라져간 쪽으로부터 허탈해진 눈길을 거둔다.

"김 사장님한테 맛있는 것 사달라고 하는 거다?"

김용 사장은 대형 전광판 일로 딸아이의 졸업식에 참석을 못 했다. 미안하다며 민규 가족을 초대했으니 딸아이에 맞추어 대접을 해주지 않겠는가. 그럼에도 이인직이 교정을 빠져나가면서 딸아이 은진이를 부추긴다. 점수 딸 일이라도 있는 것처럼.

이인직은 니시나리 한인시장이 좀 더 안정된 다음에 와달라는 민규의 간곡한 당부를 기절 하지 못해 5년이나 더 있다가 왔다. 그때 당시로써는 이인직이 한국으로 와봐야 딱히 할 일도 없고, 가족에 대한 애틋함이 있었던 것도 아니었다. 그런저런 여건으로 남도록 했던 것인데, 상인들이 이인직에게 노동일을 그만두게 하고 시장 관리만 하도록 했다고 한다. 그러면서 상인들과의 관계가 더욱 돈독해졌다는 것이니……. 그런 이인직이 돌아오려 할 때 상인들이 좀처럼 놓아주려 하지 않아 가슴 아픈 이별이 되기도 했다.

민규가 니시나리를 방문한 게 그때였다. 한국으로 돌아온 지 5년 만이었다. 상인들도 어찌나 반갑게 맞아주던지 눈물 없이는 볼 수 없는 장면으로 그 기억은 지금도 어제의 일처럼 생생하다.

상인들과, 식당을 경영하는 사장들과, 파친코 사장들까지 모두 힘을 합쳐 니시나리 한인시장이 아름다운 한인 타운으로 형성되어 가고 있었다.

황 주사는 딸 내외가 전적으로 식당을 맡아 봉사를 하면서 외손녀를 보게 되었고, 외손녀 보는 재미가 쏠쏠하다고 했다. 모든 것이 잘 되어가는 것에 그간의 노력이 헛되지 않아 가슴이 그처럼 뿌듯할 수가 없었다.

"다시는 못 보는 줄 알았어요."

냉철하면서 차갑기만 하던 마사노까지도 눈물을 글썽였으니, 세월과 함께 나이 들어간다는 건 그런 것인 것 같았다.

마사노는 4살짜리 손녀를 돌보며 한인들에게만 방을 내주는 등 니시나리 한인의 일원이 되어 있었다. 후가모도도 만났다. 아내가 세상을 뜨고서야 맞은 전화위복인가. 한 부모 가족 지원을 받으면서 수월한 일자리를 제공 받았고, 아이들이 고등학교를 졸업하고 돈벌이를 하면서 형편이 나아졌다고 한다. 그토록 고단하게 살아내던 그에게도 늘그막에 생활의 여유가 찾아진 것인가. 다행이었다.

가와무라 소식도 들을 수 있었다. 죽은 그를 두고 모두들 천벌을 받았다고 악담들을 해대지만……. 막판에는 어느 빚쟁이가 야쿠자를 동원해서 협박을 해댔다고. 야쿠자들은 돈 나올 구석이 없는 가와무라 보다 여동생을 공략해댄 모양이었다. 그 등쌀을 견디지 못한 여동생이 그만 목숨을 끊어버리고, 그 여파로 가와무라도 도야라는 호수에 몸을 던져버렸다는 것이니……. 한 치 앞을 모르는 게 인생이었다.

동행

민규는 사내의 말에 신경이 쓰여 잠이 이루어지지 않았다. 돈 한 푼 없이 돌아가야 하는 처지라니……. 어디 그 사내뿐이던가. 지금까지 민규는 자신의 일만으로도 벅차 관망자적 태도로 보아 왔을 뿐이다. 헌데……. 나날이 터져 나오는 문제들. 심각해져 가는 상황, 비로소 결단을 내리게 되는 민규. 시장 쪽으로는 발길조차 돌리지 않으려 했던 민규다.

시장 안에서 벌어지는 사건 사고, 이곳의 한국인들, 들어올 한국인들, 피해는 결국 한국인들이 보거나 당한다. 어쩌랴.

어제 바람을 등지고 길바닥에 퍼더버리고 앉아 점심으로 도시락을 먹고 있을 때였다. 웬 사내가 다가왔다. 민규가 한국인임을 감지한 모양이었다. 50대로 보이는 키가 훤칠한 사내였다. 얼굴이 거무튀튀한 게 어딘가 많이 아파 보였다. 말 못 할 사연이 있지 않나 싶었다.

강풍이 불어대는 변두리의 도로 공사장은 영하의 날씨보다도 체감온도가 훨씬 낮다. 먼지바람과 매캐한 매연 속에서 바튼 기침을 해대는 사내로서는 추위도 추위려니와 각종 차량과 중장비에서 쏟아져 나오는 소음, 마음이 더 견디기 어려운 고통이었을 것이다. 민규는 자신보다 위일 것 같아 먼저 이름을 밝혔다. 그럼에도 사내는 자신의 신상을 드러내기를 꺼려하는 눈치였다. 민규는 그런 사내에게 굳이 이름을 알려고 들지는 않았다.

"이 일도 이젠 힘이 들어요. 돈도 못 모으고……. 몸도 안 좋고……. 이젠 돌아가야지 별수가 없게 됐어요."

바튼 기침을 해대며 사내가 내뱉은 말이었다.

그러면서 민규에게 되레 돈 벌 생각 말고 일찌감치 돌아가는 게 나을 거라며 충고까지 해주지 않던가.

"나도 처음엔 버는 족족 착실하게 모았어요. 그런데 시간이 지날수록 외로워지더라고요. 외롭던 차에 파친코를 드나들게 되었는데 헤어나지 못할 지경이 되어버렸어요. 모은 돈 다 날리고……. 본전 찾겠다고 기를 쓰고……. 덤벼들다 다 털어 넣는 바람에 이젠 그 짓도 못 하게 됐고……. 이 몸으로는 일도 못 하겠고……."

민규는 사내의 말을 들으면서 그의 가족들을 생각해봤다. 하지만 자신을 드러내기를 꺼려하는 눈치여서 굳이 묻지는 않았다. 후가모도가 옆에 있었지만 한국어라 알아듣지 못했다. 다행이었다. 동족애였는가. 최소한의 자존심이라도 지켜지기를 바라는 마음이었으니까.

사내에 대한 궁금증은, 자신을 드러내기를 꺼려하면서 왜 찾아와 묻지도 않은 말을 털어놓는가, 였다. 일본에서의 노무자 생활이 오늘로써 마지막이라는 말을 남기고 돌아섰는데 그의 초라한 뒷모습이 민규의 목에 왕가시로 걸려들어 버렸다.

민규답지 않게 쿵쾅거리며 계단을 뛰어내려오자 마사노가 의아해서 쳐다본다.

"어디를 그렇게 급하게 가십니까?"

일주일 내내 새벽 5시에 일어나느라 못 잔 잠을 보충하거나, 아내한테 보내지도 못할 편지를 쓰면서 마사노가 끓여다 주는 차를 마시며 보내는 것이 고작이었다. 쉬는 날은 밥 사 먹으러 나가는 일 외에 어딜 가는 민규가 아니었으니 마사노로서는 당연히 놀라울 일이다.

옆방 후가모도는 쉬는 날이면 마누라 병간호 때문에 집으로 간다. 그는 오늘도 민규가 자는 사이에 집엘 가고 없다. 민규는 몇 군데의 호텔을 전전하다 마사노의 집으로 흘러들게 되었다. 공사장에서 함께 일한 후가모도를 따라왔던 것이다. 마사노는 혼자 몸으로 아들 하나를 키우며 살아왔다고 한다. 그 아들 기무라가 장성해서 지금은 우체국 공무원이 되어있는 것이고. 그런 기무라가 요즘엔 애인이 생겨 매일 귀가 시간이 늦는다고 한다.

마사노의 집은 노동사무실과 1㎞ 쯤 떨어진 골목 안의 네 번째 집으로 조금 멀기는 하다. 하지만 주택가로서 자동차 소리가 들리지 않아 조용하다.

대문 양옆으로 사철나무 두 그루와, 개량종인 무궁화 두 그루가 짝을 지어 서 있다. 처음에는 겨울에도 푸르른 무궁화가 여간 신기해 보이는 게 아니었다. 싱그러운 무궁화를 보노라면 가슴이 뭉클해지기까지 했다.

마사노의 집은 검은 기와의 전형적인 일본 가옥이다. 아래층은 두 모자가 방 하나씩을 쓰고 있고, 이 층 방은 각각 민규와 후가모도가 쓰고 있다. 민규의 방 창문 앞은 벤저민이 우람하게 지붕을 덮고 있다. 민규는 이렇게 큰 벤저민을 본 적이 없다. 겨울에도 푸르러서 생동감을 주니 좋았다. 공원에서 노는 아이들이 벤저민 가지 사이로 비치면 딸 은진이가 못 견디게 보고파지기도 하지만.

오십을 갓 넘었을 듯싶은 마사노는 작달막한 키에 안짱다리다. 둥근 얼굴에 예쁜 구석이라곤 없다. 살결이 흰 데다 인상까지 싸늘해서 누구도 선뜻 말을 붙이려 들지 않는다. 그런 그녀가 민규가 공사장에서 발을 다쳤을 때 정성껏 간호를 해주었다. 그걸 본 후가모도가 믿기지 않아하며 머리를 내저었을 정도였다. 간호는 극진하게 해주면서도 음식을 만들어준 적은 단 한 번도 없다. 우리나라 여자라면 어땠을까. 농사철에는 점심이건, 새참이건 지나가는 나그네도 불러들여 먹여 보내지 않는가. 그것이 한국의 정서고 정이잖은가.

"좀 나갔다 와야겠습니다."

"가실 일이 뭐가 있나요?"

"예. 시장엘 좀……"

"한국인들이 있는 시장 말입니까?"

"그래요."

민규의 그 말에 마사노의 얼굴빛이 흐려진다. 일본인들 대개는 외국인에게 방을 내주려 하지 않는다는 말을 후가모도로부터 들었다. 마사노도 그런 여자라는 것이었다. 민규가 이 집으로 들어오기까지 후가모도가 얼마만큼 애를 썼는지 짐작이 가고도 남는 일이었다. 외국인에 대한 편견이 심하다고 하는 마사노가 의외로 민규에 대해선 경계심을 보이지 않았다. 후가모도는 마사노의 의

외의 태도에 놀랍다는 반응이었다.

그 정도로 민규에게 호의적이던 마사노가 시장엘 간다고 하니 뭔가 꼬집어 말할 수 없는 미묘한 감정을 드러내고 있는 것이다. 마사노의 그 태도가 기분을 잡쳐버린다.

마사노의 집을 나서는데 고불고불 밀려왔을 골목바람이 민규의 불쾌감을 후련하게 흩뜨리며 내달아 치고, 말끔하게 가꾸어진 대문마다의 푸르른 화초들이 너울춤을 추어댄다. 이곳은 영하로 내려가지 않는, 서울의 늦가을에 해당하는 날씨로써 나무나 꽃들이 사계절로 싱싱하다.

민규는 검정 추리닝 바지 주머니에 두 손을 질러 넣은 채 시장 골목으로 들어선다. 물건을 사고파는 곳이니 시장인 것이지, 골목인 데다 거지들의 소굴인 이곳은 무질서의 극치이다. 이런 곳에서 장사를 하고 있는 한국인들 또한 질서가 없기는 마찬가지이고.

냄새에 꼬이는 개미 떼처럼 각국의 궁상들까지 몰려들어 이곳 니시나리는 사건사고가 끊일 날이 없다. 그 사건사고마다 한국인들이 끼어있는 것이 문제 중의 문제였다. 그 꼬락서니들이 보기 싫어 민규는 가까운 시장 쪽을 피해 멀리 돌아서 다니곤 했다.

해가 서산마루로 뉘엿뉘엿 기우는 시장 안은 행인들마저 뜸해 분위기가 스산하다.

민규는 시장 한가운데서 장사를 하고 있는 강석호에게로 간다. 석호도 좌판을 걷는 손길이 부산하다.

"어이쿠! 이게 누구십니까? 어쩐 일이세요?"

민규의 등장에 석호가 뼈있는 말투로 은근히 자극해온다.

"참말로 오랜만이시구먼요? 얼마나 학수고대를 했는데 이제야 오십니까?"

"눈이 빠져라 기다렸고만요."

석호의 동생 동호와 최 군도 짐을 싸면서 볼멘소리들을 해댄다.

강석호의 동생 강동호와 사돈인 최 군은 한국을 오가며 교대로 물건을 들여와 장사를 해오고 있다. 이들과는 이곳에서 생활용품 등을 구입하면서 가까워지게 되었다. 그러다 보니 시장 돌아가는 상황을 알게 되었고, 민규를 나름대로 파악한 석호는 때로는 하소연하면서, 때로는 격분해하면서, 때로는 허탈해하면서 시장 돌아가는 정황을 털어놓거나 하소연해대곤 했다.

"좀 팔았나?"

뻔한 일을 빈말 삼아 물어본다.

"파는 게 뭡니까? 갈수록 태산인걸요."

"내 나라 동포들끼리 그리 안 되나?"

짐을 꾸리느라 어수선한 시장 분위기만큼이나 민규의 머릿속도 착잡하다.

"안 되는 정도가 뭡니까? 자리다툼은 일상이고, 덤핑이다, 호객 행위다, 야쿠자를 들먹여가며 갈취를 안 하는가, 요지경 속이라니까요. 갈수록 태산입니다. 그러니 어떻게 좀 해 봐 주시라고요. 부탁입니다, 형님. 이대로 가다가는 다 죽고 말아요. 물건값은 내려갈 대로 내려가서 팔아도 남는 게 없고. 이러니 이곳 사람들은 물건값 더 떨어지길 바라고 사려 들지도 않아요. 부산 아줌마들이 한술을 더 뜨는 통에 더 그러죠. 이 아줌마들 돌아갈 때가 되면 거저 버리다시피 팔아버리잖아요. 본전치기 해버리는 거죠. 그러니 우리는 어찌 됩니까? 생각 같아선 당장 때려치워 버리고 싶지만, 배운 게 도둑이고 여기까지 왔는데……."

"그렇다면 자네라도 나서서 어떻게 해봐야지!"

"아이고, 형님. 생각이야 굴뚝같죠. 하지만 상인들이 저희 같은 애송이 말을 들어준답니까? 어림 턱도 없는 말씀 마십시오."

허긴…….

석호는 얼굴이 둥근 데다 생김이 야무지고, 생김새만큼이나 강한 인상을 풍기긴 한다. 스무 살을 갓 넘긴 동생과, 스물다섯이라는 최 군을 처음 보았을 때 민규는 대단한 청년들이라는 생각부터 들었다. 부모 그늘 아래 있어야 할 나이에 남의 나라에서 고생하는 모습들이 대견했던 것이다.

"형님! 제발 좀 나서서 교통정리 좀 해주십시오. 부탁드립니다. 형님이 나서주기를 모두가 학수고대하고 있다고요. 형님이 아시다시피 다들 장돌뱅이들이 돼놔서 이 일을 맡아 정리해줄 능력들이 없잖아요!"

왜 같은 동포끼리 한마음, 한뜻으로 뭉치지를 못하는가. 지푸라기라도 잡고 싶어 하는 저 애절한 눈빛, 민규도 다른 어느 나라 사람이 아닌 한국인들이니 걱정이 안 될 수가 없는 것이다.

"정말이지 이러다가는 끝장나고 말아요. 서로 어서 죽자 식이니까요."

최 군도 볼멘소리를 해댄다.

"나아지는 게 아니라 갈수록 태산이니……."

석호의 동생 동호도 한마디 하고 나선다.

석호 동생 동호는 체격은 작지만 싹싹하고 부지런해서 이곳 사람들에게 꼬마라는 별명으로 인기가 높다.

민규는 석호의 애걸복걸에도 불구하고 지금까지는 거들떠보지도 않았다. 아니, 오히려 시장 쪽을 피해 다녔다. 그러는 동안 상황은 갈수록 나빠져만 갔다. 빈손으로 돌아가게 된다는 그 사내를 비롯해서 많은 한국인이 돈을 모으기는커녕 빈 몸이거나 병만 얻어 돌아가고들 있지 아니한가.

장사가 안 되는 것과 상관없이 짐을 풀고 싸야 하는 이들, 떠날 채비를 해야 하는 부산 여자들, 이런 곳일망정 살려는 몸부림은 치열하다.

동족 간의 쟁투, 날로 나빠져만 가는 한국의 위상, 이런 식이라면 원성으로 해서 일본 측에서 골치 아픈 이곳을 폐지해버릴지도 모른다는 위기감마저 든다. 이런 상황인데 언제까지 강 건너 불구경하듯 나 몰라라 할 것인가.

민규는 1㎞의 길고 긴 장터를 망연자실 바라본다. 민규의 어수선한 마음처럼 시장바닥은 꾸린 보따리들이 수선스럽게 널브러져 있다. 널브러진 보따리들만큼이나 살고자 바동대는 상인들의 모습이 측은하다. 그럼에도 불구하고 동족끼리 죽고 죽이는 행태에 대해서는 분노를 누를 길이 없다.

해가 지면서 기온이 급속히 떨어진다. 상인들은 두꺼운 옷을 걸

치고, 띄엄띄엄 떨어진 일본인 상점엔 불들이 들어온다. 붉은 노을 아래로 땅거미가 져가고, 상인들은 꾸린 짐을 수레에 실거나 메고 떠나간다.

'그래…… 이런 처지에서 나 몰라라 방치해 버린다면 범죄를 저지르는 것이나 다를 바가 무엇인가.'

"내가 나서주기를 모두가 바란다고?"

민규는 돌다리를 두들기는 심정으로 물어본다. 당신이 뭔데 끼어드느냐며 시비를 걸고 나올 상인이 있을지 모르는 일이니.

"그렇다니까요!"

"그 말씀은……? 나서주신다는 거죠?"

석호가 화들짝 반기고 나선다.

"그렇게만 해주신다면야……. 고맙습니다, 고맙습니다. 형님께서 나서만 주신다면야 제가 팔을 걷어붙이고 거들겠습니다!"

"그렇다면……. 해보자."

"고맙습니다, 고맙습니다!"

석호가 민규의 손을 잡고는 정신없이 흔들어댄다.

"형님, 이 사실을 당장에 알려야겠어요."

"그렇게 서둘러?"

"쇠뿔도 단김에 빼랬다고, 이런 일일수록 빨라야죠."

석호가 신바람을 내며 나가고 나서, 상인들이 꾸역꾸역 모여든다.

"길바닥에서 얘기할 순 없잖아요. 우리 아파트로 가요. 누추하지만요."

석호가 신바람을 내며 앞장선다.

상인들은 어리둥절해 하면서도 시장에서 조금 떨어진 석호의 아파트로 몰려간다. 월세로 들었다는 석호의 아파트는 십여 평 정도로 방 하나에 거실과 주방, 화장실이 딸린 자그마한 집이다. 사내들만 사는 집이라서인지 냄새도 퀴퀴하다. 상인들도 쿵쿵대 며 들어선다.

"이거 홀아비들만 사는 집이 돼놔서……. 장가 좀 보내주십시오."

낌새를 알아챈 석호가 너스레를 떤다.

"넉살 하고는……."

"그건 그렇고 뭣 땜에 우리를 오라고 한 건지 속 시원히 얘기 나 혀 보더라고!"

무슨 영문인지를 모르고 따라온 한 상인이 따지듯 묻는다. 그 도 그럴 것이, 대부분은 시장이야 심각해지건 말건, 앞으로의 일 이 어떻게 되건 말건, 그런 것과는 상관없이 내 물건 파는 일에만 발등의 불일 뿐들이니까.

"모두들 앉으세요. 집 안 무너집니다."

석호가 손짓으로 앉으라는 시늉을 한다.

"아시는 분은 아시고, 모르시는 분도 계시겠지만, 여기 계신 이 분은 박민규 씨라고 합니다. 사정이 있어 이곳에 와 계시게 됐지 만, 원래는 일본에서 사셨답니다. 한일국교가 맺어지면서 한국으 로 들어가셨지만 이곳에서 중학교까지 다니셨고요. 그래서 일본말 은 물론, 일본에 대해서도 잘 아십니다. 그래서 제가 모신 거죠."

"따라오긴 했지만……."

석호의 말에 상인들이 의아한 표정으로 민규를 바라본다.

"안녕들 하세요? 조금 전에 소개 받은 박민규라고 합니다. 이런 자리가 갑작스럽다는 생각이 드셨으리라 생각됩니다."

"무슨 일인데?"

"여러분도 잘 아시잖아요. 이곳 니시나리 시장의 문제점들이 무엇인지. 그 문제점들을 바로잡아 주시고 이끌어 주십사고 제가 부탁을 드린 겁니다."

퉁명스럽게 던져 부친 한 남자 상인의 말투에 석호가 설명을 덧붙인다.

"그렇다면 무엇을 어떻게 한다는 것이여?"

"조금만 기다리세요. 민규 형님에 대해서 소개를 해드렸으니 소개부터 하고."

석호가 상인들을 한 사람 한 사람 소개시켜 나간다. 이동환, 김만용, 허영도, 최민길, 서영환, 민성호, 오갑석, 이만수, 홍 여사, 민 여사, 김 여사, 송 여사 그리고 강석호, 강동호, 최 군 일행이다.

"오늘 참석하지 못한 분들은 다음 모임 때 소개시키도록 하고, 민규 형님의 말씀을 듣도록 하겠습니다."

석호가 민규에게 손짓을 해온다.

"여러분도 갑작스러우시겠지만 저로서도 그렇습니다."

막상 시장 일에 나서려니 막막한 감이 든다.

"본론부터 말씀드리자면……."

그러나 어찌하랴. 이왕 나서기로 하였으니.

"이곳이 우리나라가 아니라는 건 재삼 거론할 필요가 없겠지요? 이러한 타지에서 경제활동을 하고 계신 여러분들은 참으로 대단하시다는 생각이 듭니다. 존경스럽습니다. 그럼에도 불구하고 불미스런 일들이 빚어지고 있는 일에 대해서는…… 그런 점들 때문에 여러분들께서 겪은 고충이 이만저만이 아닐 것이고, 또한 그로 인해 한국의 위상에 문제가 되고 있는 것도 사실이고요."

민규는 상인들의 반응을 살펴가면서 설명해 나간다. 자신이 이들과 장사를 함께 하는 처지가 아니라서 별다른 부담감은 없다. 다행히 상인들로부터도 자신에 대한 거부감은 없어 보인다.

"비록 거지굴속 같은 곳에서 장사들을 하고 계실망정……."

민규는 상인들의 잘못을 지적해야 되는 것에 마음이 움찔한다.

"시장이란 많은 사람을 상대하게 되는 곳입니다. 그러니만치 규율이 있어야 되겠고, 매너도 있어야 되겠죠. 또 신뢰가 바탕이 되지 않고는 시장이 번창해나갈 수도 없는 일일 것이고요. 그런 문제들을 지키거나 바로잡아나가야 시장이 밝고 활기차게 번영해나갈 수 있을 것이라 생각합니다."

민규는 잠시 숨을 가다듬는다. 현실적인 문제를 지적하는 것에 상인들도 심각해하는 기색들이다.

"그래서…… 시장의 질서를 바로잡자면 구심점이 있어야 하지 않겠습니까?"

이때다 싶었는지 석호가 나선다.

"그래서 오합지졸이 아닌, 중구난방이 아닌, 일사분란하게 질서를 바로잡아 활성화시켜나가는 구심점이 있어야 된다는 말씀입니다."

"그래. 진작 그렇게 했어야 되지."

"그렇게 말씀해 주시니 고맙습니다. 저의 복안은 이렇습니다. 저의 복안이 그렇다 하더라도 여러분들께서 받아들여주지 않으시면 쓸데없는 일이 되고 말죠. 해서…… 그 의향들을 들어보고자 이 자리를 마련하게 되었습니다."

민규의 이 말에 상인들이 서로의 표정들을 살핀다.

"그리 해야 되는 것은 맞지만도, 그기 그리 쉽나 말이제."

부산 말씨의 중년 여자가 걱정하고 나선다.

"걱정할 거 뭐 있노? 조직을 만들어 가 조직적으로 움직이머 되는 기제. 우리는 잘 따르기만 하머 되는 일이고. 그리 안 하머 이 시장에서 장사 몬해먹는다."

살결이 가무잡잡한 중년 남자가 부산말씨로 민규의 말에 찬성을 하고 나선다.

"그럼……. 이런 말이 나왔으니 민규 형님의 말씀에 찬성하느냐 반대하느냐 부터 정하는 게 순서일 것 같습니다."

석호가 서두르고 나선다.

"시작을 해보더라고."

"그럼 다수결로 정하십시다. 모두가 사는 문제니까."

눈인사로만 주고받던 사십 대 사내가 주장하고 나선다.

민규는 이런 정도라면 골격이 잡혀져가겠다 싶은 생각이 든다.

"그럼 다 모인 건 아니지만, 이 자리에 모인 여러분들만이라도 찬성을 하신다면 일을 추진해나갈 수 있습니다."

"그렇게 합시다, 그럼. 상황이 상황이니만치."

남자 상인이 못을 박고 나선다.

조직을 결성하는 쪽으로 정해지자 석호가 임원선출을 서두르고 나선다. 민규를 회장으로 천거하고 나서는데, 이에 대해 이견을 보인 상인이 없다.

첫째는 민규가 일본에서 중학교까지 다녔다는 것이 장점으로 작용했을 것이고,

둘째는 상인이 아니라서 공정성이 인정된다는 것이었을 테고,

셋째는 한국을 오고갈 일이 없으니 무슨 일이 있으면 언제든 나서줄 수가 있다는 것이었을 테고,

넷째는 민규의 지도력을 들었을 것이다. 물론 석호로부터 들은 것이겠지만 민규는 상인들이 자신의 지도력을 인정해 주는 것에 놀랍지 않을 수가 없었다. 상인들과는 얼굴만 아는 정도였지 일일이 대면한 적이 없었기 때문이다.

상인들에 의해 회장으로 선출이 되면서 민규는 여느 나라 못지않은 한국 타운을 형성해 나가보리라는 굳은 의지를 다지게 된다.

"부족한 저를 회장으로 추대해주시니 뭐라 감사를 드려야 할지 모르겠습니다. 오늘 이 자리에 모이지 않는 분들에게는 죄송스럽기도 하고요. 오시지 않은 분들을 합류시켜 나가는 일은 우리 모두에게 달려있다고 봅니다. 어쨌든 저를 회장으로 선출해 주셨으니, 제 말씀에 따라 주실 것도 당부를 드리겠습니다."

"하모, 하모."

"당연히 그래야제."

민규의 인사말에 환호와 함께 박수가 터져 나온다. 상인들이 이처럼 즉석에서 호응을 하고 나선 건, 시장 문제가 그만큼 심각하다는 반증일 것이다.

다음은 임원선출에 대한 문제를 놓고, 되도록 많이 모이는 자리에서 뽑자는 민규의 의견과, 임원이 될 만한 상인은 다 모였으니 이 자리에서 해도 상관없다는 상인들의 주장이 엇갈렸다. 결국 다 모인다고 해서 임원이 될 만한 사람이 더 있는 것도 아니라는 상인들 의견에 따라 진행이 되어갔다.

남자 총무는 강석호고, 여자로는 홍 여사가 뽑혔다. 임원엔 강석호의 동생과 사돈인 최 군, 그리고 부산 출신인 이동환과 서울 출신인 민성호였다.

다음으로는 조직의 명칭을 정하는 일이었다. 많은 명칭이 쏟아져 나왔다. 그 가운데서 뭉침회가 좋다는 쪽으로 의견이 모아졌다. 뭉치면 살고 흩어지면 죽는다는 것이니 뭉침의 뜻이 좋다는 것이었다. 그동안 얼마나 많이 모래알처럼 서걱거렸으면 저리 간절할까. 민규는 비록 거지굴속 같은 곳에서지만 한국적인 저력으로 뭉침의 뜻을 관철해내고야 말리라 다짐한다.

다음으로 회칙이 정해졌다.

뭉침회 회칙

1. 나라 먼저 생각하기

2. 매너 지키기

3. 봉사정신으로 손님 대하기

4. 신용 지키기

5. 정찰제 지키기

6. 자리다툼 하지 않기

7. 복장 단정히 하기

8. 시장 청결하게 하기

9. 위탁상품 제값 받아주기

10. 위반 시 벌금 10,000엔

규칙은 위와 같이 정해졌다.

민규로서는 각자의 자리가 있음에도 왜 자리다툼 하지 않기라는 회칙이 들어가야 되나 했다. 그런데 장사가 잘되는 자리를 서로 먼저 잡기 위해 자리다툼이 벌어진다는 것이었다. 다음으로는 위탁상품 제값 받아주기라는 건 또 뭐냐 싶었다. 물건을 들여와 팔다가 돌아갈 때는 상인들에게 맡겨놓게 되는데 제값을 받아주지 않는다는 것이었다.

강석호가 내놓은 제안이었다. 지금으로서는 정해진 회칙만 잘 지켜나가도 질서가 잡혀져 나갈 것 같다는 생각이 든다.

뭉침회 회칙들을 잘 지켜주기를 당부한 민규에게 상인들이 뜨거운 박수로서 화답한다. 시장의 조직이 이루어진 것에 누구보다도 기뻐한 사람이 석호다.

모두들 11시가 넘어서야 돌아갔다. 허접쓰레기들로 시장 안은 을씨년스럽고도 고즈넉하기만 하다. 민규는 조만간 시장의 형태를 탈바꿈시킬 것이라는 기대감에서 숙소로 돌아가는 발걸음이 가볍다.

어깨 위의 짐

　주택가 골목으로 들어서는데 뭔가 얼쩡거리는 게 눈에 띈다. 발걸음을 멈추고 주위를 둘러본다. 얼핏 보아 마사노 같다. 역시나다.

　"추운데 왜 나와 계세요? 기무라 상 기다려요?"

　뚜벅뚜벅 다가서며 묻는다.

　"아닙니다. 박 상을 기다리고 있는 겁니다."

　"기무라가 아니고 나를요……? 무슨 일로요?"

　"그 애는 들어오는 시간이 일정하지가 않아요. 그리고 키를 가지고 있으니까 언제 들어오더라도 상관이 없어요."

　"좋은 때군요."

　"그런 것 같습니다. 그래서 내버려 두고 있습니다."

　마사노가 보기보다 개방적인 것에 놀라웠다.

　"그런데 나는 왜 기다리셨던 겁니까?"

　가벼운 옷차림으로 추워 보이기까지 한 그녀가 자신을 기다렸다니……?

　"지금까지 이렇게 늦은 일이 없으셨잖습니까? 그래, 무슨 일이 있는 건 아닌가 걱정이 되었습니다."

　"그러네요, 오늘 좀 늦었군요. 앞으로는 종종 늦을 일이 있을

지도 모르겠습니다. 그러니 기다리지 않으셨으면 합니다. 아시겠습니까?"

"정말 무슨 일이 있는 거군요?"

"그런 건 아니고……. 시장 사람들과의 일로요."

"그런 거라면 알겠습니다."

"어쨌든 걱정해주셔서 고맙습니다."

"한 집에 살면서 당연한 거 아닙니까."

"그런가요?"

민규는 고마운 마음에서 마사노의 어깨를 살짝 돌려세운다. 집 안으로 들어와 마사노를 거실로 들여보내고는 이 층으로 올라온다. 나무계단 삐걱거림이 고요를 흔들어 깨운다. 아니, 후가모도의 코고는 소리에 고요는 이미 깨져 있었을 것이다.

후가모도는 마누라 병간호로 돌아오자마자 잠에 골아 떨어졌을 것이고, 마사노는 뜨개질을 하다 민규가 늦은 것에 나와서 기다렸을 것이다. 뜨개질은 그녀가 해오고 있는 부업이다.

민규는 미닫이문을 밀치면서 자신의 방으로 들어선다.

잠옷으로 갈아입은 후 이부자리를 파고들지만 잠은 쉽사리 들지 않는다. 상인들과의 일이 잘 풀린 것에 오히려 마음이 달뜬 건가. 뛰어들고 보니 생각보다 쉬웠던 걸, 너무 오래 외면해버린 바람에 문제가 커져버렸던 게 아닌지…….

민규로서는 자신이 하고 있는 노동일만도 버겁다. 그런데다 가와무라를 찾는 일이 수월하지가 않으니…….

그렇더라도 거시적인 차원에서는 누군가 나서서 앞장을 서주어야 하는 일, 그걸 이제야 맡았다. 아내가 알면 그럴 것이다. 무슨 오지랖이 그리 넓으냐고. 지금까지 그렇게 해주고도 좋은 소리 들은 적 있냐고. 불의를 보면 지나치지를 못하는 성격, 가와무라를 찾으려는 것도 그의 부도덕성을 응징하고자 하는 마음이 더 클 것이다.

아버지는 일본인 가와무라로부터 기모노 옷감 짜는 일을 30년 넘게 하청을 받아 해왔다. 아버지와 가와무라는 하청업 관계이면서 친구이기도 했다. 아버지와 어머니는 6·25동란 이후 재일교포인 외삼촌을 따라 어린 민규를 데리고 일본으로 건너왔고, 과자 공장 일을 했다. 그때 아버지는 일본인들 사이에서도 칭찬이 자자할 정도로 성실하고 기술력도 좋았다고 한다. 가와무라는 아버지의 공장 옆에서 수공업으로 기모노 짜는 공장을 하고 있었다. 해방이 되어 한국으로 돌아오게 되자 가와무라가 기모노 짜는 하청을 아버지에게 부탁을 했던 것이고. 처음에 하청을 받을 때와 달리 시대가 변천해 감에 따라 장비가 새로워지고, 기술도 혁신이 되면서 사업의 규모가 확장이 되어갔다. 그러다 아버지가 돌아가신 후에는 민규가 그 일을 맡아 하게 되었던 것이고.

그 세월이 10여 년이었다. 그러다 일본에 불황이 불어 닥치면서 경제가 나빠지기 시작했다. 일감 주문이 줄고 수금도 제때에 들어오지 않아 적자가 늘어갔다. 그럼에도 민규는 아버지의 오랜 지기인 것에 사재를 털어 메꾸어 오고 있었다. 그러고도 안 되어 지인들의 돈까지 끌어들였다. 그런 민규에게 가와무라는 부도와 함께 종적을 감춤으로 해서 뒤통수를 쳐버렸다. 그 일로 민규는 돈 날리고, 집까지 차압당해 거리로 나앉아야만 했다. 하는 수 없이 처형이 내준 방 한 칸에 배부른 아내와 딸 은진을 남겨둔 채 가와무라를 찾아 일본으로 건너왔던 것이다.

하지만 민규가 일본으로 온 후에 태어난 둘째인 아들이 두 돌을 넘긴 지금까지도 72세의 가와무라를 찾아내지 못하고 있다. 고의적으로 부도를 내고 돈을 챙겨 종적을 감췄다는 가와무라를 일본의 하청업자들도 찾고 있었다. 여러 사람들로부터 돈을 끌어모으고는 고의로 부도를 낸 채 잠적해버렸다는 것이니……. 하청업체마다 달린 식구들이 그 얼마일 것인가. 가와무라를 도저히 용서할 수 없는 이유가 그 고의성 때문이다.

가와무라는 찾지 못하고, 수중의 돈은 떨어지고……. 빚쟁이들이 몰려와 아우성인 집으로는 돌아갈 수가 없고……. 처지가 막막했다. 그때 퍼뜩 떠오른 것이 일본을 오가면서 보았던 노동자들이었다. 민규 자신의 처지에서 살 길이란 사실상 그것 말고 다른 방도가 있을 수가 없다.

중학교 시절 친하게 지냈던 미야모토를 찾아가 도움을 청해볼 수도 있다. 하지만 그건 자존심상 용납이 되질 않았다.

수소문하다보니 가와무라에게 돈을 떼인 사람들도 그를 찾는데 혈안이 되어있었고, 아버지의 지인이던 가와시마 쇼조도 돈을 떼었다고 한다. 그분이 찾으면 연락을 주마고 하였으니 기다려보는 수밖에. 그때까지는 어떻게든 버텨내야 하는데, 그러자면…….

그리하여 찾게 된 게 니시나리다. 니시나리를 처음 찾던 날 민규는 이루 말로 할 수 없는 충격을 받았다. 일본에서 중학교까지 다녔지만 이런 곳이 있으리라고는 상상도 못해봤던 것이다. 대소변으로 악취가 풍긴 도로, 우중충한 건물, 여기저기 시체처럼 널브러진 군상들, 도무지가 선진국이라고 자처하는 일본에 있을 풍경이 아니었다.

니시나리 역만 나서면 퀴퀴한 냄새가 바람을 타고 덮쳐든다. 경찰도 단속을 하지 않은 걸 보면 치외법권 지역으로 내박쳐 두고 있음이 아니던가. 이런 지역이라면 불법체류자로 잡혀 들어갈 염려는 없겠다 싶어 오히려 다행이다 싶었다.

그럼에도 불구하고 노동사무실의 새벽시장은 일을 나가려는 사람들로 아수라장이 벌어졌다. 노동자를 찾으려는 건축업자들의 고성방가, 일자리를 찾으려는 노동자들의 우왕좌왕, 새벽마다 벌어지는 기이한 풍경이었다. 일자리가 모자랄 때면 자국인만 쓰려는 건축업자들과, 어떻게든 일을 나가려는 외국인 노동자들의 쟁탈전으로 노동사무실은 그야말로 이비규환의 각축장이었다. 그러다가도 인력시장이 끝나 아침이 되면 어느새 비집고 들어찬 거지들로 노동사무실은 난민수용소와도 같은 전경이 돼버리고 만다. 일 년 내내 세수 한 번을 하지 않은 몰골로, 자랄 대로 자란 수염과, 긴 머리를 너풀거리면서 요나 이불을 둘둘 만 채 나뒹구는 군상들.

그뿐인가. 어린이 놀이터나 공원도 거지들의 안방 차지가 되어버린 지 오래였다. 주민들은 공원에 가는 것을 꺼려하고, 아이들도 놀이터에서 놀지 않았다. 주민들은 또 이 일대를 어슬렁거리고 다니는 거지들 때문에 마음 놓고 밖으로 나갈 수도 없는 처지들이었다. 민규는 사람 살 곳이 아닌 이런 곳에서 가와무라를 찾기까지 견뎌낼 수밖에 없는 자신의 처지가 참담하고 기가 막힐 따름이었다.

13일인 오늘은 적금을 넣는 날이다. 15번째다. 그럭저럭 1년이 지났다. 아니, 그럭저럭이라니. 일을 할 줄 몰라 적응하기에 얼마만큼 치열하게 살아내야 했던가. 10년 같은 1년을 살아내지 않았는가. 순간 만감이 교차한다. 그리고 그 결과가 이 돈인 것을……

민규는 135,000엔을 따로 헤아려 놓는다. 그리고 아내한테 보낼 100,000엔을 처형 이름으로 써서 봉투에 넣는다. 하루 일당이 15,000엔인데 보통 25일 내지 26일을 한다. 일당이 15,000엔, 25일로 계산하면 한 달에 375,000엔을 버는 셈이다. 더러는 17,000엔짜리 일을 나갈 때도 있다. 하지만 그건 어쩌다 있는 일이다. 한 달 벌어 적금 넣고, 아내한테 100,000엔, 방값으로 150,000엔을 치르고 나면 술 한 번 사 마실 돈이 없다.

"마사노 상!"

민규가 아래층에 대고 소리친다.

"예, 올라갑니다."

잠시 후 급히 올라온 마사노가 핑크빛 잠옷 차림으로 미닫이문을 밀치고 들어온다.

"준비해 놓으셨군요?"

꿇어앉은 마사노가 무릎 위에 손을 가지런히 모은 자세로 대답한다.

민규는 분리해 놓은 돈 봉투들을 마사노에게 건네주는데 어림어림 내비친 잠옷 속의 가슴 골짜기로 시선이 끌린다. 그 순간 온몸으로 번지는 짜릿한 전율. 이심전심인가. 상기된 듯 마사노의 양 볼도 발그레하다. 후가모도는 급한 연락을 받고 집엘 가고 없고, 기무라는 밤중에나 들어올 것이니 이 집엔 마사노와 민규, 단 둘 뿐이다. 그러다 순간 현실을 직시한다. 마사노는 볼 일이 있다 싶으면 민규가 목욕을 하는 중에도 거침없이 욕실 문을 열고 들어온다. 마사노의 그 같은 행동에 처음에는 적잖게 당황을 했고, 잘못된 여자가 아닌가 싶기도 했다. 목욕을 하는 도중 아슬아슬한 장면도 많았지만, 마사노가 그런 것에 무신경하다는 사실을 알고부터는 오히려 긴장이 풀렸다. 마사노의 그런 행동이 민규에게 평정심을 갖게 해주었는지도 모를 일이다. 마사노가 내외를 하려 들었다면 오히려 껄끄러웠을 것이고, 지금과 같은 순간에도 어색하지 않았을까.

"번번이 미안해서 어쩌죠?"

"아닙니다. 저도 매달 하다 보니 돈 만지는 재미가 쏠쏠합니다."

"그렇게 말씀해 주시니 고맙습니다."

"정말입니다."

민규는 불법체류를 하고 있어 적금을 넣는데 마사노의 이름을 빌려하고 있다. 그 문제로 고민을 하는데 마사노가 선뜻 자기 이름을 빌려주었던 것이다.

"박 상한테 고백할 게 있습니다."

고백이라니? 민규는 마사노의 느닷없는 말에 우뚝 경직되고 만다.

"저는 외국인이라면 무작정 싫어했습니다. 한국인도 마찬가지였고요. 한국인이 방을 달라는 것에도 거절해오곤 했죠. 후가모도 상이 박 상을 간절하게 부탁해왔을 때, 보자고 하기는 했지만 거절할 생각이었고요. 그런데 왜 거절하지 않았는지 궁금하지 않으세요?"

"그런 일이 있었습니까? 궁금하군요."

"박 상의 의연한 모습을 보는 순간 거절해버릴 수가 없었습니다. 그 후로 박 상을 죽 지켜보는데 제가 외국인에 대해 지금까지 잘못 생각해왔다는 걸 알게 되었고요. 특히 한국 사람에 대해서. 그랬습니다. 외국인이라면 무조건 시끄럽고, 번거로울 것이라고. 실제로 보면 그런 것 같기도 했어요. 그런데 박 상은 다르더군요. 선입견을 가지고 있었던 것이지요. 잘못된 생각을 가지고 있었던 저를 용서해 달라는 것입니다."

마사노의 말에 민규는 어이가 없어지고 만다.

"문화적 차이를 가지고 용서라니요? 그런 건 용서의 대상이 아닙니다. 솔직하게 털어놔 준 것만으로도 고마울 따름이지요."

민규는 마사노의 어이없는 말을 웃어넘긴다.

"그리고……."

말을 하려는데 벨이 울린다. 마사노가 쫓아 내려갔다가 후가모도를 데리고 올라온다.

"들어오세요."

양피 사파리에 검정 가방을 둘러맨 후가모도가 뒤따라 들어선다.

"좀 어떠세요?"

"점점 더 심해집니다."

"걱정이군요. 그런데 이렇게 오면 어떻게 해요?"

"잠을 잘 수가 있어야지요? 눈으로 보지 않는 게 낫겠다 싶어 와버린 겁니다."

"그도 그렇겠군요. 피곤하시겠습니다. 먼저 쉬세요."

마사노는 그 말을 끝으로 침울한 표정이 돼서 돈을 챙겨들고 내려간다.

"……"

민규는 힘이라곤 없어 보이는 후가모도에게 위로해주어야 될 말이 떠오르질 않는다. 후가모도의 처지로선 그 어떤 말로도 위로가 되지 않을 것이다. 짧은 스포츠머리에 두툼한 입술의 후가모도는 등이 활처럼 굽어있어 민규보다 나이가 더 들어 보인다.

"산다는 게 뭔지 모르겠습니다. 아이들을 보면 불쌍하고 가여운데…… 희망이 없고……."

후가모도가 긴 한숨을 내어쉰다. 딱해도 너무 딱한 노릇이다.

"아내가 병들기 전엔 일을 위해 태어난 사람처럼 일밖에 몰랐어요. 그런데 병이 났고…… 이젠 힘이 듭니다. 너무 힘이 들어요. 살아갈 희망이 없고, 기력도 없고……."

후가모도로부터 탄식의 말을 듣는 건 처음이다.

일본인들은 기본적으로 성실함은 갖춰져 있다. 또 일하는 걸 덕목으로 여기기도 한다. 그런데 후가모도가 저 정도라면……. 부인이 빨리 죽어주었으면 하는 마음이 든다. 어차피 죽을 거면 남은 사람이라도 살아가도록 말이다.

"미안합니다. 이런 나약한 소리나 하고……."

"힘내요. 아이들이 있잖아요."

누구라도 그렇겠지만, 후가모도는 특히나 약한 모습을 드러내지 않기 위해 무던히 애를 써왔다. 실수하는 모습은 찾아볼 수가 없었다. 거기다 일 중독자처럼 일에만 열중하는 모습은, 로봇인지 감정이 있는 인간인지 구분이 안 될 정도였다. 화가 날 일인데도 오히려 고맙다고 하는 걸 보면 속을 드러내는 일을 수치로 여기는 것 같기도 했다.

민규가 이곳에서 중학교 2학년 2학기까지 다니기는 했다. 하지만 이들의 생활이나 성향까지는 습득이 채 되지 않은 상태였다. 또 후가모도 개인을 두고 일본인 전체가 그렇다고 볼 수도 없는 노릇이고.

민규는 후가모도의 생활태도를 보면서 너무 힘들게 살아간다는 생각이 들곤 했다. 그런 후가모도가 요즈음 들어 속내를 드러내고 있다. 중대한 변화인 것이다. 인간으로서 한계에 다다른 건가. 공사장에서 알게 된 처지라고는 해도, 연신 허리를 굽실거리며 방을 나서는 후가모도의 뒷모습에서 민규는 긴 터널 속으로 빨려드는 것 같은 안타까움을 지워버릴 수가 없다.

후가모도 부인은 시한부 생명이다. 심장이 제 기능을 못해 자력을 부착시켜 놓는 바람에 아이들이 가까이 다가갈 수도 없다고 한다. 없는 형편에 희귀병까지 재정적으로 감당하기 힘든 세월을 살아온 지가 3년 여. 부부관계는 언제였는지 모를 일이고, 고자가 돼버린 것 같다는 푸념을 농담처럼 늘어놓기도 한다.

민규는 부인으로 인해 고생하는 후가모도를 보면 아내와 딸 은진이와, 아직 얼굴도 못 본 아들이 보고 싶어지곤 한다. 집까지 빼앗기는 타격에다, 빚쟁이들한테 시달리고 있을 아내를 생각하면 숨이 막힐 지경이다. 세상물정 모르는 아내로서는 너무도 큰 타격이 아닐 수가 없는 것이다. 아내 때문에라도 가와무라를 찾는 일이 시급하기만 하건만……

민규는 몸을 일으켜 조심스럽게 아래층으로 내려간다. 마사노가 깨지 않도록 현관문을 살며시 여닫고는 밖을 나선다. 골목을 휩쓴 바람이 수선스럽게 스쳐 지난다. 자박자박, 어두움을 헤쳐 가는 발걸음 소리만이 자신의 가슴 안으로 어려들 뿐이다.

공중전화 부스가 있는 대로변으로 빠져나온다. 가로등빛이 휘황한 대로변, 헤드라이트를 밝힌 차 한 대가 빠르게 스쳐 지나고, 뒤이어 지축을 뒤흔들며 쏜살같이 달려 나가는 오토바이 부대. 자동차와 오토바이가 뜸해지는 순간, 밤은 쥐죽은 듯 고요의 나락으로 떨어져버린다.

전화 거는 동안만이라도 이런 고요가 유지되기를 바라면서 공중전화 부스 안으로 들어선다. 송수화기를 들고 14개의 숫자를 눌러 통화가 이루어지는 순간이다. 한 무리의 오토바이가 다시금 굉음을 내며 달려 나간다. 순간 귀가 먹먹해진다. 도무지 통화를 할 수가 없어 끊어버리고 만다. 마사노의 집은 조용하다. 하지만 빚쟁이들 무서워 마사노의 집전화로는 할 수가 없다. 오토바이 무리가 지나가기를 기다려서 다시금 번호를 누른다.

"여보세요?"

처형 음성이다.

"저예요."

처형은 이내 알아듣고 기다리라는 말을 남긴다. 부러 늦은 밤에 전화를 하게 되는데 다행히 받을 수가 있는 모양이다. 얼마만인가. 빚쟁이들 중에 유별난 최 씨가 민규의 행방을 알아내려 시도 때도 없이 드나드는 통에 전화를 마음대로 하지 못한다. 편지를 보낼 수도 없다. 오랜만에 아내의 음성을 듣게 되는 것이 가슴까지 쿵쾅댄다. 한 번은 가와무라를 찾을 길이 막연해서 아내한테 자초지종을 알리려는데 엉뚱한 사람이 받는 바람에 끊어버렸고, 몇 달 후에도 다른 사람이 받아 거기가 어디냐고 다그치는 바람에 끊어버렸다. 보나마나 빚쟁이들일 것이었다. 지금도 집 주위에서 망을 보다가 느닷없이 쳐들어온다고 해서 처형하고만 통화를 해오고 있는 것이다. 돈도 마사노를 통해 처형의 통장으로 넣어 보내는데, 오늘따라 아내가 너무 그리워 음성을 듣지 않고는 잠을 이룰 수가 없을 지경이다.

"여보세요."

민규는 아내의 음성이 귓바퀴에 박히는 순간 몸이 굳어버리고 만다.

"저예요, 여보."

아내의 울먹임이 귓바퀴를 울린다.

"그래…… 나야."

막상 아내의 음성을 대하고 보니 하고팠던 그 많은 언어들이 깡 그리 사라져 머릿속은 백지장이 돼버리고 만다. 아내가 먼저 은진이는 학교에 잘 다니고, 아들 성호는 걸어 다니며 말썽을 피운다는 바람에 말머리가 풀리기 시작한다. 뚜벅뚜벅 걸어 다니는 모습만 그려질 뿐, 얼굴 한번 본 적 없는 아들의 얼굴은 그려지질 않는다. 아빠를 많이 닮았다고 해서, 자신의 얼굴에서 찾아보려 하지만 그리해도 그려지진 않는다.

3년이나 더 떨어져 지내야 하냐며 투정하던 아내가 이내 알았다며, 집 걱정 말고 몸 건강하게 잘 지내라고 당부를 한다. 아내의 그 말이 또한 민규의 가슴을 사무치게 한다. 어찌 되었든 아내의 음성을 듣는 것만으로도 먹구름이 걷힌 듯 오늘 밤은 홀가분하게 단잠을 이룰 수가 있을 것 같다.

갓길 인생

　늘어지게 잤다. 얼마를 잤는지 얼굴까지 부석부석하다. 잠보가
빠진 몸이 한결 가볍다. 집을 나선 민규는 시장 쪽으로 발길을 돌
린다. 따사롭고 쾌청한 날씨다. 집집마다 놓인 화초들이 햇살을
튕겨내며 눈부시게 반짝거리고들 있다. 그런 눈부심도 잠깐, 널브
러져 있는 거지들의 남루한 차림에서 이내 속이 메스꺼워지고 만
다. 민규는 기분을 잡치게 한 그들로부터 시선을 피해보지만 엉망
이 돼버린 마음은 바로잡히지가 않는다. 이런 곳에서 사는 일본
인들이 도무지 이해가 되지 않을 뿐이다.
　장이 무르익은 모양이다. 물건을 사거나, 물어보거나, 기웃거리
거나, 구경삼아 돌아다니는 모습들로 한가로운 풍경이다. 길바닥
에 죽 늘어져 있는 물건들은 너무나 익숙한 것들이어서 마치 한
국에 와 있는 듯한 착각을 불러일으킨다. 의류, 가방, 모자, 혁대,
지갑, 라이터, 담배, 신문, 잡지.
　차 종류로 인삼차, 녹차, 레몬차 등이고, 술로는 소주, 막걸리가
대표적이다. 반찬류 또한 배추김치, 깍두기, 총각김치, 장아찌, 젓
갈류 등 얼마나 많은지 지금까지 건성으로 보아오던 물건들이 이
제야 또렷하게 다가든다. 장사가 잘됐다거나, 못됐다는 말에도 민
감해지고 있다. 민규는 자신이 시장 일에 가담하기 전에는 불어

닥친 바람으로 먼지가 끼쳐든 것에 인상이 찌푸려지기만 했다. 그런 민규가 지금은 반찬 종류를 판매하는 상인들에게 뚜껑을 닫거나 비닐로 가려 위생에 신경 쓰도록 주의를 준다.

"어찌 돼 가나?"

전에는 자연스러웠을 말에 무게가 실린다.

"보입니다, 보여. 싹이."

석호가 팔팔한 음성으로 으스댄다.

"그래?"

모처럼 기분이 좋은 민규.

"회장님예~!"

그때다. 비쩍 마른 여자가 다급하게 손짓을 해온다.

"퍼뜩 와 보이소!"

"무슨 일이에요?"

"가 보머 알 거 아임니꺼!"

여자는 대뜸 신경질적으로 쏘아붙인다.

민규는 이미 내친김이다 싶어 석호를 제치고 뜀박질로 달아나는 여자의 뒤를 쫓는다. 여자의 다급한 태도로 보아 싸움판이 벌어져도 크게 벌어지지 않았나 싶다. 싸움에는 특히, 이곳에서의 싸움에는 원인제공자가 있게 마련인데, 원인제공자가 오히려 상대방의 약점을 이용하는 경우가 많았다. 민규의 성격상 그런 거라면 용납할 수가 없다.

"빨리 안 들어오고 뭐 하능교?"

몇 겹으로 에워싼 사람들 틈을 비집고 들어간 비쩍 마른 여자가 냅다 소리를 쳐댄다.

안에서는 두 여자의 앙칼진 음성이 어지럽게 쏟아져 나온다. 민규는 돈을 줬다, 안 받았다, 악다구니 속으로 사람들을 헤집으며 들어간다. 서로의 머리끄덩이를 움켜잡은 여자들의 몸싸움이 한창이다.

"둘 다 손 못 놓겠소?"

헐레벌떡 뛰어 들어간 민규가 버럭 소리를 내지른다.

순간, 몸싸움을 벌이던 여자들이 얼떨결에 손을 놓고, 서로를 노려보며 거친 숨을 몰아쉰다. 그렇게 당부를 했음에도⋯⋯. 여태도 몸베 차림에 슬리퍼를 끄는 몰골이라니, 화가 치민다. 여자들은 벌겋게 달아오른 남상 진 얼굴에 헝클어진 머리 꼴들이 사나운 짐승들 같다. 민규는 싸움을 벌이는 여자들이 한국인이라는 것에 더욱 화가 나고, 키득거리며 재미있어 하는 구경꾼들에게도 화가 난다. 재미있다는 듯 키득거리는 구경꾼들을 낯부끄러워 바라볼 수도 없다. 여자들을 다른 곳으로 데려가지 않으면 안 되게 되었다.

"따라 오세요."

민규는 두 여자를 석호가 있는 곳으로 데리고 간다.

"와 말로 몬하고 싸움질이고? 이 꼴이 뭐꼬! 창피한 줄도 모르고!"

부산의 꺽다리 전 여사가 다가와 소리친다.

어쩌다 들르곤 하는 노인은 이 같은 사태에도 아랑곳없이 김치 안주로 막걸리를 마시는 중이다.

"분명히 줬잖아!"

"내는 받은 일이 없는데 누굴 줬다는 기고!"

여자들은 붙들려 와서까지도 말싸움질이다.

줬다, 안 받았다, 이런 일이 있을 수 있는가? 이 문제를 어찌 풀어야 되나.

"정말 돈을 받지 않았어요?"

"참말로 안 받았다 아임니꺼!"

"안 받긴! 잡아떼기만 하며 장뗑이가!"

누구 말이 진실이고 거짓인지 알 수가 없다.

"액수가 얼마에요?"

민규는 버럭 소리를 질러버린다.

"이만오천 엔요."

25,000엔. 어이가 없다. 물론 한화로 계산하면 200,000원이라는 액수가 된다. 하지만 몸싸움을 벌여야 될 만큼의 액수가 되지는 않잖은가.

"그렇다고 싸우면 해결이 납니까? 외국에서 판매업을 하신다는 분들이……."

호통을 쳐버린다.

"여기서는 거지들도 싸우지 않습디다. 몸싸움을 벌이는 우리들을 보고 외국인들이 뭐라겠습니까. 나라망신 아닙니까!"

민규의 질타 때문이었을까. 돈을 받지 않았다는 여자가, 그 돈 못 받는다고 죽진 않을 테니 잘 먹고 잘 살라며 악담과 함께 쌩하니 돌아서버린다.

"소갈머리들 하곤⋯⋯."

막걸리를 병째 들이키던 노인이 절래절래 머리를 내두른다. 막걸리를 들이키는 품새가 아니라면, 짧게 자른 백발머리와 흰 피부색이 영락없는 외국인의 모양새다. 하얀 얼굴에 주름은 별로 없지만 70은 넉넉해 보인다.

"이리로 와보지 않겠소?"

노인의 이국적인 인상 때문인가. 그의 입에서 나온 우리말이 엉뚱하게 느껴지는 게. 아니면 얽히고설킨 이곳의 이국적인 환경 때문인가.

"잔은 없소만⋯⋯."

민규가 다가가자 노인이 막걸리를 병째 내민다.

"아닙니다, 괜찮습니다. 아직 일이 남아 있어서요."

노인은 고개를 끄덕거리고는 막걸리를 병째로 들이킨다. 그 모습에서 말 못할 고뇌의 흔적이 엿보인다.

"여기 오신지 오래되셨나요?"

민규가 조심스레 묻는다.

"그럭저럭 이 년이 돼가는구먼. 그런 젊은이는?"

노인은 인상이나 형색으로 보아 결코 노동할 사람으로 보이진 않는다.

"저도 그렇습니다."

"서울서 온 게요?"

"그렇습니다만⋯⋯."

"늙은이는 어디서 왔느냐?"

노인은 혼잣말하듯 내뱉곤 다시금 병나발을 분다.

"에스콰냐요."

노인이 김치 한쪽을 집어 입 안에 넣어 질겅거리듯 씹는데, 에스콰냐라니? 민규는 자신이 혹 잘못 들은 게 아닌가 싶다.

"놀랄 만도 하지."

노인은 피식 웃으며 한 모금을 더 마신다. 그리곤 뿌옇게 출렁대는 막걸리병을 빙빙 돌린다.

"열일곱 살 때였지. 부모님을 따라서 그곳으로 이민을 갔다오. 그때부터 난 한국인이 아니었지. 자라서는 세계 각국을 돌아다니고, 돈 많은 부모님 덕에. 그런 과정에서 사기도 많이 당하고, 사업한답시고 실패도 많이 하고, 되는 게 별로 없이 거창하기만 했지. 돌아보면 파란만장한 인생사지."

말을 마친 노인은 해가 기우는 서편 하늘을 쓸쓸히 바라본다.

"세상사란 모를 일이오. 모를 일이지. 이 나이에 내가 일본으로 흘러들 줄을 어찌 상상이나 해봤겠소?"

노인은 그 말을 끝으로 회안에 젖은 모습이고, 꾸린 보따리를 한곳으로 모아 놓은 석호 일행은 노인이 일어서주기만을 바라는 눈치다.

"마지막까지도 미련에서 떨쳐나지 못한 게 어리석은 인간이랄 밖에. 참으로 우둔한 짓이었지. 한때는 볼리비아에서 한국 옷이 인기였지. 들어오는 즉즉 다 팔려나가 버리는 거야. 그래 나도 컨테이너 다섯 개에 가득가득 채워 싣고 가지를 않았겠소? 정식 절차를 밟지 않은 채 말이오. 나중에 알게 된 사실이지만 그게 계략이었소. 경비를 절감하는 수단이라며 정식 절차를 밟지 않고 나가도록 만든 작자가 그곳에 가서는 정식절차를 밟지 않은 물건이라고 고발을 해버리지 않았겠소? 거기다 때라는 것이 있는데, 막차를 탄 게 그 모양이었다오."

"잘 아시는 분이었나요?"

"알다마다. 아니까 그 많은 돈을 들여 투자를 했지."

"그런데 어찌……?"

"그르게나 말이오. 그만큼 사기를 당하고, 사업도 해봤으면서 속아 넘어갔으니, 나라는 사람은 사업과는 거리가 멀어도 한참이나 멀었던 것 같소.

"그래서 어떻게 되셨는데요?"

"어떻게 되긴? 벌금은 벌금대로 물고, 상인들은 어차피 못 팔 물건 똥값이 되기만을 기다리고. 상인들로서야 시간이 지나면 거저 가져갈 건수가 생기는 건데 돈 내고 사려 들겠소? 그때까지도 그걸 몰랐던 나는 다만 몇 푼이라도 건지고자 팔리기만을 기다렸던 것이고. 그러다 결국 돈 한 푼 만져보지도 못하고 몽땅 버려야 했으니……."

"세상에……."

"세상 참 허망하더구먼. 그때 그곳에서 알게 된 우노쯔라는 일본인이 측은했던지 나를 이곳으로 데려왔던 것이오. 내 인생의 막이 그렇게 내려지고 말았으니……. 알다가도 모를 인생이오."

민규는 짧은 순간 본 적이 없는 노인의 인생 항로가 적나라하게 그려진다.

"그래도 세계 각국을 돌아다니며 구경은 실컷 해보셨을 것 아닙니까?"

해외를 다녀보지 못한 민규로서는 노인이야 이제 죽은들 무슨 여한이 남았을까 싶다.

"그건 그렇소."

"가족은요?"

"모두 에스콰냐에 있지. 그런데 마누라는 죽었지 싶소."

"무슨 그런 말씀이?"

죽었으면 죽은 거고, 살았으면 산 거지, 남 말하듯……. 무슨 저런 부부가 다 있나 싶다.

그러나 노인은 알 바 아니라는 듯 막걸리를 통째 꿀꺽꿀꺽 마셔댄다. 그런 노인을 물끄러미 쳐다보는데 석호 일행이 초조한 듯 서성대고 있다.

"의의가 좋았던 게 아니라 부모가 맺어주어 그럭저럭 살았지. 그래서 더 떠돌아다니게 됐는지도 모르고."

"그래도 그렇지. 생사를 모르다니요?"

"이곳에 온 지 얼마 안 돼 전화를 해보지 않았겠소? 그런데 마누라가 아프다는 거요. 그래 내가 대뜸 그랬지. 아프면 죽으라고. 그 말에 삐졌는지 다음부터는 내 전화를 아니 받겠다는 거요. 헌데 요즘 저희 어미에 대해 우물쭈물 하는 걸 보면……. 아마도……. 내게 알리지도 말라 했던 게 아닌가 싶소."

"그래도 그렇지."

"원한을 잔뜩 품고 갔지 싶소."

"그러시다면 지금이라도 가보셔야 되는 거 아닌가요?"

"평생을 소 닭 보듯 하며 살아왔는걸, 뭘……. 일 없으이."

"아저씨 같은 분을 만난 아주머니도 참 불행하셨겠습니다."

석호가 기다리다 못해 끼어든다.

"서로가 그런 거지 뭐."

"그렇더라도 마지막 가시는 길에 원한을 품게 하셨으니 마음으로라도 사죄를 하셔야 할 것 같은데요?"

"……."

노인은 대답 대신 얼마 남지 않은 막걸리 병을 입에 물며 얼굴을 쳐든다.

"나 때문에 이러고들 있는 거지?"

노인은 다 비운 막걸리 병마개를 돌려 잠그고는 엉거주춤 일어선다.

"또 보세."

노인이 긴 그림자를 밟으면서 비척비척 걸어 나간다. 싸늘한 바람이 위로하듯 스쳐지나고, 허접쓰레기들이 친구마냥 따라붙는다.

"젊어서 마나님 속 꽤나 썩혔을 것 같아요."

"그러고도 남았을 끼다."

홍 여사와 허 씨가 노인의 빈자리로 끼어들며 주고받는다.

"심성은 좋으신데……. 저 분을 보면 저는 아버지를 보는 것만 같아요. 저 양반도 내가 자식처럼 여겨지는 우리 가게로만 오시잖아요. 저는 이곳에서 더 이상 고생 하지 마시고, 가족들 품으로 돌아가셨으면 싶은데요."

노인이 사라져간 곳을 안쓰러운 눈길로 바라보는 석호.

시장을 파한 상인들이 강석호의 아파트로 꾸역꾸역 몰려든다. 일요일로 정해진 뭉침회의 때문이다. 조금 전에 싸우던 여자들은 보이지 않는다. 상인들은 오늘의 사건에 대해서도 토론을 벌일 것이다. 상인들 말로는 최 여사라는 여자가 돈을 주지 않고도 주었다고 우겨대는 경우가 많다는 것이다.

"갈볼 수가 없는 여잔기라요."

"이번 일을 엄하게 다스리지 않고는 시장질서 잡기는 힘들 낌니더."

"모두가 다 아는 일이지만도 눈으로 확인을 못하다보이 딱 부러지게 말을 몬하고…… 그렇지예. 여러 말 필요 없심더. 이참에 제명시켜버리는 기라요."

"회칙대로 하머 되는 기제, 더 떠들어댈 게 뭐있심니꺼?"

홍 여사의 동생이라는 미스 홍의 한마디에 방 안은 찬물을 끼얹은 듯 조용해진다.

미스 홍은 니시나리 한인시장에 유일한 아가씨다. 상인인지 아닌지…… 상인이라고 보기에는 너무 젊고, 외모가 범상치 않다. 민규는 거기까지는 아직 파악을 못하고 있다.

상인들은 그래도 잘라버리기보다 미스 홍의 제안대로 벌금을 물리는 쪽으로 결정을 내리게 된다. 그래도 껴안아보려는 동포애의 발로가 아니겠는가.

새로운 안건은 없고, 서로 서로 힘을 합쳐보자는 다짐으로 회의를 마치게 된다.

회의를 마치고 돌아가는 모습들이 흐뭇해 보인다. 모임을 갖고 보니 한국인이라는 자부심이 생긴다며 민규를 진정한 지도자로 대우하는 모습들이었다. 시작이 반이라는 말은 이런 경우를 두고 한 말인 것 같다. 누구 하나 손을 쓰지 못해 주인 없는 양떼처럼 제멋대로였던 상인들. 인간이든 동물이든 무리지어 살려는 속성 때문이 아니겠는가. 그렇다면 자신이 결속된 무리로 잘 끌어갈 수 있을까, 어깨가 무거워 짐을 느낀다. 민규는 상인들의 간절한 바람과 자신의 열망을 포함해서 있는 힘껏 이끌어보리라 마음을 굳힌다.

"와 이쪽으로 가십니꺼?"

골목을 빠져나오는데 낯익은 여자의 음성에 뒤돌아본다. 미스 홍이다.

민규는 이국적인 인상의 미스 홍이 이곳 분위기와는 맞지 않다는 생각이다.

"늦었지예?"

홍 여사도 다가오며 묻는다.

얼굴이 동글납작한 홍 여사는 몸매까지 두루뭉술해서 미스 홍과는 자매로 보이지가 않는다.

"앞으로는 마 시장이 잘 돼가지 싶심더. 사람이 많다 보이 별의 별 일이 다 있다 아임니꺼? 그동안은 속상할 때가 한두 번이 아니

58

었지만도 어쩔 수가 없었던기라요."

"언니야, 실은 내도 이 시장을 어떻게 해보고 싶은 마음 굴뚝같았능기라. 하지만도 여자라고 깔볼 기라 나설 수가 없었던 기제."

"안 나서기 참 잘했제. 니 말을 누가 들을끼라고!"

홍 여사가 끄는 캐리어의 달달거림과, 자매의 주고받는 대화가 밤의 정적을 흩뜨린다.

"아직 식사 전이라서……"

민규가 황 주사의 식당 앞에서 발걸음을 멈춘다. 뱃속에서 꼬르륵 소리도 난다.

"그래예? 우리도 안 먹었심더. 언니야 우리 같이 묵자."

"집에 밥 있고, 반찬 있고, 다 있다 아이가?"

"밥이 없어 그러나? 회장님 캉 얘기 좀 하고 싶은 기제. 그라머 언니는 집에 가 먹그라. 내는 회장님캉 먹을라니까네."

"늦었다 아이가?"

"늦는 거하고 내하고 무신 상관이고? 일찍 간다꼬 뭐할게 있노! 자기밖에 더하겠노?"

민규는 자신의 의사와는 무관하게 주고받은 자매의 대화가 조금은 당혹스럽다.

"걱정 말그레이."

"회장님 쟤가 저레 철이 없심더."

"언니는! 밥 묵는 것하고 철없는 기 무슨 상관이고?"

"지금이 몇 시고? 늦으니까 그렇제. 정이 그렇다머 밥만 묵고 퍼뜩 온나. 회장님도 새벽에 일 나가셔야 된다 아이가? 알것나?"

홍 여사는 동생의 태도가 마음에 놓이지 않은 모양이다.

"어짜겠십니꺼. 잘 타일러서 보내 주이소. 회장님 지는 그럼 먼 저 가보겠심더."

홍 여사가 마지못해 돌아선다.

"조심해서 가십시오."

당차다고 해야 할 지, 당돌하다고 해야 할 지…….

미스 홍만 남게 된 것에 민규는 황 주사의 식당으로 들어가야 할지를 놓고 망설인다. 늦게까지 문을 연 곳은 황 주사의 식당뿐이다. 그러니 달리 선택의 여지는 없다. 내일 일을 나가자면 굶을 수도 없다.

민규는 하는 수 없다 싶어 용기를 내어 식당으로 들어간다.

황 주사의 식당에 여자가 들어오는 일은 거의 없다. 여자 상인 들은 이 식당을 이용하지 않는다. 아니, 못 들어오는 곳으로 되어 있다. 미스 홍도 그걸 모르지는 않을 것이다. 그러니만치 미스 홍 의 등장에 식당 종업원들의 눈이 휘둥그레진다. 민규는 조금이라 도 시선이 덜 미치는 구석진 곳으로 자리를 잡는다.

"회장님은 어데서 주무십니까?"

"저 안쪽 주택가요."

"주택가도 세로 주는 데가 있십니꺼?"

"더러 있는 거 같아요."

"지금 끝내려는 참인데 아슬아슬하게 들어오셨네요. 뭘로 드 시겠어요?"

때마침 한국에서 온 지 두 달 되었다는 김 군이 다가와 묻는다.

"비빔밥 돼예?"

미스 홍이 먼저 묻고 나선다.

"됩니다."

"그라머 비빔밥으로 주이소."

"나도 같은 걸로 줘요."

민규는 종업원들의 불편함을 덜어줄 겸, 소화도 잘 되리라 싶어 비빔밥을 주문한다.

손님은 민규와 미스 홍, 둘뿐이다. 대형 테이블이 여섯 개인 꽤 넓은 식당, 이곳에선 없어서는 안 될 명물이기도 하다. 노무자든, 거지든, 신사든, 젊었든, 늙었든, 국적을 불문한 모든 사람들이 넓은 식탁에 둘러앉아 먹는다. 이곳은 또 식대가 다른 곳보다 절반 이하로 저렴하다. 사람들이 이 식당을 이용하는 건 식대가 저렴해서라기보다 황 주사를 보기 위한 마음들이 더 큰 것 같다.

황 주사는 이곳에서 도인으로 통한다. 메마르고 삭막한 생활에 위안이 되어주는 따뜻한 말 한마디, 어느 누구도 차별대우하지 않고 똑같은 사람으로 맞아주는 푸근한 마음, 이런 황 주사에게서 사람들은 육신의 허기뿐 아니라, 정신적인 굶주림까지도 채워가는 것 같아 보인다. 민규 자신도 음식 값이 싸다기보다는 황 주사를 보러 온다. 황 주사가 이곳에 식당을 연 지는 10년이 넘었다고 한다. 가족은 나라에서 살고, 부인은 자신이 번 돈으로 생활해나간다고 한다. 그러니까 이곳은 황 주사의 자선사업장인 셈이다.

미스 홍은 비빔밥이 나오자 바로 척척 비벼 먹어가며 맛있다는 감탄사를 연발한다. 배가 많이 고팠던 모양이다. 그런 미스 홍을 보면서 민규는 남루하고 지저분한 거지들 소굴에서 먹으며 하는 저 말이 진심이겠나 싶은 생각이 든다. 처음에 민규는 땟국이 줄줄 흘러내릴 것 같은 거지들 틈바구니에서 먹다가 토악질을 하고 말았다. 그 후로도 그런 고비를 몇 번이나 겪어야 했다. 그러다가 사람은 보지 말고 음식만 보며 먹자로 생각을 바꾸면서 시나브로 먹어지게 되었다. 음식이 목구멍으로 제대로 넘어간 지가 얼마 되지 않는다.

스스럼없이 입을 벌려가며 먹는 거리낌 없는 태도와 자신만만함, 보통내기 여자가 아니라는 생각이 든다.

먹고 나서는 음식 값도 자신이 먼저 계산하고는 튕기듯 밖으로 뛰쳐나가버린다.

"실은 이 식당이 어떻게 돌아가고 있는지 궁금했어예. 여자들은 안 드나든다꼬 해서 이참에 회장님 따라 와본 기라예."

"와보니 어때요?"

"생각보다 넓고 그런대로 괘안네예."

"다행이군요."

"그럼 지는 가불께예. 다음에 또 봐예."

민규는 긴 머리를 찰랑대며 총총히 멀어져가는 미스 홍을 넋 나간 듯 멀거니 바라본다. 멋대로 끼어들었다가 멋대로 돌아서버리는, 별난 아가씨. 그녀의 어이없는 태도에 도리질을 하며 터덜터덜 걷고 있을 때다.

"뭐하자는 거예요!"

"나니?"

"왜이래요!"

"오모시로~이~."

난데없는 소리, 귀에 익은 여자의 음성. 미스 홍이 아닌가!

순간 민규는 소리 나는 쪽을 향해 달려 나간다.

어둑어둑 외진 주택가에서 남자와 여자가 실랑이를 벌이는 모양새인데 미스 홍이 틀림없다.

"난데스!"

민규가 다가들며 소리친다.

"나니오!"

민규의 외침에 사내가 거칠게 맞받아친다.

"아노 온나노 오도!"

민규가 단호하게 내받아친다.

"오도!"

민규의 단호함에 사내가 반문한다.

"쏘!"

다음 순간, 민규가 사내를 걷어차고, 민규의 발길에 걷어차인 사내가 그대로 나가 떨어진다. 그러자 사내가 민규의 거동을 슬금슬금 살피며 일어나 그대로 달아나버린다.

민규는 한국으로 온 지 얼마 되지 않아 태권도를 배웠다.

중학교 3학년으로 편입을 했지만, 한국어가 제대로 되지 않았다. 그로 인해 일본인이 아니었지만 일본에서 왔다는 것으로 따돌림을 받았다. 친한 친구 하나 없는 학교생활이 정신적으로 힘들고 고달팠다. 그때 같은 반 여학생이던 아내가 다가와 주었고, 친구역할을 해주었으며, 태권도를 배워보라고 권했다. 시기적절한 권고였다. 태권도에 가입을 해서 열심히 한 보람이 있어 검정 띠를 따고, 친구들도 생겼다. 그러면서 아내와 가까워졌고, 사랑하게 되어 결혼까지 했다.

"회장님 아니었으므 큰일 날 뻔 했심더. 고맙심더."

"이런 곳을……. 더구나 밤늦게 혼자 다니면 안 됩니다."

"지가 웬만해서는 안 당하는데……. 사내가 워낙 등치가 있네예."

이지경이 되고서도 큰소리다. 곧 죽어도 기죽지 않겠다는 태도. 맹랑한 아가씨가 아닌가. 언니를 보호할 정도로 억척스런 여자가.

"그란데예. 냄편이라는 기지가……. 그 순간적인 기지가……. 놀랍심더."

"녀석에게 겁을 주자면 그리 해야 될 것 같아 했는데 통했네요."

"어짜든 그 말씀에 지가 그리 든든할 줄 몰랐심더."

"가세요. 바래다 드리죠."

엉뚱한 소리다 싶어 민규가 앞장을 서버린다.

미스 홍을 바래다주고 골목 어귀로 들어서는데 가로등 아래서 마사노가 서성거리고 있다. 남편을 기다리는 여인네처럼.

민규는 아내가 밖에서 기다리도록 하지는 않았다. 어디를 가든, 무슨 일이 있든, 반드시 연락을 해주었다. 부득이한 경우에는 직원을 시켜서라도 알려주었다. 늦으면 엉뚱한 상상으로 걱정을 하는 아내 때문이었다. 그러던 어느 날이었다. 집으로 돌아가는 길이었다. 도롯가에서 노인으로 보이는 두 사람이 손을 흔들어대고 있었다. 지나치다 보니 부부 같았다. 그대로 지나칠 수가 없어 후진으로 다가갔다. 노부부였다. 한복차림이었는데 첩첩산중에서 온 듯한 행색이었다.

"젊은 양반, 집 좀 찾아 줄라요?"

다 늦은 저녁에 집을 찾아달라니, 이해가 되지 않았다.

"아무리 손을 흔들어 싸도 차가 서주어야 말이지. 택시도 안 서."

70이 넘었을 듯싶은 노인이 기진맥진한 표정으로 투덜댔다.

"어딜 가시는데요?"

"개포동이라는디……."

"전화번호 있으세요?"

"전화번호 몰러. 전화번호 적은 종이를 안 갖고 와서."

전화번호가 없다니…….

"전화번호도 없이 여기까진 어떻게 오셨는데요?"

"고속버스 타고 오라고 혀서. 거기서 버스를 타고 오라고 혀서 여기서 내렸고."

"그런데 못 찾으세요?"

"전에 왔을 때하고는 영 달라서……."

"주소는 있으세요?"

안 노인이 속주머니에서 꼬깃꼬깃 접힌 종이쪽지를 꺼내 내밀었다.

개포동으로 되어있었다. 아파트 동이 노인들이 내린 곳과 정반대 방향이었고, 민규의 집과도 반대의 방향이었다. 노부부를 집까지 데려다주고 나니 12시가 넘어버렸다. 그날이 안 노인의 친정 부모 제삿날이라는 것이었다. 그리고 돌아오는 민규를 아내가 붙들고는 얼마나 걱정을 했던지 그만 엉엉 울어버리는 것이었다.

"왜 나와 계세요?"

아내를 떠올리던 민규가 팔짱을 낀 채 서있는 마사노에게 묻는다.

"답답해서 바람 좀 쐬려고요. 박 상한테 요즘 무슨 일 있는 거 아닙니까?"

마사노가 무슨 낌새를 알아챘는가. 그렇더라도 마사노에게 시장 일을 털어놓을 수는 없는 일이다.

"무슨 일이 있을 게 있나요. 추운데 들어가기나 합시다."

민규가 먼저 현관으로 들어서고, 마사노도 뒤따라 들어온다.

"후가모도 상은 잠들었겠죠?"

민규는 어두움 속에서 복도만 비쳐드는 형광등 아래 드러난 나무 계단을 오르면서 묻는다.

"아직 오지 않았습니다."

"아직요……! 무슨 일이지?"

방 안으로 들어서는데 썰렁하다. 전기 스위치를 올리고는 스토브의 코드를 꽂는다.

처음엔 불기 없는 다다미방이 어쩌나 을씨년스럽던지.

물론 민규도 중학교 2학년 중반까지는 다다미방에서 자라고 생활했었다. 그러다 한국에 온 이후 온돌방에서 생활하는 게 습관이 되다보니, 일본의 다다미방이 을씨년스러워진 것이다.

스토브로 방 안 공기를 덥히고, 이불 속에 고다쯔를 넣고 자는 것에도 이젠 어지간히 숙달이 되었다. 혼자 자는 것에도 익숙해져 아침에 일어날 때까지 깨는 일이 없게 되었다.

12시가 되어가는 데도 후가모도 상은 돌아오지 않고 있다. 걱정은 되지만 그렇다고 어찌해볼 도리가 없어 고다쯔를 이불 속 발치 아래 넣고는 드러눕는다.

또 다른 만남

자명종 소리에 눈이 떠진 민규는 후가모도를 먼저 떠올린다. 밖으로 나가 그의 방에 귀를 기울여본다. 후가모도의 코고는 소리에 그제야 마음이 놓여 나갈 채비를 서두른다. 여느 때 같으면 초저녁잠이 많은 후가모도가 먼저 일어나 민규를 깨운다. 마사노의 집으로 온 이래 민규가 자명종 시계를 맞춰놓고 자보기는 이번이 처음이다.

"어제 많이 늦었나 봐요? 기다리다 그만 잠이 들어버렸어요.

마사노가 깨지 않도록 불도 없는 컴컴한 복도를 앞발로 조심조심 빠져나와 현관문을 조용히 닫고서야 묻는다. 안개가 스멀스멀 엉겨든 주택가 골목은 귀신이라도 나올 것 같은 음산한 분위기다.

"막차를 겨우 탔어요."

"무슨 일 있었어요?"

물어보지 않아도 알고, 희망이 없다는 것도 안다.

"죽지 않고 살아만 줘도 좋겠다 싶소."

침묵을 깰 더 이상의 말은 궁색해서 떠오르지 않고, 발걸음 소리만 울림으로 들으면서 노동사무실로 들어선다. 노동사무실은 벌써부터 분주히 돌아가는 분위기다.

민규는 일찌감치 차를 골라 후가모도를 데리고 오른다. 시간이

지나면서 숫자를 채우지 못해 소리를 질러대는 건설회사측과, 아직 갈 곳을 정하지 못해 우왕좌왕 엇갈리는 노동자들로 노동사무실의 인력시장은 아수라장 속이다. 이 아수라장이 언제까지 지속될 것 같아도, 잠깐이면 언제 그랬더냐 싶게 흔적이 없고, 어디론가 사라졌던 거지들이 이 장소로 들어찬다.

차 안엔 낯선 사람 몇이 타고 있다. 2년이 지나다보니 모르는 사람도 안면은 있다. 그런데 오늘은 처음 본 사람들이다. 7~8명을 더 태우려면 시간이 좀 더 걸릴 듯싶다. 민규는 느긋한 마음으로 우두망찰 창밖을 바라본다.

개미집을 헤집던 어린 시절이 떠오른다. 방향을 잃어버린 개미들이 미친 듯이 돌고 돌았다. 밖에서 벌어지고 있는 상황이 그와 똑같다.

그때 민규의 눈에 한 사내가 들어온다. 맞은편 베이지색 봉고차 앞에서 양손을 바지주머니에 질러 넣은 채 우두망찰 구경꾼처럼 바라만보는 중년의 사내. 이곳의 분위기와 어울리지 않는 모습이다. 분명 사람을 데리러 왔을 사내의 기이한 태도에 민규는 의아심이 인다. 순간 자신도 모르는 사이에 민규는 후가모도의 손목을 잽싸게 잡아끌고 밖으로 뛰쳐나온다. 차 앞의 남자는 민규와 후가모도가 내리는 줄도 모르고 소리만 질러대고 있다.

"타도 되겠습니까?"

우두망찰 서있는 사내에게 다가가 묻는다.

"타도 됩니까?"

회색 점퍼에 검정바지차림인 훤칠한 키의 사내는 그때까지도 막연히 바라만 보고 있다.

"잘못 왔나 보군요?"

그때서야 사내가 민규를 돌아본다.

"아니오, 아니오."

"사람을 데리러 오신 거 맞습니까?"

"맞습니다."

한국인일 것 같은 생각에 한국어로 물어보는데 한국어로 답해온다.

"저야 단박에 알아보고 왔지만, 그리고 서있기만 하면 다른 사람들은 한국인인지를 모를뿐더러 일할 사람을 데리러 온 지도 모릅니다. 그러니 차를 타겠습니까?"

"쓸 만한 사람이 없어 보여서요."

"한국인들이 아니라서요?"

"아니오. 한국인이든 외국인이든 상관은 없어요."

"그런데도 없다고요?"

"그렇습니다."

"그럼 저희는요?"

그렇다니? 그 의미를 알 수가 없다.

"타십시오."

쓸 만한 사람이 없다는데 타자니 그렇고, 안 타자니 그렇고, 기분이 묘했다.

그렇다고 어쩌랴. 한국인을 만난 건데. 무슨 일을 하게 될지 모를 일이지만 닥치면 그까짓 것 못하랴 싶어 후가모도를 데리고 차에 오른다. 사내는 민규와 후가모도가 차에 오르는 것으로 그대로 노동사무실을 빠져나가버린다. 사람 둘만을 데리러 왔다는 건가. 사내의 태도가 이상하고, 한편으로는 불안하기도 했다. 그러다 민규는 솟아오르는 아침 햇살에 뽀얗게 드러난 시가지를 보고서야 불안이 가신다. 이 일본 땅에서 한국인이 무엇을 어찌하랴 싶은 생각이 들었던 것이다.

오늘처럼 맑은 햇살의 시가지를 언제 달려보기나 했는가. 2년여 동안 일을 다녔지만, 뿌연 안개 속만 달렸을 뿐이다. 맑은 햇살의 시가지를 달리는 이 기분, 민규만의 기분인가. 옆의 후가모도는 민규가 가는 곳이면 불구덩이라도 쫓아간다는 기세로 말뚝처럼 미동도 없이 앉아만 있을 뿐이다.

차는 시가지를 가로질러 주택가로 들어서서 몇 번의 좌우 회전을 하고서야 건물 마당으로 깊숙이 들어간다. 주택가인 것에 어찌된 일인가 싶어 후가모도를 쳐다본다. 후가모도 또한 주택가인 것이 엉뚱하다는 눈빛으로 창밖을 두리번거린다. 지금까지 일을 다녔지만 주택가는 처음이다. 주택가에서 할 일이란 없었기 때문이다.

단층인 건물 마당으로 들어서는데 네 명의 젊은 사내들이 뭔가를 두드리거나 오리거나 맞추는 일로 분주하게 움직이고들 있다.

"내리세요."

민규는 후가모도와 함께 차에서 내린다.

기억 자 건물에 낮은 담장 안으로는 향나무들이 우람하게 둘러쳐져 있고, 널따란 마당 가장자리로는 철탑과 함석으로 만들다만 물건들이 널브러져 있다. 간판으로 보이는 것들도 있다.

"간판 만드는 데가 아닐까요?"

사내의 뒤를 따르면서 후가모도가 귓속말로 소곤댄다.

"그러게요……"

사내를 따라 마당 한가운데로 들어가는데, 네 명의 사내들이 민규와 후가모도를 흘끔거리면서 뚝딱뚝딱 망치질을 해댄다.

"잠깐, 인사들 하지. 오늘 일 거들어주실 분들이야. 이분은 한국분이고, 저분은 일본분인 것 같고……"

네 명의 사내들이 일손을 멈추고 일어선다. 반갑다는 말과 함께 이름이 소개된다. 박 기사, 홍 기사, 최 기사, 김 기사. 모두가 기사들이다. 마지막으로 사장이 소개된다. 민규와 후가모도를 데리고 온 바로 그 사내가 사장이라고 한다.

민규는 자신들을 데리고 온 사내가 사장이라는 것에 놀라웠고, 젊은이들은 민규가 한국인인 것에 반가워들 한다. 후가모도의 짐작대로 이곳은 네온사인 간판을 만드는 곳이고, 김용 사장은 한국은 물론이고 일본에서도 광고업을 한다고 한다. 네 명의 젊은이들은 모두가 기술자라는데, 그제야 쓸 만한 사람이 없다고 했던 김용 사장의 말에 이해가 된다.

젊은 기술자들은 민규가 동족이라는 것에 한동안 일손을 놓고 이런저런 말들을 걸어온다. 최근에 들어왔다는 한 기술자는 매일 벌어지는 데모 소식을 알려주기도 한다. 이곳 텔레비전에서도 뉴스 시간에 방영을 해주어 알고 있는데, 국내의 사태가 외국에서는 또 다른 의미로 바라봐지게 되는 것 같다. 티격태격 서로의 주장만을 내세우는 꼬락서니들. 어찌 해야 나라와 민족을 위하는 일인가 만을 모색해야 될 일이지만 정치인들은 자신들의 기득권만을 내세운다. 국민들의 안위 따위는 아랑곳이 없다.

답답한 마음에 시선을 돌리는데, 후가모도가 철탑 앞에서 일본인으로 보이는 중년의 남자와 얘기를 나누고 있다. 누굴까? 아는 사람이라곤 없을 것인데…….

"후가모도 상, 여기 계시군요?"

민규는 아무래도 모르겠어서 다가가 묻는다.

"여기 계시는 분이랍니다."

"그래요?"

"저와 함께 있는 박민규 상이라고 합니다."

후가모도가 민규를 소개한다.

"그렇습니까? 저는 간다라고 합니다. 반갑습니다."

통통한 체격에 작달막한 키의 남자가 손을 내민다.

"반갑습니다."

악수가 끝나자 간다는 일본 업체보다 비용이 적게 드는 한국 업체의 김용 사장과 하청관계로 함께 해오고 있다고 한다.

"간다 상이 그럼 사장님이시군요?"

"아닙니다. 사장님은 지금 안 계십니다."

"거기서 뭐하세요?"

그때 누군가 이쪽에 대고 소리친다.

후가모도도 자국인에 대한 마음이 남달랐던가? 안면도 없는 사람과 인사를 주고받다니? 민규는 그런 생각을 하면서 후가모도를 데리고 급히 달려간다.

"이거 이렇게 해주세요."

민규는 기사가 시킨 대로 후가모도와 함께 플라스틱을 본드로 붙이거나, 구부린 유리관을 묶는다. 처음 해보는 생소한 작업이다.

"사장님, 허탕 칠 줄 알았는데 용케도 우리나라 분을 골라오셨습니다. 광고인다운 눈썰미십니다."

구레나룻 수염의 최 기사가 벙글거리면서 작업장의 분위기를 띄운다.

"더 데려오지 않고요? 손이 달리잖아요."

"말도 마라 야. 이분들이 스스로 왔기에 망정이지, 그 난리 속에 일할 만한 사람을 어떻게 찾아 내냐? 다시는 안 갈란다."

"그렇겠죠. 기술 있는 사람이 그런 데로 가겠습니까?"

박 기사의 그 말에 민규는 자존심이 약간 상한다. 그곳이라고 전공이나 전문인이 없는가. 일이 잘못 되어 어쩔 수 없이 그곳으로 흘러들었거나, 그럴 수밖에 없는 사정들이 있는 것이거늘.

이곳에서의 일이라는 것도 도로, 건축공사장이나 용접, 절단, 네온 맞추는 일 등이 밖에서 이루어지고 있어 노무자와 별다를 건 없어 보인다.

"일이 우습군요. 힘들 것 같지 않은 일이 힘이 드니 말이에요."

"그럼 내일부터 다른 곳으로 가야겠습니다?"

후가모도의 불평에 민규가 슬쩍 떠본다.

"아니에요. 여긴 한국인이 하는 곳이라 좋지 않습니까?"

"나야 그렇지만, 후가모도 상은 그렇지가 안잖소?"

"저도 괜찮습니다. 박 상과 함께 하는 일이니……."

"처음이라 그렇지 숙달되면 능숙해질 거요."

"그렇겠죠?"

후가모도의 긍정적인 화답에 민규가 어깨를 툭 친다.

간판 하면 뚝딱뚝딱 두드려 맞추기만 하면 되는 것으로 알았다. 그런데 의외였다. 그도 그럴 것이 유리를 구부려 만든 네온 글씨는 고도의 기술을 요하는 작업이었다. 그런데다 손이 모자라 주문량을 소화해내지 못한다고 한다.

"여기서 저녁을 들고 가세요. 사 드시는 것보다 나을 테니까요."

옷을 갈아입은 후 작업복이 든 가방을 들고 나서는 민규를 김용 사장이 붙든다. 민규가 의향을 묻는 눈빛으로 쳐다보는데 후가모도도 좋다며 머리를 끄덕인다.

공장 안의 주방엔 가스레인지, 식탁, 전기밥솥 등 취사도구 일체가 갖추어져 있다. 점심은 손이 달려 시켜먹은 모양 같지만 저녁은 손수 지으려나보다.

밥을 안치는 기사, 시장을 봐오는 기사, 음식을 만드는 기사, 돼지고기를 준비하는 기사 등 네 명의 젊은 기사들로 손발이 척척 잘 맞아 돌아가는 것이 모두가 요리의 달인들 같다.

"여자들보다 솜씨가 나아 보이는데요?"

"이것도 돈 버는 일이라 그래요. 사먹을래 봐요."

"재미있어 보이죠?"

민규가 웃음으로 머리를 끄덕인다.

민규는 손수 해야 입맛에 맞는 음식을 먹을 수 있다거나, 물가가 비싼 일본에서 절약하려면 도리 없지 않느냐는 등의 현실적이기 보다 남자들의 모양새가 우스꽝스러웠던 것이다.

"김치하고 얼큰하게 먹어야 먹은 것 같지. 이곳 음식 니글거려 난 못 먹겠어요."

홍 기사의 그 말에 민규는 자신도 모르게 후가모도를 돌아본다. 한국어를 모르는 후가모도는 태연하게 물 대접에 김치를 헹궈먹고 있다.

또 박 기사가 종씨를 만났다며 따지다가 그는 함안 박 씨이고, 민규는 밀양 박 씨인 것에 실망을 하기도 한다.

저녁 식사가 끝나자 김 사장이 공장 내부를 보여준다. 먼지를 뿌옇게 뒤집어 쓴 기계들도 있다.

"이건 쓰지 않는 기계들인가 보죠?"

값이 상당해 보였다.

"주인을 기다리고 있는 중이죠."

"이걸 팔아요?"

"파는 게 아니고……."

기계 담당 기술자가 비자 기한이 돼서 들어갔다. 그런데 들어오다 불법 취업자로 판단한 세관원의 거부로 쫓겨 들어가고 말았다고 한다. 그로인해 기술적인 문제는 물론이고, 손이 달려 인력을 구하고자 노동사무실까지 나왔다는 것이고.

"내일도 와주시겠습니까?"

민규는 김 사장의 얼굴을 막연히 쳐다본다. 3년 전만 해도 민규는 40여 명의 직원을 거느린 사장이었다. 그런 자신이 비슷한 나이의 김용 사장에게 고용당한 일용직 처지라니……. 그렇다고 어쩌랴. 자존심이란 놈을 목구멍으로 쓱 디밀어 넣어버린다.

"여기서만 좋으시다면요……."

"일이야 하다보면 나아지는 거죠. 타시죠. 모셔다 드리겠습니다."

민규는 기사들과 작별인사를 나눈 뒤 밖을 나선다.

민규는 봉고차의 뒷문을 열어 후가모도를 타게 하고 자신은 운전석 옆으로 오른다. 차는 이내 주택가 골목을 빠져나간다.

"이곳은 일찍 잠자리에 드나 보죠?"

아직은 초저녁이다. 그런데도 쥐 죽은 듯이 고요하다.

"야쿠자들 때문에 밤으로는 나다니지를 않는다나 봐요. 그 때문에 일찍 일찍 들어간답니다."

야쿠자들이 니시나리 쪽은 상대를 않는가, 입 밖으로 곧 튀어나오려는 말을 후가모도를 의식해서 다물어버린다.

캄캄한 밤이지만 바람은 제 세상인양 갈망 없이 불어댄다. 바람도 밤에는 잠을 잔다던데, 이곳의 바람은 밤낮을 모르는 모양이다. 니시나리 쪽과는 딴판으로 사람의 그림자는커녕 도로나 골목이 적막하기 이를 데가 없다.

그럼에도 김용 사장은 골목을 능숙하게 달려 나간다. 이곳 지리에 밝은 모양이다.

"이곳에서의 사업에 고충이 많으시다면서요?"

"그렇지요. 어려움이 많다마다요. 남의 나라이다 보니까. 모르고 왔지 알았으면 오지 않았을 겁니다. 비자 받는 것까지 기술자 데려오는 일이 여간 까다로운 것이 아니고……. 접자니 그것도 어렵게 됐고⋯⋯. 진퇴양난입니다, 지금."

"기술자 데려오기가 힘드시면 일본인을 쓰면 될 거 아닙니까?"

"지금까지 운영해오는 동안 무슨 짓을 안 해봤겠습니까. 일본인 기술자들, 한국인 밑에선 하려들지를 않아요."

과거 식민지였던 역사의 그림자인가. 사업에 있어 그런 것 까지도 걸림돌이라니. 역사라는 게 그런 것인가 보았다. 그럼에도 정치인들은 국력이나 나라의 위상을 키우는 일에는 아랑곳이 없이 우물 안 개구리가 되어 패싸움질만 해대고 있다.

총독부로 쓰던 건물 하나 철거해버린다고 해서 식민지 역사가 사라지나. 오히려 반민교사로 역사를 교훈 삼아야 할 것이거늘⋯⋯. 민규는 순간 후가모도가 있다는 생각도 잊은 채 일본에 대한 적개심에 불을 붙인다. 자신을 이 지경으로 만들어버린 가와무라에 대해서도.

"이제 어디로 가야 되죠?"

민규가 적개심에 불타오르다보니 노동사무실 앞까지 와진 걸 알아채지 못했다.

"여기서 내려 주십시오. 조금만 걸어가면 됩니다."

민규는 차에서 내린다. 후가모도가 내리길 기다리는데 아무런 기척이 없다. 들여다보니 옆으로 고꾸라진 채 잠이 들어 있다. 고꾸라진 후가모도의 다리를 톡톡 건드리자 놀란 토끼마냥 후다닥 튀어나온다.

"초저녁잠이 많아서요."

"미안합니다, 미안합니다."

민규의 변명 아닌 변명에 후가모도가 연신 허리를 굽실댄다.

김 사장은 내일 오겠다며 차를 돌리고, 민규는 잠이 덜 깬 후가모도와 함께 발걸음을 재촉한다. 괴물의 아가리 같은 노동사무실 밑은 또 다른 풍경이 벌어져 있다. 꼬리에 꼬리를 문 거지들이 셔터가 내려진 가장자리를 띠처럼 두른 기가 막힐 진풍경이다. 이 많은 거지들이 인간시장이 열리는 꼭두새벽엔 어디로 사라졌다가 나타난다는 것인지 신기하고도 아이러니한 광경이 아닐 수가 없다.

"아직도 정신이 안 들어요?"

노동사무실의 진풍경엔 아랑곳없이 앞만 보고 걷는 후가모도에게 묻는다. 대꾸가 없는 후가모도를 보면서 민규는 오는 동안 잠들어 있었던 게 오히려 다행이었다는 생각이 든다. 김용 사장과의 대화를 알아듣지는 못하더라도 느낌이나 감정으로 알아챌 수는 있을 것이니까.

시장 골목으로 들어서는데 가슴이 찡해온다. 장사들은 잘 하고, 별일은 없었는지……. 사람들로 복작거렸을 시장은 밤이 깊어지면서 살을 엘 듯한 바람과 적막만이 감돌고 있을 뿐이다.

민규와 후가모도가 일주일을 일하는 동안 네온 간판 2개가 완성이 되었다. 일에 조금은 감이 잡히고, 더러는 익숙해지기도 했다. 그러나 김 사장으로서는 네온기사, 배기기사, 제도기사가 들어오지 못한 것에 여간 애를 먹는 것이 아니었다. 공항세관에서 입국을 시켜주지 않고 있으니, 기사들의 가족까지 애를 태우고 있는 모양이었다. 초조해하는 김 사장의 모습에서 크든 작든 사업체를 운영함에 있어 여러모로 문제가 수반됨을 잘 아는 민규로서도 속이 타들어갈 지경이다.

"외국에서 하다 보니 이것저것 걸리는 게 많네요."

우여곡절 끝에 비로소 완성된 대형 네온 간판을 달고 보니, 감개가 무량하다. 옥상에 설치된 대형 네온 간판은 그간의 고생을 보상이라도 해주듯 이국의 밤하늘에서 현란한 문자 쇼를 벌여준다.

5일 전이다. 날짜는 다가오는데 기술자들이 들어오지 못해 계약에 따른 약속을 지키기가 어렵게 되었다. 이를 보다 못한 기술자들이 철야작업을 해가며 두 개의 대형네온 간판을 가까스로 완성을 시키기에 이른 것이다. 민규도 어려운 상황으로부터 회사를 구해야 한다는 기술자들의 각오를 보면서 허드렛일일망정 최선을 다했다. 초저녁잠이 많은 후가모도도 그 시간만 지나면 괜찮다며 철야작업에 동참을 해 주었다.

밤에는 새벽녘에 한두 시간, 낮에는 점심때 잠깐 눈을 붙이는 것으로 극도의 피로만을 풀어주었다. 이틀째는 정 못 견딜 것 같던 후가모도도 삼일 째부터는 좀 나아지는 것 같았다. 얼마나 안간힘을 썼는지 눈이 움푹 들어간 모양새였다. 말이 통하지 않은 이국인들과의 틈새에서 심적 부담이 컸을 것이다.

"내 나라 같으면 날짜를 조정해볼 수가 있고, 급하면 사람을 구해 쓸 수도 있는데 그게 안 돼 난감했지요."

김 사장이 번쩍이는 네온 간판을 올려다보며 눈시울을 붉힌다.

"모두들 정말 고마웠어요. 수고가 많았어요. 정 안 되면 거닐을 내버릴 참이었는데……."

목이 메는지 김 사장은 말끝을 잇지 못한다.

기술자들의 말에 따르면 일본에 와 있는 2년 동안 적자가 많이 났고, 이번에 약속을 지키지 못하면 손해배상까지 물어줘야 할 판이라는 것이었다.

"오늘은 내 근사한 저녁을 내지."

"아뇨, 저는 사양할래요. 사먹는 밥 니글니글 더 이상 먹고 싶지 않습니다."

김 사장의 말에 최 기사가 펄쩍 손사래를 친다.

5일 동안 음식을 만드는 시간까지 절약하느라 어쩔 수 없이 시켜다 먹었던 건데 기사들로서는 그게 여간 고역이 아니었던 모양이다. 김 사장은 다른 기사들도 같은 생각이라는 말에 시장에서 찬거리를 사오게 한다.

"이제야 속이 개운해졌네. 난 일하는 것보다 밥 먹는 게 더 힘들었다고요."

얼큰한 대구찌개를 먹고 난 기사들은 비로소 메슥거리던 속이 풀린 모양이다. 하지만 후가모도는 찌개에 수저도 디밀지 못하고, 민규도 너무 매워 몇 수저 뜨지를 못했다. 어쩔 수 없이 냉수 한 그릇을 떠다가 후가모도와 함께 헹궈가며 먹어야 했다.

"후가모도 상은 먼저 가서 쉬는 게 좋겠어요."

식사가 끝나고도 술자리가 계속 이어지고 있다. 이에 민규는 후가모도에게는 휴식이 더 필요하겠다 싶은 것이다.

김 사장은 후가모도에게 보너스까지 줘어 주면서 다이소 역까지 데려다주었고, 기사들은 자야겠다며 이삼백 미터 거리의 숙소인 아파트로 돌아갔다.

"쉬셔야 되는데 미안해서 어쩌죠?"

　김 시장이 냉장고에서 오징어포와 맥주를 더 꺼내온다.

　민규는 자신을 붙들고 싶어 하는 김 사장의 심정에 충분히 이해가 된다. 기사들이 협조적으로 동참해주고 있다고는 해도 심정적으로는 그들보다는 연배인 민규와 마음이 통했을 것이다.

"김 사장의 사업이 승승장구하기를……"

"박 형의 일이 술술 풀려나기를……."

　다시금 술잔을 들어 둘만을 위해 건배한다.

　민규는 김 사장에게 사적인 얘기를 해본 일이 없는데, 그의 건배사가 다소 놀랍다.

"날품팔이나 하자고 오셨겠습니까? 처음 봤을 때부터 느껴진 일입니다."

"그래보였나요?"

　민규는 씁쓰레한 기분으로 맥주 한 컵을 들이킨다.

"인간시장의 상품이 되어버렸으니……"

"어찌하다……?"

"생각지도 않게 그리 되었습니다. 저 역시 나라와 나라 사이의 일이 되다보니……"

"그러셨군요. 많이 힘드셨겠습니다."

　민규의 자초지정을 듣고 난 김 사장이 착잡해한다.

"저도 어렵기는 마찬가지죠. 처음엔 일본인 사장 선에서 다 해줄 수 있으리라 여겨서 시작했던 건데, 사장의 능력으로서도 안 되는 일이 많습디다. 이제는 결단을 내려야만 하겠는데……."

"그렇다면 이 기계들은요?"

"가져가자면 운반비가 더 들어요."

"돈 덩어리가 골치 덩어리가 된 거군요?"

민규는 자신의 일처럼 화가 불끈 솟는다.

맺힌 데 없이 선한 인상의 김 사장, 자금 날리고 고생만 하다 돌아가게 되었다니. 그런 김 사장에게 무슨 말로 위로해줄 것인가.

스트레스를 풀자고 마시는 술자리가 오히려 스트레스를 부어라 마셔라 들입다 마셔대고 있는 꼴이 되었다. 그러다가 이런 것이 인생이다, 돈이 인생의 전부는 아니다, 남자는 패기로 산다는 등의 의기가 투합이 되면서 2시가 넘도록 마신다.

"이제 일어서야겠습니다."

"마지막일지도 모르는데 자고 가지 않겠소?"

이처럼 진탕 마셔보기는 처음이다. 취중에도 민규는 내일 일을 나가야 한다는 생각을 줄기차게 하고 있었던 것이다. 또 불필요하게 신세를 지고 싶지도 않다.

"인연 있으면 또 뵙지 않겠습니까."

민규는 한사코 붙들려는 김 사장을 뿌리치고 나와 택시를 잡아탄다.

갈고리

민규는 후가모도가 깨워서야 정신을 차린다. 갈증으로 목이
탄다.

"웬일로 그렇게 많이 마셨습니까?"

민규는 어제 택시를 타고 온 것까지는 기억이 난다. 그런데 그
이후는 깜깜하다.

"마사노 상과 제가 박 상을 끌고 올라오느라 얼마나 힘들었는
지 아십니까. 그건 그렇고 이 몸으로 나갈 수 있겠어요? 안 깨우
면 야단칠까봐 깨우기는 했습니다만……."

"당연히 깨워야지요!"

민규는 벌떡 일어나면서 한마디로 쏘아붙인다.

그만큼 강박관념에 사로잡혀 있었다는 반증인 것이다. 일본에
서의 하루하루는 돈과 직결된 문제인 것이니까.

"오늘부터는 다른 곳으로 가야 되잖아요."

민규는 냉수를 벌컥벌컥 들이킨다. 밖을 나서자 술기운 탓인지
다리가 후들거린다.

오늘은 보도블록을 덮는 일이었다. 힘든 일이 아닌데도 갈증에

다 쏟아지는 잠으로 하루가 정말이지 힘겹고도 지루했다. 내색하지 않으려다보니 진땀까지 빼야 했다. 내일이 휴일인 것이 그나마 다행인 것이다.

"박 상, 오늘 일찍 자요."

민규도 그럴 생각이다. 밥 생각도 없어 후가모도와 함께 슈퍼에서 사온 우유와 빵으로 간단하게 저녁을 때우고는 잠자리에 든다.

얼마나 잤는지 모른다. 3시 30분이다. 그래도 일어나지는 않는다. 그렇게 뭉그적이고 있는데 마사노의 목소리가 들린다. 급하게 일어나 추리닝을 입는데 마사노가 벌써 미닫이문을 밀치고 들어선다.

"무슨 일 있으세요? 폭음까지 하시게."

시장 사람들과의 일, 어제의 술 등이 마사노의 눈엔 그렇게 비쳐졌는지도 모를 일이다. 그렇다고 마사노한테 시시콜콜 털어놓을 수도 없는 일이다.

"혹시 제가 실수라도?"

"실수는 없었지만, 저로서는 그 정도로 마신 사람 처음 봤습니다."

마사노의 힐책, 보통의 힐책이 아니다.

"박 상, 아무래도 무슨 고민거리가 있으신 것 같습니다?"

아예, 대놓고 고백하라는 식이다.

"도둑놈 찾는 일 말고 무슨 고민이 있겠어요? 다른 사람의 일로 마신 거죠."

"그렇다면 다행이지만요……. 저는 박 상한테 무슨 일 있나 싶어 걱정이 되었습니다. 잠시만 기다리세요. 오차 갖다 드릴게요."

"아뇨. 나가야 돼요."

민규는 오차를 사양하고는 밖을 나선다.

황주사의 식당에 들러 빈속을 달랜 후 시장으로 발길을 돌린다. 민규는 언제나 봐도 똑같은 물건들이 즐비한 시장을 둘러보면서 석호 가게로 들어선다. 이번에는 최 군이 물건을 들여오기 위해 들어가고, 석호 형제가 장사를 하게 된 모양이다.

"안녕하세요?"

여전히 김치안주에 막걸리를 들이키는 박 노인에게 민규가 먼저 인사말을 건넨다.

"잘 지냈소?"

"예. 염려 덕택으로요. 선생님께선 별 일 없으시고요?"

"술 마시는 게 일인 내게 무슨 별 일이 있겠소?"

그러면서 권하는 노인의 술을 어제 과음한 일을 들어 사양한다.

"이 막걸리가 내 고향이라오. 이걸 마심으로서 한국인이라는 자부심이 드니까. 젊은이들은 모를 거요. 이국인들 틈에서의 뼈마디가 저린 외로움을. 그럴 때의 막걸리가 어떤 존재인 것인지도……."

노인은 그러면서 또 병나발을 분다. 깔끔한 차림새와 멀쩡한 정신으로 보아 그럴 리는 없겠지만 저렇게 마셔대다 이곳 거지들 마냥 아무데서나 나뒹굴게 되지 않을까, 그게 염려가 된다.

"일주일이나 기한을 줬으면 팔았어야지 무슨 소리야!"

"아저씨 마음대로 두고 가놓곤 무슨 말씀이세요? 무조건 내놓으라니? 보세요! 아저씨가 두고 간 그대로 있잖아요! 우리가 주문한 게 아니잖아요?"

50대로 보이는 깡마른 사내와 석호가 말다툼을 벌인다.

"이거 왜이래? 어차피 물건 받아 팔잖아! 그걸 대주는 건데 뭐가 어떻다는 거야? 이거 안 되겠구먼!"

사내가 휘두르는 쇠갈고리 의수에 석호가 주춤주춤 뒷걸음질을 친다.

"언제까지 이렇게 세워 놓을 작정이야?"

석호를 노려보며 협박을 해대고, 동생 동호는 마지못해 계산기를 두드리고 나서 돈을 꺼내 헤아려 준다. 낚아채듯 받아들고 가는 쇠갈고리 사내, 상인들은 쇠갈고리 사내를 겁에 질린 눈빛으로 바라보고들 있다.

"으이그!"

생돈을 빼앗긴 것에 화를 참지 못한 석호가 두 주먹을 불끈 쥐고는 쇠갈고리의 뒤통수에 대고 휘둘러댄다.

"저런 놈을 퇴치해야 되는 건데……."

"누구야, 저 인간?"

민규도 속이 뒤틀린다.

"부산 아줌마의 가방을 몇 개씩 받아주곤 했는데 난데없이 저 자가 나타나 남편이라며 주문하지도 않은 가방을 이십여 개나 던져두고 가잖아요. 그래놓곤 다짜고짜 돈 내놓으라고 행패를 부려대는 거고……."

"다음부턴 받지 말아 그럼."

"받았나요? 그냥 던져놓고 간 거지. 저 갈고리 손을 봐요."

석호는 무슨 바보 같은 소리냐는 투다.

"그도 인간이겠지. 다음에도 팔리지 않는 물건 그대로를 보여주면서 설명해줘 봐. 그런데도 억지를 부리겠나?"

"그 말은 맞다. 그 사람한테도 사람대접 못 받는 것에 대한 울분이 있을 게야."

술만 마시던 노인이 한마디 거들고 나선다. 그때다. 어디선가 왁자한 소리가 나기에 둘러보는데, 멀리서 갈고리와 상인이 실랑이를 벌이는 모습이 들어온다.

"이 인간이! 가보고 오겠습니다."

민규가 다급하게 석호의 가게를 나선다.

노전들을 살펴나가는데 민규를 알아본 상인들이 눈인사를 보내온다. 개인적일 때는 순하고 따뜻한 마음이던 상인들이 단체일 때만큼은 이기적으로 자기주장을 굽히려들지 않으니, 알 수 없는 심사들이다. 말은 그럴듯한데 말과 행동이 일치하지 않으니 그도 또한 이해가 되지 않는다. 그로인해 벌어지는 아귀다툼. 뭉침회가 만들어지고부터는 조금 달라져가는 모습이긴 하다. 그럼에도 자신의 성인 남 씨보다 갈고리로 알려진 저 자는 아랑곳이 없다.

끼어들려던 민규가 마음을 가다듬고는 오늘까지만 두고 보리라 작정하며 다시금 석호에게로 돌아온다. 그 사이 노인은 가고 없다.

장을 걷고 석호의 아파트로 모인 상인들은 역시나 갈고리를 이

구동성으로 성토하고 나선다. 갈고리로부터 행패를 당하지 않은 상인이 없는 모양이다. 민규는 '사람 위에 사람 없다'라는 말이 이처럼 절실할 수가 없다. 상인들을 지도하는 입장으로서 할 말은 아니지만, 드세기로 하면 상인을 당해낼 자가 누구겠는가. 헌데 그런 상인들이 갈고리를 두려워 한다.

"문제는 그 자의 갈고리 손인데 그걸 겁내서는 안 된다고요."

키가 훤칠한 배민식 씨가 남씨의 무기를 지적하고 나선다.

"이게 다 부산 사람들 때문이에요. 사건이 터졌다 하면 부산이구먼."

서울에서 드나든다는 김 씨의 말에 서울과 부산으로 나뉘어져 집안은 벌집을 쑤신 듯이 소란스러워지고 만다. 서로에 대한 공박이 끝날 기미가 없다.

"이 자리가 싸우라고 만든 자리입니까?"

지켜보던 민규가 소리를 질러버린다.

"그 사람의 문제가 단합하지 않고서 해결이 되겠습니까. 개인적으로 상대해서 이길 수 있느냐 그 말입니다. 앞으론 그 사람의 물건 절대로 받아주지 않는 거에요. 그렇게 단합이 안 돼가지고 무엇을 할 수 있단 말입니까? 결정된 사항은 절대적으로 지켜나가야지, 중구난방으로 했다가는 아무것도 이루어지지 않습니다. 모두가 단합이 돼서 아무데서도 물건을 안 받아 주는데 갈고리 손인들 어찌하겠습니까? 그것 외에 더 좋은 방법은 없습니다. 있다면 말씀들을 해 보세요."

민규의 말에 누구도 달리 방법을 제시하고 나서는 상인은 없다.

민규는 상업에 대해서는 잘 모른다. 다만, 타국에서 목자 없는 양떼마냥 갈팡질팡 나라 망신으로까지 번지는 이 상황에서 질서를 바로잡아 보리라는 일념으로 나선 것이다. 상인들도 그 점을 고맙게 받아들인다는 걸 민규도 잘 안다. 시작이 반이라고, 그런 마음들의 모임이니만치 앞으로의 일은 뜻하는 바대로 이루어져 나가지 않을까, 그런 희망을 가져보는 것이다.

"회장님 말씀대로 합시다."

상인들의 이 다짐은 어느 때보다도 의지가 굳건해 보인다.

김 사장과 헤어진 이후 민규는 정해진 곳 없이 이곳저곳을 전전했다. 어느 회사든 노동자를 고정적으로 정해놓고 쓰지는 않는다. 난리법석 속에서도 그때마다 노동자를 데려다 쓰는데, 오겠다고 해놓곤 오지 않으면 낭패라는 것이다. 민규는 비로소 날마다 그 아수라장속으로 사람을 데리러 온 내막을 알 수가 있었다.

떠돌이생활을 하다 보니 김 사장과 함께 했던 날들이 그리웠다. 돌아가게 되면 연락을 해주겠다고 했다. 헌데 연락이 오지 않은 걸 보면 일이 잘 풀려나가는 것으로 보인다. 민규가 먼저 연락을 해볼까도 했지만 돌아간 것이 확인되면……. 그 낭패감이 싫어 그냥 기다려 보는 것이다.

점심때가 지나고도 이런 저런 생각을 하던 민규가 자리에서 몸을 일으킨다. 따스한 햇살이 방 안을 기웃거리고, 창문 앞 벤저민 이파리들이 바람결에 나풀댄다. 바람결에 나풀대는 벤저민을 보노라니 불현듯 아내한테 편지가 쓰고 싶어진다. 그동안은 시장 일로 아내한테 편지를 쓸 겨를이 없었다. 볼펜과 편지지를 탁자 위에 올려놓는다.

　사랑하는 당신에게

　오랜만이구려. 추운 겨울 아이들과 고생이 많을 줄 아오. 당신과 아이들을 생각하면 나만 이곳으로 도망쳐온 것 같아 마음이 괴롭기 그지없소. 미안하오. 다시 일어설 그날을 위해 조금만 참아달라는 말 외에 달리 해줄 말이 없으니 이 또한 미안하고 안타까울 뿐이오. 이곳에 와 보니 어려운 사람들이 참으로 많더이다. 사업을 하다 망해서 오게 되었다는 사장, 고국으로 돌아갈 수도 없어 객사를 하고 만 사람, 그날그날 힘겹게 연명해가는 사람, 기껏 번 돈을 노름으로 탕진해버리고 거지가 돼버린 사람 등 사연도 가지가지라오. 그런 이들에 비하면 그래도 우리는 그들보다 낫다 싶어 위안이 되는구려. 나에게는 당신과 아이들이 희망인 것이고. 지금이야 힘들지만 이겨내 봅시다.
　그러게 말이오. 내 발등에 떨어진 불 끄는 일만으로도 화급한 처지에 다른 일에 끼어들게 되었으니…… 지금까지는 강 건너 불구경하듯 나 몰라라 해오지 않았겠소. 그런데 말이오…… 갈수록 한국인들이 장사를 하고 있는 이곳 시장에서 불미스러운 일들이 벌어지고, 한국인들에 대한 평판이 나빠져 가고 있구려. 한국인으로써 더 이상은 방관만 할 수가 없어 이곳 시장을 바로잡는 일에 동참을 하게 되었다오. 나라의 위상이 걸린 문제이니 말이오. 잘못된 일들을 바로잡아 일본 속 한국인의 명소로 탈바꿈이 된다면 그 얼마나 좋겠소? 그렇게만 된다면…… 언젠가 당신에게도 보여줄 자랑스러운 명소로 말이오. 일본에서 살았다는 것으로 해서 시장 사람들이 추천하는 바람에 이 일을 맡게 된 건데, 동포들을 위해 무언가 할 수 있다는 자부심도 있소. 뿌듯하기도 하고. 기왕 나선 것, 당신과 아이들에게 보여줄 그날을 위해 열심히 해보겠소. 만나는 그날까지 몸 건강히 잘 지내주길 바라면서

당신의 남편 민규가.

속과 거죽

고달프고 힘든 가운데도 세월은 애면글면 흘러간다.

후가모도는 오늘도 아내한테 갔다. 민규로서도 희망이 없는 삶을 눈으로 귀로 실감하면서 살고 있는 셈이다. 그러나 희망이라는 것은 죽는 법이 없어 어떠한 소용돌이 속에서도 살아남아 오늘과 같은 역사를 일구어냈다. 그러니 후가모도에게도 희망이 없는 것은 아닐 것이다. 아들과 딸 남매가 있는 한…….

"박 상! 박 상!"

세수를 하려던 민규는 다급하게 부르며 나무계단을 뛰어오르는 소리에 긴장이 된다. 마사노는 노크도 없이 문을 화들짝 열어젖힌다. 검정 바지와 보라색 앙고라 스웨터 차림으로 보아 날씨가 꽤 쌀쌀한 모양이다.

"박 상을 찾아온 사람이 있어요."

혹시 시장에서? 순간 오늘이 일요일이라는 생각에 마음이 놓인다. 일요일에 경찰이 나올 리는 없기 때문이다. 그렇다면?

궁금해 하며 나가는데 석호의 동생 동호가 집 밖에서 서성이고 있다.

"오후에 나가려는 참이었는데……. 무슨 일 있어?"

"가보셔야겠어요."

"무슨 일인데?"

"갈고리요."

석호의 말에 민규는 더 물어볼 것도 없이 뒤를 따른다.

석호를 따라간 곳은 부산 김 씨의 노전이다.

"안 받겠다고? 받으면 니들은 원가만 받고 팔아? 받아서 팔기만 하면 되는 일이잖아! 어느 놈이 받지 말라고 작당을 했는지 대란 말야! 대보란 말야!"

갈고리가 입가에 게거품을 물어가며 악에 바친 소리를 퍼부어대고 있다. 이 자가!

"바로 나요."

민규도 거칠게 들이댄다.

"네가 뭔데 사람들한테 이래라 저래라 야! 네가 이 시장 대장이야?"

갈고리가 의수를 휘둘러대며 대놓고 반말지거리로 다가든다. 슬쩍 건드리면 깡마른 몸집이 금방 나가떨어질 것 같은 태도로. 갈고리는 왜소함을 대신해서 의수로 긁어버릴 듯이 위협하고, 사람들은 그런 의족을 두려워한다.

"내가 이 시장 대장 맞소."

민규의 맞장에 갈고리가 움찔한다.

"싸우더라도 인사나 하고 싸웁시다. 나 박민규라고 하오."

마음 같아선 당장에 걷어차 버리고 싶은 마음 굴뚝같지만, 그래도 이 시장의 대표라는 것에 마음을 가다듬으며 당당하게 악수를 청한다. 민규의 당당함에 주눅이 들었나. 갈고리가 달갑잖은 표정으로 왼손을 내민다. 민규는 갈고리가 내미는 왼손을 거머쥔 채 당차게 흔들어댄다. 민규의 그 기세에 갈고리가 움찔움찔 뒤로 물러선다.

"이 시장의 대장과 상인인 만큼 통성명은 해야 되지 않겠소?"

"대장이면 대장이지, 남의 물건 받으라 마라 그런 것까지 참견해야 돼요?"

통성명엔 안중에도 없이 다짜고짜 따지고 든다. 번뜩번뜩 금속성 의수가 발산해내는 광채에 기세가 눌린 상인들이 슬금슬금 뒤로 물러선다.

"대장? 남의 나라에서 그것도 불법체류 주제에 대장이라고? 웃기는 소리 하는구만."

한풀 꺾인 듯한 갈고리가 느닷없이 공격적으로 나온다.

"거래라는 것은 상대가 있고, 서로가 맞아야 주고받는 것 아니겠소? 그것이 거래인 것이지 억지로 떠넘기는 그런 상거래가 어디 있답니까. 아실만한 분이 이리 막무가내로 나오면……?"

민규는 무슨 궁리를 열심히 하고 있는 것 같은 갈고리에게 으름장을 놓는다.

"물건 주고 돈 받으면 되는 거지, 무슨 얼어 죽을 놈의 상거래요 상거래가!"

말이 궁해지자 억지소리를 해댄다.

"그 말 잘했습니다. 물건이 팔려야 돈을 줄 수가 있겠죠? 물건이 팔리지 않아 돈이 들어오지 않았는데, 돈을 달라뇨? 선생님은 물건이 팔렸는지 안 팔렸는지 안중에도 없이 떠넘긴 물건 무조건 돈을 내놓으라는 것이니 그런 억지가 어디 있단 말이오!"

민규는 목을 대를 치밀어 오르는 주먹만 한 뭉치를 가까스로 억누르며 설명해 나간다.

"그럼 얼마를 받겠는지 말하라고 하시오."

그럼에도 여전히 갈고리는 억지 주장을 굽히지 않는다.

"것 봐요! 내 물건 안 받겠다는 거 아뇨?"

갈고리의 삿대질에 상인들이 이맛살을 찌푸린다.

"쇠귀에 경을 읽지. 갑시다."

보다 못한 상인들이 저건 아니라며 머리를 내두르며 뿔뿔이 흩어져간다.

"거 보세요. 다들 상대 못하겠다고 하잖아요. 이래가지고 상거래가 되겠으며, 이 시장에서 함께 할 수 있겠어요? 함께 하기는 그른 일이고, 마지막으로 술이나 한잔 하고 가시오."

노인이 있는 곳을 돌아보며 민구가 미동도 하지 않고 서 있는 갈고리에게 던져 붙인다.

"술은 무슨……."

"그렇다면 동족끼리 누워 침 뱉는 짓거리를 여전히 계속하겠단 말요?"

민규는 쐐기 박듯 쏘아주고는 자리를 떠버린다.

뉘엿뉘엿 기우는 해거름 바람이 제법 차갑다.

"저~기."

가게로 들어서는데 석호가 뒤를 가리킨다. 갈고리가 뒤를 따라

오고 있었던 것이다.

민규는 모른 척 회색 사파리 차림의 노인에게로 다가간다. 노인은 언제나와 마찬가지로 시장 풍경을 안주삼아 싸움이 벌어지거나 말거나, 난리가 쳐들어오거나 말거나 내 알 바 아니라는 듯 유유자작하게 막걸리를 들이켜고 있는 중이다. 어찌 보면 팔자가 늘어지게 좋아 보이기도 하고, 인생을 달관한 철인 같기도 한 노인. 그럼에도 노인에게서 풍겨나는 쓸쓸함의 그림자.

"이리들 와서 앉아요."

관심이라곤 없어보이던 노인이 손짓을 한다. 노인의 그 말에,

"맥주와 안주 좀 사다주겠어?"

갈고리가 주춤주춤 노인에게로 다가가는 것을 본 민규가 석호에게 부탁한다.

민규의 돈을 받아든 석호가 칼처럼 내달려서 캔 맥주 여섯 통과 구운 오징어를 들고 온다.

"아저씨도 드세요."

"난 막걸리가 좋소."

"그럼……."

민규는 노인에게 주려던 맥주를 갈고리에게 건넨다. 갈고리는 의수인 갈고리를 자줏빛 무스탕 속에 질러 넣곤 왼손으로 맥주를 받는다.

"고향이 어디요?"

갈고리가 부산이라는 건 다 아는 사실이다.

"부산이 고향이냐고요?"

맥주 한 모금을 들이켜고 나서 민규가 다시금 묻는다. 경상도 말씨가 아닌데 부산서 살고 있다니 물어본 것이다.

"고향이 따로 있소? 사는 데가 고향인 거지."

생긴 대로 퉁명스럽다. 국수가닥 같은 이마의 주름이며, 험상궂은 인상이 결코 순탄하게 살아온 것 같지는 않다.

"백년도 못 사는 인생 둥글둥글 사는 거지, 앙바틈할 게 뭐 있소? 그런 식으로 한다고 해서 죽을 때 가져가지는 것도 아니고. 다 부질없는 짓이지."

상인들은 짐을 꾸리고 사람들은 바람에 휩쓸리듯 잔걸음쳐 가고 있는데, 노인은 아랑곳없이 혀 꼬부라진 소리로 갈고리를 건너다보며 중얼댄다.

"회장도 떼인 돈에 너무 집착하지 말아요. 그러다 병 얻어요. 돈 줄 놈이 줘야 받는 거지, 받자고 해서 받아지는가 말이오."

"얼마나 떼었는데요?"

노인의 말에 갈고리가 대뜸 참견하고 나선다. 눈까지 부라린 갈고리의 고함에 모두는 웬 참견이냐 싶은 눈치들이다.

"얼마면 뭣하겠소?"

"당장에 잡아 족쳐야지 그걸 그냥 둬요?"

정의의 사자로 돌변이라도 했는가.

그럼에도 들은 척도 않는 민규가 못마땅했는지 갈고리가 연거푸 맥주를 들이킨다. 누구라도 갈고리에게 걸리면 돈을 내놓지 않고는 배겨낼 수 없을 것 같은 험상궂은 인상이다.

"전엔 무슨 일을 했소?"

민규가 묻는다.

"공장에 다녔소."

"그럼 팔은 그때 다쳤겠구려?"

갈고리가 그제야 한풀 꺾인 듯한 기세로 입을 연다.

이천이 고향이고, 어릴 때 어머니가 돌아가신 후 계모 밑에서 살았고, 계모의 학대에 못 이겨 집을 뛰쳐나와 공장을 전전하다 부산으로 흘러들었으며, 같은 공장에 다니던 여자와 결혼해 남매를 두었고, 사고로 팔이 잘려나갔다. 법을 몰라 보상도 제대로 못 받고 공장에서 쫓겨나 어렵게 살다보니 이런 몰골이 되고 말았다.

"듣고 보니 고생이 많았겠소."

비로소 갈고리에 대해 안쓰러운 마음이 든다.

"마누라가 행상을 해서 근근이 살아가는데 여자라고 해서 부당한 대우를 받더란 말이오. 그래서 나서게 되었는데, 내 이 손만 휘두르면 안 될 일도 되더라 그거요. 이곳을 오게 된 것도, 그냥 물어봤을 뿐인데 지레 겁을 먹은 여자가 자청해서 안내를 해주지 않았겠소? 처음엔 마누라만 드나들었는데 물건값을 못 받아오더란 말이오. 그래 따라와 거들어왔던 건데……."

"그렇다고 그런 식으로 거들어서야 되겠소?"

다 마시고 난 막걸리 병을 빙글빙글 돌리면서 노인이 한마디 내뱉는데 갈고리가 의외로 묵묵부답이다.

"아저씨! 이제 그만 가족한테로 돌아가시지 그러세요."

갈고리로부터 화제를 돌릴 생각이었나. 석호가 난데없이 끼어든다.

"갈 것 같으면 보리비아에서 바로 갔지, 뭣 하러 일본으로 왔겠나. 그곳엔 나이 든 사람은 물론이고 한국인도 없어요. 여긴 한국인이 많으니까 한국이나 진배없지……. 애들한테는 그곳이 고향일 테지만 나한테는 아니거든."

민규는 자신의 아버지를 보는 듯해 가슴이 찡하다. 도쿄에서 살 때의 모습도 떠오른다. 민규는 생활습관이나 환경이 다른 사람과의 관계에서 가장 어렵더라는 아버지의 말씀을 이곳에서 실감을 한다. 중학교 2학년 중반까지 일본에서 살았는데 한국과 일본은 다른 점이 참 많다. 노인도 에스콰냐의 생활습관이나 환경을 적응해나가기가 어려웠을 것이다.

"그렇다면 한국으로 가시든가요."

"한국을 떠나올 때만 해도 짱짱했지. 그렇지만 이 몰골로……. 근거지가 없어져버린 마당에 돌아갈 곳이 어디 있기나 하간? 그나마 이렇게라도 동포들 곁에서 막걸리라도 마실 수가 있으니 나로서는 이 자체가 행복이고 이곳이 고향인 것이지."

석호는 그런 노인이 안쓰러워 보였는지 옆 가게에서 동동주 한 병을 더 사오고, 주머니에서 돈을 꺼낸 노인은 굳이 사양하는 석호에게 주고 나서 병뚜껑을 연다. 노인은 식품을 취급하는 옆 가게에서 술과 안주를 사들고 와 마시게 되었다는데, 싹싹하고 부지런한 석호의 사람됨을 알아본 모양이었다.

노인이 비칠비칠 일어선다. 너무 취해 바라다 줘야 될 것 같다. 하지만 노인은 비칠거리면서도 손사래를 치는 여유를 보인다.

"걱정하지 않으셔도 돼요. 저래 봬도 강단이 있으시더라고요.

남의 도움은 절대로 안 받으려고 해요."

"……."

민규는 노인이 사라져간 곳에서 시선을 거두지 못한다.

"같이 가시죠."

그 사이 상인들이 모여들어 있다. 노인에게서 시선을 거둔 민규는 갈고리도 참여시켜볼 생각이다. 지금껏 생떼를 쓰던 모습과 달리 바람 빠진 풍선마냥 위세가 쭈그러들어있는 모습에서 마음이 놓인 것이다.

"마누라도 함께요."

갈고리가 그의 마누라를 데리러 간 사이에 상인들은 저마다 표정이 잔뜩 우그러들어 있다.

"저런 사람일수록 동참을 시켜보세요. 그리 되면 말썽을 부리지 못하게 될 거예요. 시장 돌아가는 질서를 알게 되는데 어떻게 따르지 않고, 모두가 힘을 합치는데 어떻게 같이 하지를 않겠어요? 두고 보십시오, 따르게 될 터이니."

민규의 설명에도 상인들은 여전히 미덥지 않아하는 표정들이다.

갈고리가 데리고 온 부인은 예상 외로 동글납작한 얼굴이 선해 보이기까지 하다. 그들은 뒤쳐져서 상인들을 따르고, 민규는 그들 부부의 뒤를 따라 석호의 아파트로 들어선다.

회의가 시작되자마자 갈고리 문제가 도마 위로 오른다. 돈을 줬다, 안 받았다며 드잡이를 하던 여자들도 쌍으로 나선다. 상인들의 공방을 심각하게 듣고 있던 갈고리가 입을 연다.

"지금까지는 몰라서 그랬소. 앞으로는 안 그러겠으니 봐 주시오. 앞으로는 우리도 열심히 하겠으니까."

갈고리의 예상 밖 발언에 상인들이 저마다 자신의 귀에 이상이 있지 않나 하는 눈치들이다.

"저희도 이 시장 회원이 되고 싶습니다. 부탁드립니다."

갈고리 부인의 간곡한 부탁에 상인들은 시답잖아하면서도 더는 가타부타하지 않는다.

"그렇다면야……."

총무인 홍 여사가 받아들여야 하지 않느냐는 동의를 구한다.

홍 여사의 의견에 반대하는 이가 없다. 그렇게 해서 갈고리 부부가 새로운 회원으로 등록이 되고, 별다른 안건 없이 청소와 덤핑으로 규칙을 어긴 상인에게는 벌금을 물리자는 조항을 만든다. 이상으로 최선을 다하자는 다짐과 함께 회의가 마쳐진다.

"회장님, 총각 아임니꺼?"

"총각이 머?"

"물어도 몬 보나? 어에 그리 눈치가 없노?"

"동생 때문이가?"

홍 여사의 동생이라면 미스 홍을 두고 한 말이다. 상인들은 폭소를 터트리고, 민규는 도둑질하다 들킨 사람마냥 얼굴이 화끈 달아오른다.

"그렇다꼬 그리 막바로 해뻐리나?"

민규는 분위기에 눌려 애가 둘이나 되는 유부남이라는 말을 못하고 밖으로 나와 버린다. 그런 그에게 밖에 나와 있던 갈고리가 정중하게 인사를 해온다. 민규는 순간 사람이 달라져도 저리 달라지나 싶다. 갈고리를 이곳으로 데려와 이해시키려 했던 자신이 주제 넘는 짓이지 않았나 하는 생각까지 든다. 골치깨나 썩힐 것으로 단단히 벼르던 참이었는데. 헌데 저리 허무하게 무너져 버린 것에 싱거우면서 배신감까지 든다.

희끗희끗 날리는 눈발처럼 민규의 뇌리로 엉겨 붙는 갈고리. 흰 나비처럼 펄펄 흩날리는 눈발은 사람의 마음을 설레게 하는 마력을 지닌 모양 같다. 그런 눈이 있어 겨울이 아름답고 즐거운 것인지도 모르겠다.

갈고리와 헤어지고 나서 눈발 속을 걷다 보니 황주사의 식당 앞이다. 황 주사는 집에 갔다고 하고 딸이 있긴 한데 식당이 텅 빈 느낌이다.

밥만 먹고 나오는데 함박눈이 펑펑 쏟아진다. 쏟아지는 눈발이 이리 반가울 수가 없다. 이 지역에서는 보기 드문 풍경이다. 마사노도 집 앞에서 내리는 눈을 그대로 맞고 서있다.

"아름답죠?"

눈 속의 마사노가 소녀 같아 보인다. 너무나 냉철해서 인간미가 없어 보인 마사노에게서도 소녀 같은 정서가 드러나 보인다. 인간의 본성이란 어쩔 수가 없나 보다.

"그렇게 좋아요?"

"그렇죠. 도쿄만 해도 너러 오는데 여긴 눈 구경하기가 힘들잖아요. 땅에 닿자마자 녹아버리니까요, 그런데 눈이 쌓였어요. 몇 년 만인지 모르겠어요."

너무 좋아해서 떠보았을 뿐인데, 그녀는 가로등 밑으로 폭포처럼 쏟아지는 눈발을 보면서 흥분까지 해댄다.

오랜만에 보는 장관이다. 폭포처럼 쏟아지는데도 쏟아진 만큼 쌓이지는 않는다.

"한국은 이런 식으로 쏟아지면 푹푹 빠져서 다닐 수가 없어요."

"어머나. 얼마나 좋을까. 홋카이도도 많이 와요. 텔레비전을 통해 보긴 하는데 남의 나라 일 같거든요."

"가보지 그래요."

잠시 빠져나갔던 이성이 들이닥쳤다. 민규의 그 말에 마사노의 표정이 금세 싸늘해져버린다. 그녀의 본 모습이다.

그녀는 다른 여자들과 잘 어울리지도 않는다. 놀기를 좋아하지 않고, 모임 같은 것에 나가지도 않는다. 가끔씩 시라다라는 노인이 들르지만 마사노는 별로 반겨하지도 않는다. 음식을 조금씩 조물조물 만들어서 혼자 먹고, 뜨개질로 다람쥐 쳇바퀴 도는 생활을 해나가고 있다. 정리정돈이 잘 돼 있고, 깔끔하기는 하지만, 들여다보면 따분하고 참으로 재미없는 생활인 것이다. 마사노의 이런 까칠한 성격 때문에 민규는 석호일지라도 집으로 불러들이지를 않는다.

민규는 마사노가 들어가고도 아내 생각에 눈을 더 맞으며 서 있다. 이 밤 울고 싶도록 보고 싶다. 얼마를 서있었을까. 가랑비에 옷 젖듯 눈발에 옷과 머리가 촉촉이 젖어들고서야 집 안으로 들어오게 된다.

고향 까마귀

　김용 사장으로부터 후가모도와 함께 와달라고 연락이 온 건, 헤어지고 나서 두 달이 되어갈 무렵이다. 일이 잘 풀린 모양이었다. 그런 기대로 후가모도와 함께 김 사장이 일러준 다이소 역에서 내렸다. 그런데 전에 있던 기사들 대신 낯선 사람들이 많았다. 농까지 주고받는 것이 분위기가 화기애애했다.

　"오랜만이오."

　김 사장이 민규와 후가모도에게 악수를 청해온다.

　"보기 좋습니다."

　완성된 대형 간판들이 축하의 말을 대신해주고 있다.

　"덕분입니다."

　김 사장의 자신감 넘친 대답이다.

　"와서 인사들 하지."

　김 사장의 말에 사내들이 몰려든다.

　"이쪽은 미스터 문, 이쪽은 미스터 한, 이쪽은 미스터 리. 그리고 이분은 박 사장님이시고, 이분은 후가모도시고."

　김 사장이 일일이 소개를 시키는데, 한국인들 모두가 30세 미만으로 보이는 청년들이다.

　"전에 기사들은요?"

　"들어갔지요."

김 사장의 말에 다른 직원이 덧붙인다.

"연장이 안 되니까……."

"그렇지요. 직원이 백 명은 돼야 열 명 정도 장기비자를 받을 수가 있다는 것인데, 이 인원으로는 어림없죠. 그건 그렇고 이렇게 오시라고 한 건, 두 개의 간판을 어렵게 완성해서 설치하게 되었습니다. 보여드리고 싶어 초청한 것인데, 일에 지장을 드린 게 아닌지 모르겠습니다."

"무슨 그런 말씀을. 당연히 달려와야죠."

"고맙습니다."

김 사장은 몸을 굽혀 진심어린 감사를 표해온다.

"시작하지."

기사들 모두가 달라 들어 두 대의 트럭에 대형 간판을 싣는다. 민규와 후가모도는 김 사장의 봉고차에 타고, 김 사장의 봉고차를 선두로 두 대의 트럭이 뒤를 따른다.

간판이 도착된 곳은 교포가 운영한다는 나라 시의 파친코다. 지난번에도 파친코였다. 파친코의 간판이 그만큼 화려하다는 것일 것이다. 파친코 한창호 사장은 김 사장과, 기사들과, 민규와 후가모도에게까지 일일이 악수를 청해온다. 일본에서 파친코를 이만큼 번창시켜오다니 참으로 대단하지 않은가. 그럼에도 그의 모습은 짧은 스포츠머리에 통통하고 아담한 몸집으로 지극히 소박해 보인다.

대형 간판을 철탑에 올리는 과정은 공중 쇼를 벌이는 것만큼이나 아슬아슬하고 가슴이 조마조마하기까지 하다. 그럼에도 기사들은 손발이 척척 잘 맞아 일사분란하게 철탑 위로 간판을 올린다.

간판을 고정시키고, 선들을 연결시키는 등 설치하는 과정들이 복잡했다.

드디어 불이 밝혀진다. 한국 기술자들이 만든 두 개의 네온 간판이 일본 밤하늘에서 현란한 쇼를 벌인다. 엉성해보이던 간판이 오색찬연하게 밤하늘을 수놓다니, 민규는 자신도 이 일을 거들었다는 것에 가슴이 뿌듯하다.

"내 조국의 기술자들이 만든 간판을 내 가게에 달게 되다니……. 꿈만 같소. 내 생애에 이런 일이 있을 줄을 어찌 알았겠소? 이보다 기쁜 일도 없을 것이오. 덩실덩실 춤이라도 추고 싶소. 조국만 생각하면 언제나 잘 살아지려나 늘 근심이었는데, 이만하면 우리 기술도 일본에 뒤질 것 같지 않소. 그런 의미에서 저녁은 내가 근사한 곳에서 한턱 쏘겠소."

파친코 한창호 사장이 흡족해하며 흔쾌히 제안하고 나선다. 대단한 기분파로 보인다. 그 호기가 남의 나라에서 이만한 사업을 일구어내는 데 자산이 되었을 것이란 생각이 든다.

한 사장이 안내한 음식점은 나라 시에서도 알아주는 고급 음식점이라고 한다. 민규가 살았던 교토와 나라 시는 그다지 멀지 않다.

"어서들 오십시오. 반갑습니다."

식당 주인이 한국어로 맞이한다. 재일교포라고 한다.

"우리 기술이 일본 하늘에서 번쩍 번쩍대는데 한마디로 기분

째지더라. 놈들한테 받은 스트레스가 한 방에 날아가 버린 것 같았어!"

한창호 사장이 주먹 쥔 오른손을 번쩍 쳐들며 외친다.

"내 스트레스를 한방에 날려버린 분들이 누구냐……."

한창호 사장이 김용 사장을 비롯해서 한 사람씩 호기롭게 소개를 시킨다.

"대단하십니다. 일본에서 이런 사업 아무나 할 수 있는 게 아닙니다."

식당 주인인 김태식 사장이 김용 사장을 추켜세운다.

"그렇고말고. 아무나 할 수 있는 게 아니지."

한창호 사장이 맞장구를 친다.

"그런 뜻에서 너 오늘 특별 서비스로 내와야 돼?"

"그걸 말이라고 하냐?"

"알았으면 어서어서 내오더라고. 모두 배고파 야."

불고기 한식에 술이 곁들여 나온다. 반찬마다에서 깔끔하면서도 정성이 느껴진다.

"여긴 맵지 않고 맛이 좋아 일본인들이 특히 많이 찾는답니다."

한창호 사장이 자신의 식당이라도 되는 듯이 자랑을 늘어놓는다.

"야, 너 저 간판이나 바꿔라. 이참에 우리 대한민국 기술을 온 천지에 자랑해야 될 거 아냐?"

한창호 사장이 목재로 된 가든 음식점 간판을 가리키며 음식점 주인 김태식 사장에게 명령하듯 던져붙인다.

"그래, 임마. 그렇잖아도 너 하는 거 보고 할 참이었다, 이눔아."

둘의 주고받는 말로 보아 허물없고 절친한 사이 같다.

"앞으로 더욱 번창해나가시도록 기원하겠습니다. 저희 것도 해주시고요."

"감사합니다."

처음 대하는 자리지만 막역한 관계 같다.

"하마터면 놓칠 뻔했네."

느닷없는 호들갑에 모두의 시선이 한창호 사장에게로 쏠린다.

"박민규 회장님, 일어서 보십시오."

갑작스럽게 민규를 지목하고 나선 한창호 사장. 아닌 밤중에 홍두깨라더니…….

"어서 일어서 보십시오."

이 자리가 자신을 지목할 자리인가. 뭐가 잘못된 게 아닌가.

"일어서시라니까요."

한창호 사장이 다시금 재우친다.

"박민규 회장님, 이분이 누구냐 하면? 니시나리 시장 아시죠? 그 시장의 회장님이십니다."

한창호 사장이 마지못해 일어서는 민규에게로 다가와 소개를 시킨다.

"거기에 시장이 있어요?"

"있지요."

"몰랐네요."

"김 사장님이 아실 턱이 없죠. 거기가 거지굴속입니다. 그 거지

굴속에서 한국인들이 장사를 하고 있고요. 개판 오 분 전인 거지
굴속에서 말이죠. 그러니 오죽하겠습니까? 그런데 말이죠, 이 박
민규 회장님이 그걸 보다 못해 팔을 걷어붙이고 나선 것이 아니겠
습니까? 질서를 잡기 위해서요. 그래 지금은 많이 좋아졌습니다.
훌륭하지 않습니까?"

그때 누가 먼저랄 것 없이 박수가 터져 나온다.

"무슨 대단한 일이라고. 부끄럽습니다."

"그게 대단하지 않으면 뭐가 대단하다는 겁니까? 거지굴속에
다, 상인들이 고분고분 잘 따라주기를 합니까? 거기에 손댈 사람
아무도 없습니다. 아무도 없지요."

"그러셨군요. 하고 계시는 일도 힘드실 텐데……. 이왕 나서셨으
니 좋은 결과가 나오기를 바라겠습니다. 우리 그런 의미에서 격려
의 박수를 보내드립시다."

김 사장의 제의로 다시금 박수가 터져 나온다.

"기분 좋습니다. 자 그럼 지금부터는 기분 좋게 드십시오."

기분이 한껏 달뜬 한창호 사장이 모두를 향해 머리를 조아린다.

민규는 이 자리에서 자신의 이름이 거론될 줄은 꿈에도 몰랐
다. 한창호 사장 말마따나 그 거지굴속에서의 회장이 뭐라고. 그
래도 어쨌든 엉망진창이 돼버린 한인시장을 바로 세워보리라는
마음에서 나선 것이니, 최선을 다해 보리라 다짐한다.

오늘의 식사는 오래간만에 받아본 한식이다. 먹기도 전에 눈으
로 배가 불러버린 푸짐한 한식. 거기다 맵지 않아 후가모도는 헹
구지 않고도 먹을 수 있을 것 같다.

"사장님, 내년 봄에 여기에 귀를 대고 들어보세요. 얼어붙은 우리들의 얘기가 녹으면서 상당히 시끄러워질 겁니다."

"그래? 재미있는 말이네?"

"가히 문학적인 말인데요."

"추운데다 옥상에서 하는 일이니 얼마나 춥습니까."

"그래요. 고생들 많았습니다. 내 꼭 들어보리다."

기술자 문 씨의 말에 분위기는 더욱 화기애애해졌고, 한창호 사장은 헤어지면서 다른 교포들에게도 나팔을 불어댈 것이라고 했다.

두 대의 트럭에 나눠 탄 기사들은 공장으로 돌아가고, 김 사장은 민규와 후가모도를 데려다 주기 위해 니시나리 쪽으로 향한다.

노동사무실 안을 가득 채우고 있는 거지를 바라보는 김 사장의 인상이 일그러진다.

"이해가 안 됩니다. 조금만 움직이면 돈이 벌리는데 왜 저러고들 있는지."

"저도 이해 안 됩니다. 이 광경을 처음 봤을 때 저도 너무 놀랐어요."

"우리나라 사람들은 일본에 이런 곳이 있다는 걸 전혀 모를 거예요.

"모르죠. 일본에서 살았던 저도 몰랐으니까요. 일본사람들도 아는 사람 그리 많지 않을 겁니다."

"그런데 이곳으로 뛰어들어 고생을 하고 계시니……."

"한국인들 때문에 어쩔 수가 없었습니다."

"아무리 그래도 그렇지……."

"그만 보세요. 비위 상해서 밥 못 먹어요."

"그럴 것 같네요."

눈살을 찌푸린 김 사장이 거지들에게서 시선을 거둔다.

"여기서 내려주시면 됩니다. 앞으로도 손이 필요하면 불러주시고요."

"그야 물론이죠. 그간 고마웠습니다."

민규의 손을 힘껏 거머쥔 김 사장에게서 깊은 정이 우러난다. 체격은 우람한데 마음은 여린 것 같다.

동포애적인 오늘의 분위기를 통해 민규는 시장 문제에 보다 근본적인 대책을 세워보리라 마음먹는다. 그렇지 않고서는 개선은커녕 성과도 나오지 않을 것이다.

"어때요? 언어가 통하지 않은 곳에서 일하기 힘들죠?"

민규는 김 사장을 돌려보내고 나서 시장의 일로 골똘하다가 점퍼주머니에 손을 질러 넣은 채 묵묵히 따라오는 후가모도에게 조금은 미안하다 싶어 슬쩍 건네 본다.

"아닙니다. 해보지 않은 일이라 서툴러서 그렇지 화통한 분위기가 좋던데요? 나도 일본인이지만 이곳 일본인들은 사실 재미가 없어요. 일들은 열심히 하지만 속내는 드러내지 않으니까요……."

후가모도의 말대로다. 일본인들의 속내는 좀처럼 알 수가 없다. 한국인들은 그 사람 속내가 표정에서 단박 드러나 버리지만, 철저하게 숨겨버린 일본인들의 속내는 알 수가 없고, 인간미도 느껴지지 않는다. 일본인 후가모도가 인정한 말이고, 한국인에게선

화통함이 느껴졌다는 것 아닌가.

"일찍이 기술을 배우지 못한 게 후회스럽습니다."

"그래요. 무엇이든 때라는 것이 있는데 말이에요."

"맞아요. 일찍이 배웠더라면 이 고생은 하지 않을 겁니다."

"그래서 한 치 앞을 모르는 게 인생이라 하지 않습니까."

황 주사의 식당 앞이다.

"좀 들어갔다 가지 않겠어요?"

"저는 졸려서…… 먼저 갈게요."

얼굴이라도 보고 갈 생각에서 묻는데, 초저녁잠이 많은 후가모도가 꽁무니를 뺀다.

"그러세요. 그럼."

후가모도를 보내고 나서 민규는 식당으로 들어선다.

"반갑습니다, 회장님."

자리에 앉기가 바쁘게 황 주사의 딸이 오차를 내오면서 반색을 한다. 있어야 할 황 주사는 보이지 않는다.

"아버님은?"

"집에 계세요. 대신 제가 나왔잖아요."

"돈은 벌어다 드리지도 않고……. 어머니께서 힘들어하시겠어요."

"전엔 그러셨죠. 어머니가 그러시니까 중간에 낀 제가 불편했어요. 그런데 요즘은 되레 도와주고 계시더라고요. 잠깐만요!"

그때 사람들이 몰려들어오자 황주사의 딸이 황급히 쫓아간다.

20대인 그녀는 아버지를 닮아 얼굴 윤곽이 뚜렷하고 피부도 깨끗해 이곳에서는 미인 측에 든다고 볼 수가 있다. 마음씨 또한 착하다. 착하지 않으면 돈벌이도 안 되는 이 거지굴속에서 거지들을 상대로 봉사가 될 말인가. 한국인들만을 상대로 한다면 모르겠지만 이곳은 국적과 노, 소가 따로 없다. 이곳을 드나드는 사람들은 음식 값이 저렴하다기보다, 인정으로 대해주는 황 주사로부터 정신적 허기를 채워가는 게 아닌가 싶다.

황 주사의 신념이 무엇이기에 고국이 아닌 타국에서 이런 봉사를 해야 하는가. 종교인도 아니잖은가. 가히, 다가갈 수 없는 도인 같다는 생각이 든다.

상냥하고 예쁜 딸이 있지만 황주사가 없는 식당은 허전하고 썰렁한 느낌이다. 다른 사람들도 그렇게 느끼는 것 같다. 이곳의 특성 상 아리따운 여성보다 황 주사의 인정미가 절대적인 것 같다.

황 주사의 식당을 나선다. 낮 동안 시장은 별일 없었는지…… 분위기로 보아 별 일이 없어 보이는 것이 모처럼 단잠에 빠져들 수가 있을 것 같다.

이튿날, 마사노가 일어났느냐며 소리를 질러댄다. 두 시 반이 지나 있다. 화들짝 놀란 민규가 머리맡에 놓인 추리닝을 주워 입는데, 내려가던 마사노가 다시금 올라와서는 문을 열어젖힌다.

"무슨 일이에요?"

"아닙니다."

"그런데 문을 열어요? 알았다 기무라가 없는 거죠?"

"여자 만나러 갔습니다. 늦을 거라면서……."

"그래서 서운하고 심심했던 거군요?"

정곡을 찔렸나. 마사노가 창밖으로 시선을 돌린다.

기무라는 인사성은 밝지만 말이 없다. 그 말없음에 속마음을 도무지 짐작할 수가 없다. 그런 기무라가 여자를 사귄다고 하니, 상대성이라고, 어떤 여자일까……. 알 수가 없는 일이다. 기무라는 빼빼 마른 체구에 헐렁한 옷을 입고, 머리는 무스를 발라 꼿꼿이 세운다. 요즘 신세대들의 패션이다. 거기에 여자가 꽂혔을까?

기무라와 후가모도가 없는 이 집엔 민규와 마사노 둘 뿐이다. 남자와 여자, 남녀 간의 일이 벌어질 수도 있는 일이다. 하지만 장담컨대 그런 일은 결코 벌어질 수가 없다. 마사노가 끓여다주는 차 한 잔에 위안은 받을지언정 마사노를 통해 오히려 아내가 그리워질 따름이니까. 너무 오래 떨어져있다 보니 어떤 모습으로 변해있을지, 궁금하다. 지켜주지 못해 미안하다. 그나마 다행인 건 삭막한 분위기인 호텔이나 여관보다 가정적인 분위기에서 안정된 생활을 할 수 있다는 점이다.

마사노와 만나던 화창한 봄날, 혼자 사는 여자에 대한 호기심이 없지도 않았다. 그날도 오늘처럼 보라색 블라우스 차림이었다. 하지만 작은 키에, 안짱다리에, 매몰차보인 인상에 호기심은 산산조각이 나버렸다.

"후가모도 상……. 부인 상태가 어떤지 아세요?"

민규는 별로 할 얘기도 없고, 그렇다고 나가달라고도 할 수가 없어 나가주기를 바라는 마음에서 던진 말이다.

"여전히 그러고 있나 봐요. 저는 서로를 위해 빨리 죽는 편이 낫다고 생각해요. 그런데 후가모도 상의 부인을 보면, 사람의 목숨이 그렇게도 질긴 건가? 그런 생각이 들어요. 오늘내일 하면서 삼년이나 넘겨왔잖아요."

민규가 중학교 3학년 때였을까. 옆집에 폐병(그때 당시는 폐병쟁이)을 앓는 노인이 있었다. 사람들은 그 집 근처는 얼씬도 하지 않았다. 하지만 다른 길이 없던 민규는 그 집을 거치지 않을 수가 없었다. 그러다 어느 날 부축을 받아 나오는 노인을 볼 수가 있었다. 나뭇가지처럼 앙상하게 말라 그날 밤을 못 넘길 것만 같았다. 그런데 그 몸으로도 3년을 더 살다 죽었으니, 마사노의 말처럼 사람의 목숨이 사람에 따라 질기기도 한 모양이다.

"저 나가봐야겠습니다."

마사노와 함께 있는 자리가 더 답답해서 민규가 자리를 털고 일어선다.

하늘은 찌푸려 있고, 골목은 바람으로 스산하다. 그런 가운데도 시장은 여전히 생동감으로 넘쳐난다. 휴일을 맞아 한국인, 일본인, 중국인, 아랍인, 흑인, 백인 할 것 없이 세계가 뒤엉켜 돌아간다. 삶에 대한 욕구가 다양한 형태로 드러나는 도가니. 이런 속에서도 이스라엘인들은 떼 지어 다니면서 물건을 싹쓸이로 매수를 해서 몇 배의 이익을 남기며 팔고 다닌다는 소문이 자자하다. 상술이 뛰어나다고 한다. 요지경 속 같지만 겉으로 보이는 것과 달리 철학적인 소유자가 있는가 하면, 예술가적인 기질에, 소시민에 낙천적인 사람도 있다. 간밤에 세상을 떠난 사람이 있다손 쳐도 시장의 일상에는 변함이 없다. 시장의 생리다.

한국인들에게 밀려난 일본인 상인들은 별 볼일 없는 물건들만을 벌여놓은 채 오가는 행인들을 맥없이 바라보고 있는 실정이다. 한국 상인들의 노전은 사람들로 북적대지만 일본인들의 중고 가전제품, 헌옷가지, 헌책 등에 관심을 보인 사람은 그다지 없다. 반면에 한국 상인들은 국적과 관계없이 모두에게 필요한 물품들을 고루 갖춰놓고 있어 이를 구입하려는 사람들로 북적댄다. 주객이 전도된 양상이다.

"안녕하세요, 회장님?"

민규를 본 상인들이 저마다 인사를 해온다.

"이리 와요."

노인이 민규를 보고 손짓을 해온다. 그 옆엔 검붉은 얼굴에 매부리코 남자도 있다.

"그러고 보니 같은 서울 출신들이구먼."

"서울 어디요?"

노인의 설명에 남자가 거칠게 물어온다. 보통내기가 아닐 듯 싶다.

"화곡동입니다."

화곡동이라면 처형의 동네다. 아내와 아이들이 있는.

"반갑수다. 최민달이라고 하오."

떨떠름하게 내민 민규의 손을 남자가 거칠게 움켜잡는다. 손아귀의 힘이 보통이 아니다.

"초면에 이레 입 싹 닦고 앉아있을 순 없잖소? 잠깐 기다리쇼!"

최 씨가 호기롭게 일어선다. 술을 사올 모양이다.

"일은 어떠세요?"

노인에게 민규가 묻는다.

"괜찮소. 모터를 다룬 일이 있었는데 이곳에 와서 써먹게 되는구면."

민규의 걱정은 기후에 지나지 않았다. 안 가본 나라가 없다는 노인은 술을 좋아해 일하기가 힘들 것이라고 생각되었다. 그런데 노동이 아닌 기술직이라고 하니 오히려 민규 자신보다 나은 일자리이지 않은가.

"저 양반은 막걸리밖에 모르오."

최 씨가 사들고 온 캔 맥주와 마른 오징어를 술자리에 내려놓으며 권한다.

"자네 얼마 만에 왔지?"

"삼 개월 되지 않았나요?"

"벌써 그리 됐나?"

"그건, 날 기다리지 않았다는 뜻인데요?"

"기다리긴? 이레 좋은 친구들이 있는데 기다리긴 누굴 기다려?"

노인이 민규를 향해 눈을 찡긋해 보이며 막걸리 병으로 건배를 청한다.

"저도 이 술이 좋다보니 노인장 생각이 안 나던데요?"

"에끼, 이 사람!"

맥주캔을 치켜든 최 씨와 노인이 주고받는다.

"그런 뜻에서……."

최 씨의 건배에 민규는 주머니에 양손을 질러 넣고 어슬렁어슬렁 구경삼아 서성대는 사람들의 모습들이 좋아 보일 정도로 어서 이 자리를 떴으면 싶다.

"이제 끝내셔야 되겠는데요."

"벌써 그리 됐나?"

석호의 말에 노인이 파카 점퍼의 깃을 바투 세우면서 일어서고, 캔 맥주 여섯 통을 마신 최 씨는 아직 성이 덜 찬 모습이다.

"자네는 그리로 가야지? 내일 보자고."

노인이 먼저 돌아서며 손사래를 친다.

"같이 갑시다."

최 씨가 상인들 일행에 끼어들면서 소리친다.

석호의 아파트로 들어서자 김치냄새가 먼저 달라 들고, 최 씨는 거실 가운데에 퍼더버리고 앉는다.

"최 씨! 여게는 노는 자리가 아니라예."

"노는 자리가 아니라니 됐소. 그러잖아도 모두에게 들려주려는 참이었는데……."

최 씨가 야릇한 미소와 함께 의미심장한 표정을 지어 보인다.

"잠깐! 제가 먼저 말씀을 드리죠."

회장인 민규가 나서려는 순간이다.

"내가 말이오, 이곳에다 김치공장을 세울 계획이란 말입니다."

최 씨가 당당하게 선언하고 나선다.

"보소, 여긴 시장 일로 모인 자리이지 공장 일로 모인 자리가 아닌 기라 예."

부산의 최 여사가 일침을 가하고 나선다. 작달막한 키에 윗입술엔 언청이 자국이 선명하다.

"기왕 말이 나왔으니 어디 들어나 봅시다."

"예, 이곳에 김치공장을 세울 거고, 김치공장이 세워지면 여러 분들을 직원으로 쓸 생각입니다."

배 씨의 말에 최 씨가 호기롭게 주워섬긴다.

"우리를 김치공장 직원으로? 번지수를 잘못 찾아도 한참 잘못 찾았소. 김치공장 세우는 거야 우리가 왈가왈부할 일이 아니지만도 우리는 직업이 없어 가 이곳에 온 기 아니란 말이오. 이래봬도 우리는 사업을 하고 있다 이 말이라요. 사업가가 어예 남의 밑에서 일을 한다 말입니꺼?"

"그러게 말입니더. 어림없는 소리제!"

나이 든 이 씨의 말에 총무인 홍 여사도 한마디 하고 나선다.

"이래봬도 여기는 각자 사업을 하는 사장님들이란 말입니다, 알겠습니까?"

"보소. 월급을 얼마나 줄지는 몰라도 보름 비자 받아 들어와 가 드나들고 나머 얼마나 남겠십니꺼? 우리와는 맞을 수가 없능 기라요."

"맞춰주면 될 거 아뇨!"

"그럼 퍼뜩 시작을 해 보든가!"

옥신각신 끝에 최 씨가 핏대를 올리는 것으로 끝이 나버렸다.

"최 씨 말 들었다간 골속에 병들어요. 부인이 서울에서 가방장사를 해요. 제가 그 집에서 가방을 떼어오고 있는데, 부인도 남편 말 안 믿어요."

회의를 끝내고 밖으로 나온 석호가 상인들에게 털어놓는다.

"뻔뻔이구먼. 빠삭하게 알고 있는 석호 앞에서 저리 뻥을 치다니……."

"그르게나 말입니다."

저런 사람도 있나 싶어 민규는 피식 웃음이 나온다.

"지난번에 왔을 때 저한테 보름 동안이나 있다 갔잖습니까. 막무가내로 와서 개개는데……. 지금도 다들 나오시는데 혼자만 안나오잖아요. 돈 한 푼 안 쓰면서 먹어대는데……. 부인을 봐서 참아주고는 있지만……. 머리가 아픕니다."

"다른 사람들도 그 사실을 아나?"

"자세히는 다 모를 일이죠. 하지만 세상 풍상 다 겪은 상인들이 최 씨 말을 그대로 믿겠어요?"

"그런 줄 알면 최 씨를 막아야지."

"면전에다 대고 어떻게요……. 참 깝깝합니다. 부인과의 관계를 이용해서 개개이는데……."

"참!"

"국내라면 몰라도 외국에서 저모양이라니……. 저놈의 버릇을 어떻게 고치나?"

"그래서 부인한테 푸념을 하면 가방을 조금은 저렴하게 주기는 해요."

"뭐 망신은 뭐가 시킨다더니……."

"인간아, 인간아."

"왜 사냐? 한숨이 절로 나오는군요."

민규의 한탄에 석호가 운문 같은 답을 하고 나선다.

상인들과 헤어져 돌아서는 마음이 허허롭다. 이런 저런 풍파가
수시로 일어나는 시장 속에서도 자신의 업을 꿋꿋이 다져온 상인
들이 비로소 대단하다는 생각이 든다.

민규가 경영했던 사업은 주문 받은 옷감을 짜는 일이다. 옷감
을 짜는 실도 가와무라가 보내온다. 보내온 실로 옷감을 짜서 일
본으로 보내면 대금이 들어온다. 그 돈으로 직원들의 월급을 주
고, 세금 내고……

그렇다고 문제가 전혀 없는 것은 아니다. 공식대로만 되는 것
도 아니고, 정해진 룰대로만 돌아가는 것도 아니다. 물론, 같은
물건이라도 사람에 따라 거래가 달라지는 시장의 생리와는 다르
다. 각지에서 모여든 상인과 소비자들에 따라 달라지는 상술, 그
로 인해 총천연색으로 벌어지는 시장 생리와는 근본적으로 다르
다. 자신처럼 돈과 물건이 정당하게 교환되는 것으로 알았던 민
규는, 서로 속고 속이며 살아남는 약육강식을 이곳에서 실감나
게 체험했다. 가와무라가 아니었다면 어찌 이런 곳을 와볼 수나
있었으랴. 찾으면 가만 두지 않으려했던 처음과 달리, 인생 공부
를 단단히 시키는 것에 밉기만 한 것도 아니게 되었다. 세월이 약
이라 했던가.

이런저런 생각에 골똘하다보니 무의식적으로 와지게 된 마사노

의 집. 목조가옥이 희뿌연 가로등과 더불어 음침한 분위기를 자아내진다. 그나마 궁상들을 따돌리고 한쪽으로 비켜나 있는 게 한적하고 조용해서 다행스럽다. 니시나리의 지저분한 분위기가 역겹다가도 이 골목만 들어서면 가가호호 안정적인 분위기에 마음이 가라앉는다. 민규는 정화가 된 기분으로 현관문에 붙박인 초인종을 누른다.

마사노가 사르르 문을 밀치면서 나온다. 잠옷 바람이다. 얌전한 듯, 여자다운 듯해도 내미는 손 가차 없이 뿌리칠 차가운 인상의 여자. 언제던가. 지금처럼 마사노가 현관문을 열고나올 때였다. 일순 안아보고팠다가 얼굴을 마주하는 순간 그 감정이 오싹 오그라들어버렸다. 그처럼 차갑고 매서운 여자를 좋다 할 남자가 있기는 할까.

"잘 돼 가나요?"

"뭐가요?"

"저도 다 압니다."

이 여자가? 마사노한테 시장 일에 대해 얘기해본 적이 없는데……

"그저 그래요."

안다니, 마사노의 말을 그대로 받아들이면서 대꾸한다.

쉬는 날에도 나가고, 상인들도 자주 찾아오고, 전에 없는 일들이 벌어지고 있으니 알아챌 수도 있겠지.

이 층으로 올라오는데 뒷덜미에 꽂인 마사노의 시선이 문풍지처럼 펄럭여댄다.

깊은 잠에 빠져든 후가모도의 코고는 소리가 요란스럽다. 일이 수월한 쪽으로 다닐 수 있는 기회가 많았음에도 불구하고 이래저래 함께 해준 후가모도. 이왕지사 노동판인 바에야 좀 더 배우고 경험해보겠다는 생각으로 함께 해준 후가모도가 민규로서는 여간 고마운 게 아니다. 겉으로는 나긋나긋해 보여도 내면만큼은 굽히지 않는 일본인과 다른 후가모도이니 별종이 아닐 수가 없다. 거기다 말수까지 적다. 묻지 않은 한 마누라 얘길 먼저 꺼내는 일도 없다. 민규로서도 묻지 않는 것이 후가모도를 위한 일이라 여겨 지켜만 볼 뿐이다.

쓸쓸한 귀향

"무슨 일 있어?"

민규는 심각해져 있는 석호에게 묻는다.

"며칠째 노인이 안 보여요."

"왜지?"

"이 양반은 걱정스럽고, 최 씨는 가라고 하지를 못해서 머리가 아프고……. 한 달도 더 있을 모양샌데……. 미치겠습니다."

지난주 석호의 아파트에서 회의를 하던 날이다. 당치도 않은 김 치공장 운운하는 바람에 회의가 제대로 진행되지를 못했는데 그 날로 최 씨가 눌러앉아버린 모양이다.

"돈이 없는 것도 아니라면서? 다른 곳으로 가라고 하면 되잖나?"

"가란다고 갈 위인이면 제가 이러고 있겠습니까?"

"부인한테 연락을 하든지."

"부인도 앞뒷발 다 들어버렸는걸요 뭘."

"그래도 그렇지 쫓아낼 재간이 그렇게 없어?"

"그럴 재간 있으면 속을 이리 썩고 있지 않죠."

"사람으로서……. 어찌 저리 사나? 우리네 상식으로는 도무지 이해가 안 된다."

"당연히 이해 안 되죠."

"우리 방도를 한 번 생각해 보자고. 차차 생각해 보기로 하고, 노인이 어찌된 거지? 거처는 알아?"

"알아요."

"그럼 가게는 사돈한테 맡기고 가보자고."

"그러세요. 가보셔야죠."

사돈인 최 씨도 걱정이 되는 모양이다.

석호의 동생이 물건을 들여오기 위해 한국으로 들어가고, 사돈과 함께 가게를 보고 있던 참이다.

민규는 부디 별일이 없기를 바라면서 석호를 따라간다. 건강하다고 해도 노인은 장담할 수가 없다. 건강하게 지내오던 민규의 아버지도 급성신부전증으로 갑작스럽게 세상을 떠버렸다.

석호가 한 호텔 앞에서 발걸음을 멈춘다. 옆에 놓인 팻말이 A, B, C의 등급을 나타내주고 있다. 18,000, 13,000, 10,000엔 등.

"리 상, 계세요?"

석호가 종업원에게 묻는다.

"아직 안 일어나셨습니다."

안으로 들어갔다 나온 종업원이 내뱉듯이 말한다.

"여기까지 왔는데, 들여다보고 가야지."

"주무신다는 걸요……."

"저렇게 오래도록 안에만 계실 분이 아닐 텐데……. 확인해 보자고."

석호를 앞세운다.

붉은 카펫이 깔린 계단을 올라 이 층의 중간쯤 되는 방문에 대고 석호가 중지 손가락을 구부려 두드린다. 그러나 기척이 없다. 잠이 깊었는가. 문을 두드리며 잡아당겨 보아도 기척이 없다. 왜지? 느낌이 좋지가 않다.

"아무래도……. 종업원을 불러와 봐."

석호를 따라 올라온 종업원이 열쇠로 방문을 딴다.

문이 열리는 순간, 아~ 이부자리도 깔리지 않은 맨바닥에 노인이 쓰러져 있지를 아니한가.

"이런!"

심장이 콩 뛰듯 한다.

"어서 병원으로!"

민규가 서두른다.

의식이 있는지 없는지도 알 수가 없다. 방이라는 것이 이리 썰렁하니…….

노인의 몸을 살피던 민규는 퍼뜩 뇌졸중으로 쓰러진 게 아닌가 하는 불길한 생각부터 든다.

"큰 병원으로 연락해요."

작은 병원이나 개인 병원은 안 될 듯싶다.

사색이 된 종업원이 우당탕 아래층으로 내려가고, 민규는 깍지 낀 손으로 심폐시술을 하고, 석호는 오그라든 노인의 팔다리를 주무르는데 흰 가운을 입은 의사와 직원인 듯한 남자 둘이 들것을 들고 올라온다. 노인의 상태를 확인한 그들이 심폐소생시술을 하고는 상체와 허리와 하체를 능수능란하게 받쳐 들어 들것에 옮긴다. 많이 취급해본 능수능란한 솜씨들이다. 다소나마 마음이 놓인다.

민규와 석호도 앰뷸런스 뒷좌석에 올라탄다. 이내 출발한 앰뷸런스는 몇 번의 커브를 돌아 멎는다. 노동사무실 쪽과는 거리가 먼 병원이다. 신경외과로 옮겨져 검사가 이루어진다.

"아무래도……."

"무슨 문제가 있습니까?"

의사의 말에 민규가 다급하게 묻는다.

"의식은 돌아왔습니다. 하지만 왼쪽에 문제가 있을 것 같습니다. 뇌졸중이라고 하죠."

검사를 마친 의사가 선언하듯 던져 붙인다.

"치료하면 되지 않겠습니까?"

"글쎄요……."

의사의 침통한 표정에 민규가 석호를 바라본다.

그렇다면……, 난감하지 않을 수가 없다.

"말씀을 못하시는 것도 그때문인가요?"

의사가 머리를 끄덕인다.

이 노릇을 어찌하나. 몸도 몸이지만 말까지 못하게 되면…….

"음식섭취를 잘 하고 약물요법과 물리치료를 잘 하면 말을 할 수도 있겠지만……."

의사는 가망이 없다는 식이다.

의식이 돌아온 건 다행이지만 몸을 쓰지 못하고 말을 못하는 상황이라면……. 난감한 노릇이 아닐 수가 없다. 병원에 있는 동안에야 돌본다고 쳐도, 퇴원 후가 문제 아닌가. 저마다 바쁜 이곳

128

시장에서 누가 돌본단 말인가. 가족이 있다는 에스콰냐나로 보낸다고 해도, 수속을 밟자면 시일이 걸릴 것이다. 에스콰냐로 보낸다고 해도 가족이 받아주기나 할 것인지……

"이 일을 모두에게 알리기는 해야겠죠?"

석호도 걱정이 되는 모양이다.

"그래야지. 보통 심각한 문제가 아닌데."

다음 날 면회에서 자신의 팔에 꽂인 링거들을 본 노인이 부르르 몸을 떤다. 그러고는 저항하듯 일어나려 발버둥을 친다. 그러더니 이내 자신의 몸 상태에 괴음을 내지른다. 이 광경을 지켜보아야 하는 민규로서도 난감하지 않을 수가 없다. 한동안 바동대던 노인이 지친 듯 눈을 감아버린다.

얼마의 시간이 흘렀을까. 자리를 뜰 수가 없어 지키고 있는데, 눈을 뜬 노인이 입술을 달싹이고, 그 모습에 민규는 자리에서 벌떡 일어선다.

"고맙습니다. 고맙습니다. 정말 고맙습니다."

눈을 뜬 자체만으로도 반가워 연신 굽실댄다.

"무ㅡ슨ㅡ이ㅡ런……. 미ㅡ안ㅡ하게……. 됐ㅡ구ㅡ면."

"아닙니다. 그래도 이만하기 다행입니다. 말씀을 못하시게 될까봐 얼마나 걱정이 되었는데요. 이제 약 드시면서 물리치료만 잘 받으시면 됩니다. 그러면 예전처럼 되실 겁니다."

민규는 마치 부모라도 되는 듯이 노인의 손을 움켜잡고 부르짖는다. 울컥 목까지 멘다.

"폐ㅡ가ㅡ많ㅡ소."

노인은 오른 쪽으로 치켜 올려진 채 오므려지지 않은 삐뚤어진 입으로 헛바람 소리를 내며 애써 이어간다.

"이–몸–으로–내–나–라–로–가–긴–틀린–일–이–고······."

"무리하시면 안 돼요. 말씀은 나중에 차차 하시도록 하세요."

민규는 안간힘으로 띄엄띄엄 내는 노인의 소리가 더 애처롭다.

"무–슨–인–연–으–로–."

"무슨 말씀을요? 저는 젊습니다."

아무리 위로를 해준들 노인이 어찌 자신의 이 상황이 받아들여질 것이던가. 고장 난 로봇처럼 삐딱해진 몸으로.

민규는 석호를 가게로 보내고, 마사노에게 전화를 해서 들어가지 못하는 상황을 설명한다.

노인은 병원에서 퇴원을 했다. 병원에 있어 봐야 더 나아질 것이 없다는 게 노인의 판단이었다. 그래도 가족이 있는 아르헨티나로 가겠다고 해서 수속을 밟았다. 이곳 니시나리 한국인 상인이라면 노인을 모르는 이가 없게 되었고, 특히 황 주사와 그의 딸 미스 황이 노인이 숙소에 있는 동안 애를 많이 써주었다. 일본 경찰들 사이에도 평판이 좋은 황 주사가 기관을 드나들며 수속을 밟았고, 미스 홍도 노인 보살피는 일을 맡아 했다. 장사를 하고 있는 한국인들 가운데선 노인을 돌볼 마땅한 사람이 없었다. 미스 홍이 뜻밖에 부산과 니시나리를 오가는 일을 미룬 채 간병을 자처하고 나서주어 얼마나 고마웠는지 모른다. 노인을 간병할 만큼의 나이는 아직 아닌 것이고, 장사를 하는 언니한테 물건도 떼어다

주어야 할 처지인 미스 홍이 나서줄 줄은 아무도 몰랐다.

오른쪽이 마비가 된 노인은 혼자서는 밥도 먹지 못한다. 그런 노인을 수발들면서 대소변을 받아내는 것은 물론이고, 물수건으로 몸까지 정성껏 닦아주는 미스 홍의 정성 때문이었는지 입 모양새가 바로잡혀져 말하는 것이 수월해졌다.

민규는 노인이 일했던 회사에 찾아가 월급을 챙겨다주는 것으로 마무리를 지어주었다. 노인은 불법체류가 아닌데다가 회사에 적을 두고 있어 의료비 보조도 받았다. 소소하게 들어가는 돈은 상인들이 십시일반으로 모았고, 간병은 미스 홍이 해주어 큰돈 들어갈 일은 없었다. 노인도 얼마쯤은 모아놓은 돈이 있어 돌아가는 데 걱정은 없을 것이었다.

불구가 된 몸으로 고국이 아닌 타국으로 떠나는 노인, 상인들은 진심으로 노인의 건강을 기원하는 마음들이었다. 노인의 문제로 상인들이 똘똘 뭉치는 계기가 되었으니, 오히려 전화위복이 되었다. 노인이 떠나기까지 결속이 다져진 시장은 화기애애한 분위기에서 장사도 잘 되었다.

"모두들 고맙소. 가고 싶지가 않은데, 여러분들께 폐를 끼쳐야 하니……. 몸은 가지만 마음은 이곳을 떠나지 못할 것이오. 모두들 보고 싶고, 그리워질 테지."

노인은 시장 사람들과 일일이 작별인사를 나누면서 울먹인다.

"안됐지 뭐요."

수속을 마친 노인이 목발 짚은 몸으로 탑승을 하기 위해 출국장 안으로 들어간다. 그 모습에 울먹이는 미스 홍을 보면서 민규는 저녁놀은 황홀할 지경인데 어찌하여 인생의 노년은 저리 쓸쓸한가, 한탄이 절로 난다.

"저 양반이 저렇게나마 건강해지신 건 다 미스 홍 덕분이야. 그동안 애 많이 썼어. 고마워."

평택에서 다닌다는 덕철이 엄마가 미스 홍의 등을 토닥이며 칭찬을 아끼지 않는다.

"여자라면 할 수 있는 일 아임니꺼. 회장님께서 고생을 하시는데 어에 보고만 있겠심니꺼? 모두가 장사를 하고 계시는데예……."

"듣고 보니 더 고맙네. 그동안 물건도 못 떼어오고……."

"그 바람에 재고 다 팔아치웠다 아임니꺼. 모두가 도와주셔 가지고예."

"어쨌거나 미스 홍 아니었으면 어쩔 뻔 했냐고?"

"마음으로 해드린 기지 솜씨로 해드린 깁니꺼. 할아버지가 좋잖아예."

"그래, 좋으신 분이긴 허지."

민규는 나이답지 않게 성숙한 미스 홍의 어른스러움이 대견스럽다.

"회장님은 이 길로 들어가셔서 쉬세요. 그동안 고생이 너무 많으셨잖아요. 내일 일도 나가셔야 할 테고요."

덕철이 엄마가 민규를 배려하고 나선다.

그동안은 노인 문제로 일을 나가지 못한 날이 있었고, 일을 가더라도 잠이 부족하고 피곤했다. 미스 홍의 말처럼 더 이상은 버텨낼 기력이 없다.

니시나리의 봄

민규가 일을 마치고 돌아오는데 마사노가 시장에서 사람이 왔다갔다는 것이었다. 또 무슨 일이 생긴 건가. 급히 시장으로 들어서는데 걱정했던 것과 달리 삼삼오오 모인 모습들이 화기애애해 보인다.

"무슨 일이야?"

"회장님이 이자 시장이라며 완전히 노이로제에 걸려쁘렀다."

민규의 다급한 질문에 석주가 실실 웃음을 흘려가며 놀린다.

"이 자리가 무슨 일은 아이고…… 자축하는 자리라요. 그동안 수고해주신 회장님께 상인들이 한 턱 쏘겠다 아입니꺼! 식당을 제공해주실 분도 계시고요. 어때요, 이만하며 고생한 보람이 있지예?"

이게 무슨 일인가? 이런 날도 있나. 말이 안 나올 정도로 감격에 겹다. 목이 메고 눈시울까지 붉어진다. 시작할 때만해도 엄두가 나지 않는 일이었다. 그런데 막상 걱정했던 것과 달리 상인들이 의외로 잘 따라주었고, 일사불란하다고까지 할 수는 없지만, 서서히 질서가 잡혀갔다. 질서가 잡혀가다보니 분위기도 훈훈해졌다. 분위기가 훈훈해지니까 사람들이 모여들었고, 사람들이 모여드니까 상거래가 활발하게 이루어져 갔다. 상거래가 활발해져

가니까 신바람들이 났던 거고.

인간은 어려움이 닥치면 하나로 뭉치려는 본성이 있는가 보았다. 노인의 변고는 시장 조직이 결성되면서 조금씩 나아져가고 있을 때였다. 그런 때에 노인에 대한 안타까운 마음들이 모여 누가 뭐랄 것이 없이 저마다의 입장에서 최선을 다하는 모습들이었다. 아침저녁으로 청소를 해서 시장이 몰라보게 깨끗해지고, 정찰제와 친절한 서비스로 고객들의 신뢰가 쌓이면서 바라는 바대로 니시나리의 특수성 속에서 명소가 이루어져 갔다.

서둘러 가게를 정리한 40여 명이나 되는 상인들이 교포가 운영한다는 식당으로 몰려간다. 식당 현관 유리문에 일반 손님 사절이라는 문구가 붙어있다.

"어서 오십시오. 이현우라고 합니다. 반갑습니다."

식당 주인이 민규에게 인사를 하며 악수를 청해온다. 민규보다 나이가 조금은 위로 보인다.

"초청해주셔서 감사합니다."

"일본에 살면서 이런 일이 생기다니……. 제가 감사드릴 일입니다. 들어가시죠."

오십여 평은 됨직한 식당이다. 음식이 차려진 식탁에 상인들이 자리를 잡고 앉는다.

줄을 지어 차근차근 들어가는 등 상인들의 질서는 식당에서도 일사분란 했다.

"회장님께서 말씀을 하시겠습니다."

"이런 날이 올 것이라고는 생각도 못했습니다. 감개가 무량하니다. 이 자리가 있기까지 여러분들의 고생이 많았습니다. 잘 해내셨습니다. 앞으로도 지금처럼만 해나간다면 오사카의 니시나리 명소로 떠오를 날도 머지않을 것 같습니다. 지금처럼만 해간다면요. 그날을 위해 우리 모두 열심히 해보십시다. 그리고…… 제가 뭐라고 이렇게까지 마련해주신 이현우 사장님께 감사를 드립니다."

민규의 인사말에 우레와 같은 박수와 환호성이 터져 나온다.

"여러분, 주인장 말씀 안 들어볼 수 없지요?"

민규의 제안에 식당은 환호성이 폭풍처럼 터져 나온다.

"이현우라고 합니다. 와주셔서 감사드리고요, 이곳에서 우리 동포가 이처럼 드러내놓고 단합해서 모인다는 건 상상도 못해봤던 일입니다. 이곳에서 살아오는 동안 오늘처럼 기쁜 날이 있었습니까. 일본인들 틈에서 얼마나 많은 차별대우를 받으며 살아왔습니까? 정착해서 살고 계시지 않는 여러분들께서는 짐작만 하실 뿐이지만, 참 서러움 많이 받아왔습니다. 요즘이야 많이 좋아지긴 했지만 차별은 여전하지요. 그래서 오늘이 정말이지 신바람 난 날이 아닐 수가 없는 겁니다.

이곳 시장을 시장다운 시장으로 변화시켜 주신 회장님께 더욱 깊은 감사를 드리고, 따라주신 여러분들께도 감사를 드립니다. 앞으로 더욱 발전된 모습으로 변화시켜 주실 것을 당부 드리면서 차린 것은 없지만 맛있게 드셔주셨으면 합니다. 감사합니다."

"잠깐예!"

미스 홍이 나선다.

"또 있습니더. 회장님은예……."

미스 홍이 무슨 말을 하려나 싶은 얼굴들로 들려던 수저와 젓가락을 놓고 바라본다.

"회장님이 시장 일만 잘 보시는 줄 알았지예? 그기 아입디더."

"그기 아니머 또 뭐꼬?"

부산아지매가 불쑥 나선다.

"지가 밤길을 가다 불량배한테 당할 뻔 했다 아임니꺼?"

"미스 홍이? 불량배한테?"

"그게 믿어지나?"

"그러게. 어떤 겁도 없는 놈이 미스 홍한테……."

"여자 아이가!"

남자들의 말에 부산 여자 상인이 쏘아붙이고 나선다.

"그 정도로 용감하다는 것 아니겠습니까."

"그래서 어쨌다는 기고? 퍼뜩 말해보그라."

"회장님께서 그 불량배를 태권도로 제압해버린 깁니더. 그 불량배가 찍소리도 몬하고 줄행랑을 쳐버렸다 아임니꺼. 지는 그때 시끕했심더. 회장님이 아니었으믄 큰일 날 뻔 했다 아임니꺼?"

"그랬드나?"

"예. 회장님의 태권도가 9단이락캅니더."

"그래예? 대단하십니다."

"그뿐인 줄 아십니꺼? 냄편이락카면서 불량배를 호통 쳐대는데……."

"냄편? 누구 냄편?"

"미스 홍의 냄편이락 캤다 안 카나!"

"참말이가?"

"참말은 무슨 참말입니꺼? 그레 기지를 발휘한 기지예."

"에구야~."

"그러게 밤길 조심하라 안 카드나?"

미스 홍의 언니인 홍 여사가 나무라고 나선다.

"어쨌든 멋있다, 멋있어! 박수!"

박수가 우레처럼 터져 나온다.

"어쨌거나 든든했심더."

"그라머 냄편 해삐리거라고마."

"그기 무신 소리고? 회장님이 총각인줄 아나?"

부산 출신 임 여사가 한마디로 일갈을 해버린다.

"그래. 그만큼 든든했다는 얘기지."

"맞심더."

"하여튼 대단하시구마."

"그 상황이 되면 누군들 그러지 않겠습니까. 별것도 아닌 걸가지고⋯⋯. 쑥스럽습니다. 식사들 하시지요."

민규나 나서서 수습을 하고, 박수갈채가 터져 나온다.

"자 모두들 드십시다."

식당 안은 이내 떨그럭거리는 소리들로 소란스러워진다.

갈비탕, 닭볶음탕, 상추, 그 외의 반찬들도 모두가 한식이다. 소주도 빠지지 않는다. 술과 음식이 들어가자 달뜬 분위기가 된다. 식사가 끝나자 종업원들이 식탁을 들어낸다. 가운데에 둥그렇게 공간이 생기자 취기로 흥이 돋워진 상인들이 몰려나와 덩실덩실

춤들을 춘다. 노래를 부르고, 노래에 노래가 이어져 '아리랑', '울고 넘는 박달재', '뱃노래', '가고파' 등으로 이어진다. 분위기가 무르익어가자 부어라 마셔라 하지만 흥청거리는 모습이라곤 없다. 식사를 끝내고 돌아가는 매너들도 좋았다. 변화라는 것은 바로 이런 것이었다.

"붙들어드릴까예."

얼큰하게 취한 민규를 미스 홍이 부축하고, 민규는 그녀가 술을 마신 것 같지 않아 거절하지 않는다. 미스 홍이 민규의 팔에 자신의 팔을 끼어온다. 바람에 날리는 미스 홍의 머릿결이 민규의 얼굴을 간질인다. 미스 홍의 청바지와 캐주얼한 차림이 한층 발랄해 보인다. 옷을 통해 전해지는 감촉이 취기에서도 느껴진다. 색다른 느낌이다.

"그간 고마웠어요."

"제가 뭘 했다꼬예."

"그렇지가 않아요. 이 시장엔 아가씨들이 보물이에요. 미스 홍이 박 노인을 지극정성으로 보살펴 주었고, 시장에서는 또 미스 황이 거들어주니 그보다 더한 보물들이 어디 있어요? 남자가 할 수 없는 일들을……. 그리고 또……."

"그리고 또예?"

"가와무라에 대한 충고도 고마웠어요."

"무신 대단한 충고라꼬예. 쑥스럽심더."

수줍은 듯, 그러면서 달라붙는 미스 홍.

"아버님은 계세요?"

미스 홍이 어머니에 대한 말은 했지만 아버지에 대해서는 말한 적이 없어 물어본다.

"형부 자살 사건 이후 바로 돌아가셨지예."

"괜히 물어봤군요."

"아임니더. 어제오늘 일이 아이다 아입니꺼."

"그런데……. 홍 여사와는 친 자매가 맞아요?"

"다들 그러더라꼬예. 닮지 않았다믄서. 친 자매가 아니며 뭐 땜시 언니 알라들을 키우고 가르치겠다꼬 이리 고생을 하겠십니꺼."

"그렇군요……."

"언니는 희한하게 엄마 아브지를 하나도 닮지 않았능기라예. 그래 돌연변이락 안 캅니꺼."

형제나 자매라면 어딘가 닮아도 닮은 구석이 있게 마련이다. 그런데 홍 여사와 미스 홍은 전혀 닮은 구석이 없다. 피부색이며 분위기까지도 딴판이다.

"그 얘긴 됐고 쪼매만 걷다 들어가시며 안 되겠십니꺼?"

"그러다 또 불량배 만나려고?"

"회장님이 계신데 뭐가 걱정임니꺼? 지 냄편이라머요?"

"그때는 상황이 상황이니만치……."

"한번 냄편은 영원한 냄편인깁니더. 위험한 상황에선…… 니시나리에 있는 상황에선……."

"나는 엄연히 유부남이에요."

"뭘 그레 지레 겁을 먹심니꺼? 지가 그걸 모릅니꺼? 그러니까네예 위험한 상황에서인 거고, 니시나리에 있는 한이라꼬예. 같이 살자고 매달리지도 않을 테니까네 걱정 붙들어 매이소."

안 되겠다 싶어 선을 긋는 민규에게 미스 홍이 논리적으로 간단없이 정리를 해버린다.

"그야 어떻든 데이트나 하입시더."

"여기는 걸을만한 분위기도 아니고 장소도 아니잖소."

"그라머 회장님 사신 집에 가보든가."

"이 시간에? 언니가 기다리지 않겠소?"

"농담도 못합니꺼? 재미없게시리……. 대신에 내일 낮에는 괜찮겠지예?"

민규는 미스 홍의 당돌함에 몸이 움츠러든다.

"그럼 지는 이만 가겠심더. 내일 봐예. 안녕히 가이소."

"별난 아가씨야."

민규는 간단없이 손을 빼고 자신만만하게 걸어가는 미스 홍을 바라보며 중얼댄다.

다음 날이다. 민규가 일을 마치고 들어가는데 미스 홍이 정말로 먼저 와서 기다리고 있다. 후가모도는 자신의 방으로 들어가고, 아래층의 마사노는 의아한 눈길로 동태를 살피는 기색이다.

"오차 가져왔습니다."

"들어오세요."

마사노가 들어오자 미스 홍이 자리에서 일어선다. 마사노는 아마도 궁금증보다는 호기심이 일었을 것이다.

"지난번에 말씀 드린 그 미스 홍이에요. 어르신 간병을 했던……."

"그래요?"

"인사들 나누세요."

민규가 두 여자를 자연스럽게 소개시킨다. 후가모도도 함께 참석을 시키고 싶지만 말을 알아듣지 못해 답답해할 것이라 여겨 그만 두었다. 물론 마사노도 마찬가지지만.

"이분은 이 집 주인이신 마사노 상이고, 이분은 미스 홍. 시장에서 언니를 돕고 계십니다."

"곤니찌와. 얘기 많이 들었습니다."

미스 홍이 일본어로 인사를 하면서 꾸벅 머리를 숙인다.

"아링아도우. 하지메마시데."

마사노도 인사말로 미스 홍을 반긴다.

"미스 홍 스바라시이데스네?"

민규는 마사노가 한국인이라는 편견 없이 미스 홍을 반기는 것에 긴장이 풀린다.

"그럼 말씀들 나누십시오. 저는 실례하겠습니다."

미스 홍과 더 이상의 대화를 할 수 없게 되자 마사노가 물러간다.

"살림이 이레 없심니꺼?"

미스 홍은 붙박이장과, 책상으로 쓰이는 탁자와, 몇 권의 책과, 텔레비전뿐인 것이 초라해 보이는 모양이다.

"남자가 그렇죠 뭐. 살림하러 온 것이 아니니까. 가방 하나만 챙겨들면 당장 떠날 수가 있어서 좋잖아요."

"부인이 이쁘십니꺼?"

느닷없는 질문에 미스 홍을 멀뚱히 쳐다본다.

"이쁘시겠지예?"

멀뚱히 쳐다보는 민규를 향해 미스 홍이 자문자답 해버린다.

외국을 능수능란하게 드나드는 미스 홍은 보통내기 여자가 아니다. 민규가 이 말 하면 저 말 하고, 당해낼 재간이 없는 아가씨인 것이다.

"부인이 있고, 알라들도 있을 낀데……. 딱하십니더. 부인은 또 얼마나 힘이 드시겠심니꺼. 못할 짓이지예."

"……."

"이곳에 있는 모든 이들 좋아서 하는 사람은 없지만도……."

"좋아서 하든 싫어도 하든 애국들을 하고 있는 거죠."

"그기 무신 말씀입니꺼?"

"외화를 벌어들이니 애국자들이라는 거죠."

"회장님도 참, 그런 싱거운 말씀이 어딨십니꺼?"

"싱겁다니? 그보다 진지한 말이 어디 있습니까? 미스 홍 같은 애국자가 흔한 줄 알아요?"

"지 같은 기 무신 애국자라꼬예."

"남들은 해외 나들이 한다고 외화를 내다버리는데, 미스 홍은 벌어들이고 있잖아요?"

"지한테 그런 말 하는 사람은 지금까지 아무도 없읍디더. 기냥 왔다갔다 하나보다 하지예. 팔자 좋다는 사람도 있고예."

"비행기 타고 하늘을 날아다니니 그런 말들을 하겠죠. 나 봐요. 오도 가도 못하는 징역살이잖아요."

"회장님 입장에서 보머 그렇기도 하겠네예. 하지만 비행기 타고 다니는 기 얼매나 지겨운지 아십니꺼? 너무 너무 지겹심더."

"지겹다고요?"

나이 어린 여자의 입에서 나올 말은 아닌 것 같다. 물론 언니에게 물건을 구입해서 날라다 주는 일이라고 여길 것이기는 하지만.

"비행기 한번 타보지 못한 사람으로서는 호강에 겨운 소리로 들릴 것입니다."

"그렇기는 하겠네예. 입장에 따라서는……"

그러면서 볼거리라곤 없는 방 안을 둘러본다. 자명종이 11시를 향해 부지런히 초침을 돌려대고 있는데, 이제 그만 일어서 주었으면 좋겠다싶다. 후가모도는 꿈나라에 든 지 오래일 것이고, 아래층의 마사노는 제멋대로 상상력을 부풀리고 있지 않을까.

"이제 주무셔야겠지예? 어찌 사시는지 궁금했어예."

"이제 풀렸어요?"

"여기서 살 거 아니잖아예."

미스 홍이 앞장서서 계단을 내려가고, 그 소리에 마사노가 쫓아나온다.

"사요나라."

"마다 오아이시마쇼우."

안녕히 계시라는 미스 홍의 말에 마사노가 또 보자고 한다.

"일본 여자들 속은 도무지 모르겠데예. 말은 애간장을 녹일 듯이 나긋나긋해도 속은 얼음장처럼 차가워예. 저 아지매도 그러지 싶네예."

누가 일러주지 않아도 알아지는 것, 부대끼며 살아보지 않고는 알아질 수 없는 내면의 것, 이런 것이 산교육이지 않은가. 미스 홍은 일면 철이 없는 것 같아 보여도 알만한 건 다 아는 것 같다.

"미스 홍, 어르신 보살펴 주신 것 정말 고마웠어요."

민규는 그 말을 해주고 싶었다.

"별말씀을 다 하시네예. 모두 다 같이 했지 지 혼자만 했심니꺼?"

"그래도 고마워요. 쉽지 않은 일이었는데……."

"됐심더. 지는 그만 가보겠심더. 안녕히 계시이소."

미스 홍이 탈탈 털듯이 달아난다.

이 무법천지 속에……. 이 밤중에……. 혼자 가다 혼이 났으면서도 여전히 혼자 저러고 간다. 보통으로 간이 큰 여자가 아니다.

집단이기, 그 신호탄

　오사카의 늦여름은 기온과 습도가 상상을 초월한다. 찜통더위. 이런 날씨 속에서 일한다는 건 가히 사투다. 날이 더우면 일거리가 많지가 않고……. 그럼에도 일을 나가려는 사투가 벌어지고 있으니……. 사는 게 아니라 그야말로 전쟁 속이다. 아내한테 돈을 보내야 하고, 적금도 넣어야 하고, 일을 제대로 하지 못한 이달은 그러니 적자일 수밖에 없다. 회장이라는 체면상 누구한테 빌려달랄 수도 없다. 생각다 못해 마사노한테 털어놓게 되었는데 뜻밖에 선뜻 빌려주겠다고 나서는 것에 놀랍지 않을 수가 없다. 그만큼 자신을 믿어준다는 것이니 일면 고맙기도 하고.

　마사노의 성격이 빈틈없고 쌀쌀맞긴 해도 신뢰성은 깊다. 직선적이고 성격도 화끈해서 스캔들이란 있을 수도 없다. 별난 성격인데 그것이 또한 그녀의 장점이다. 마사노가 빌려주어 이달의 돈 계산은 무난하게 처리가 되게 되었다.

　민규는 오늘 같은 일요일 말고도 일이 없을 때는 평일에도 시장엘 나가봐야 한다. 상인들과 가까워져 시장에만 가면 한국에 있는 것 같은 착각이 들기도 한다. 그런데다 요즘은 김치문제가 화제다. 한국인들에게 없어서 안 되는 김치. 여자들이 벌여놓은 가게에는 김치가 종류대로 갖추어져 있다. 그 때문에 김치에 대한 문제들이 심심치 않게 벌어지고는 한다.

이 시장 모든 상인들에게 자신이 김치를 대주겠다는 작자가 없는가, 재료를 가져다가 이곳에서 담가주겠다는 작자가 없는가, 최 씨처럼 공장을 세우겠다는 작자가 없는가, 하지만 말처럼 행동에 옮기는 사람은 없다. 그럼에도 김치에 관한 문제는 심심치 않게 등장을 한다.

그러다 정작 윤 씨라는 사람이 소리 소문 없이 등장을 해버렸다.

"윤 씨라는 분이 누군지 알아?"

"본 일 있어요. 그분은 여기다 공장을 세우는 것이 아니라, 한국에다 이미 세웠대요. 전량을 일본으로 수출하는 조건으로."

"여기다 세웠으면 좋았을 걸."

"이곳에서 담근 김치는 흉내만 내는 거지 그게 어디 김치요? 배추가 다르고 양념이 달라서 아무리 잘 담가도 우리나라 김치 맛이 안 나잖아요. 이곳에서 담아 김치 맛이 제대로 날 것 같으면 교포들이 벌써 뛰어들어서 벌써 했지 지금까지 이러고 있었겠어요?"

민규로서는 제 맛이 나도록 담그면 되지, 아무리 해도 제 맛이 나지 않는다는 말이 이해되지 않는다.

"자네가 해보지 그래."

"회장님도 참, 아무나 해가지고 될 것 같으면 지금까지 못했겠습니까? 저는 못합니다."

석호는 머리만 흔드는 것이 아니라 손사래까지 쳐댄다.

"최 씨가 와서 보면 섭섭하겠는걸."

"그러게 제가 뭐랬어요? 큰소리치는 사람치고 제대로 하는 사람 없다고요. 그건 그렇고, 남 씨가 가방을 또 안기고 갔답니다. 안다고 실실 웃어넘기기까지 하더라는데요?"

"회칙대로 하면 되지. 저녁에 안건으로 올려."

이제는 입씨름을 벌이지 않아도 될 만큼 질서는 잡혔다.

아니나 다를까. 석호의 아파트로 모인 상인들이 남 씨의 문제를 거론하고 나섰다. 약속을 어긴 것에 대한 벌칙 문제였다. 갈고리도 벌금을 무는 선에서 봐주었으니만치 남 씨도 회칙에 따라야만 할 것이다. 회칙, 회칙이란 상인들로서도 엄중할 수밖에 없었다.

"그라고 또 있심더."

홍 여사다.

"오늘예 덮어놓고 비집고 들어올락카는 사람이 있습디더."

"그럴 땐 어떻게 해야 되는 거죠?"

"들어오겠다면 받아주는 게 좋죠. 그래야 활성화가 되지 않겠습니까?"

"그렇다면 참여하도록 하시죠."

"알겠심더."

"물이 고이면 썩게 마련입니다. 새로 들어오겠다는 사람이 많을수록 시장이 활성화가 되는 겁니다. 시장이 확장되고, 다양해지고, 그럼으로써 발전이 될 것이고, 좋은 현상 아닙니까."

"맞심더."

악바리 같던 상인들이 지금은 순하디 순한 양이 되어있다. 싸움질하는 한국인이라는 소리도 쑥 들어갔다.

"고맙습니다. 여러분들 모두는 경쟁의 대상이 아니라 상부상조의 관계인 거죠. 이 머나먼 남의 나라에까지 와서 돈 벌겠다고 고생들을 하시니 동변상련 아니겠습니까. 서로 돕는 일 보기 좋습니다. 힘들 내십시오."

"역시 회장님이셔."

그렇게 잘 되어갈 것 같던 다음 날이었다.

덮어놓고 물건을 받으라는 남 씨와, 못 받겠다는 상인 간에 실랑이가 벌어졌다. 결국은 경찰서까지 끌려갔는데 민규는 불법체류자 신분이 돼놔서 나서지를 못했다.

"무슨 일 있습니까?"

심각하게 들어서는 민규를 마사노가 따라 올라오며 묻는다.

"무슨 일은요……. 피곤해서요."

"……예."

의아해하는 마사노에게 솔직하게 털어놓을 수가 없어 다다미 위에 그대로 벌러덩 누워 버린다. 눕고 보니 후덥지근해서 에어컨 스위치를 강으로 올려놓고 드러눕는다.

잘 나가는 듯 싶다가도 이런 일이 불쑥불쑥 튀어나오니……. 시장이라는 데가 특히, 낯선 이곳에서 거지들을 상대로 돈을 벌겠다는 상인들의 의지가 가상하기는 하지만. 골치가 아프다.

이 같은 어려움이 닥쳐질 때마다 아내가 더욱 간절해진다. 아내라면 이 문제를 해결해줄 방안이 있을 것이다. 지혜로운 여자니까. 그런데……. 이상하게 형체만 뱅글거릴 뿐, 아내의 얼굴이 또

렷하게 떠오르질 않는다. 왜일까? 머리가 잘못 되었나? 모를 일이다. 도무지 모를 일이다. 도리질이 인다. 편지를 써볼까.

편지지를 꺼내놓고 한참을 생각해도 장벽에 가로막힌 듯 쓸 말조차도 떠오르질 않는다. 시장 돌아가는 상황이나 적어볼까? 가까스로 볼펜을 집어 든다.

사랑하는 당신에게

오랜만에 펜을 들어보오. 실속도 없으면서 뭐가 그리 바빴는지 모르겠소. 내일만으로도 벅찬데, 시장 일로 신경을 쓰다 보니 여력이 없었소. 뇌졸중으로 쓰러진 노인을 병원에서 치료받도록 하여 에스콰냐로 보내드린 일도 있고, 그 일로 오히려 시장 상인들이 단합하는 계기가 되어 좋은 일이 되기는 했소. 시장의 생리라는 것이 생각처럼 간단치는 않구려. 이제야 그걸 알았느냐는 당신의 핀잔이 눈에 선하오.

민규는 여기까지 쓰다 그만 펜을 내려놓고 만다.

뒷모습

민규는 한국으로 철수한다는 김용 사장의 전화에 후가모도 혼자만 일을 나가도록 하고는 마사노의 집을 나선다. 철수……. 고심 끝에 내린 결론일 것이지만……. 가슴 아픈 일이 아닐 수가 없다.

공장 안으로 들어서는데 작업이 한창이어야 할 기기들이 먼저 눈에 들어온다. 비쳐든 뽀얀 햇살, 가을의 쪽빛 하늘, 상큼한 가을하늘아래서 벌어지고 있는 일치고는 너무나도 가슴이 시리고 아프다.

20대의 사내가 사장실 문을 노크한다. 문이 열림과 동시에 소파에 깊숙이 몸을 묻고 있던 김용 사장이 민규를 보자 벌떡 일어선다. 초췌한 얼굴이다. 수염도 깎지 않은 얼굴에서 고심한 흔적이 역력하다.

"저녁에 오시라고 했는데……. 일도 안 나가시고 오십니까."

"일이 손에 잡히겠습니까."

"연락을 안 드리려다 얼굴이라도 뵈어야겠다 싶어 드렸는데요."

김 사장의 맞은편 소파에 앉는데 20대 사내가 민규를 유심히 바라본다.

"인사해라. 박민규 사장님이시다."

"처음 뵙겠습니다. 김명석이라고 합니다."

"이놈밖에 없습니다."

"그럼 다른 기사들은요?"

"벌써 들어갔죠. 들어갔다가 못 나왔고."

"그런 일이 있었군요."

그간 김 사장의 고충이 어떠했을지 짐작이 되고도 남는다.

"이별주 한잔은 해야 하지 않습니까?"

"……!"

"그렇다고 그렇게 심각할 건 없어요. 한국에서는 잘 돌아가고 있으니까요. 얼굴 붉혀가며 얽히고설켜도 내 나라에서 복작거려야지, 원칙을 들이대는 남의 나라 잣대 맞추기 너무 힘들어요. 대기업이라면 모를까 소규모로는……. 이런 기회가 또다시 오게 될지 모르겠지만 비싼 수험료 치른 셈이죠."

말은 그렇게 하지만 속은 숯검정이 되었을 것이다.

민규는 옷감을 짜는 일이었다. 옷감 짜는 섬세한 일보다 김 사장처럼 굵직한 사업이 부러웠었다. 하지만 기모노 옷감 짜는 일이 안정적이기는 했다. 그러던 것이 일본에 불황이 닥쳤고, 한국에서 일본의 상황을 알 턱이 없었던 민규는 가와무라가 일본인들 돈까지 거두어 잠적해버린 사실을 까마득히 모르고 있었다.

일찍이 알았더라면 남의 돈 끌어들이는 일은 없었을 것이다.

일본에서 사업을 한 사람에게는 인지도가 있다고들 하지만 대기업이라면 모를까, 겉으로 보이는 현상일 뿐 실질적으로는 가시덤불 속 씨앗 같아 싹을 틔우고 성장시킨다는 건 극히 어려운 일이다.

민규는 공장 내부를 둘러본다. 기계들은 그대로 있고, 만들다 만 유리관과 그 외 모든 것들도 그냥 있다. 기사들이 말하는 소품들이다. 기사들은 간판쟁이라는 말을 싫어했다. 완성된 간판을 작품이라고 했는데, 섬세한 손길을 필요로 한 예술품이라는 것이다. 글자 모양을 착안해 낸다든가, 아이디어로 형태와 색깔을 맞추어 내는 일은 분명 예술의 경지이기는 하다. 그처럼 애지중지 여기던 소품들이 내박쳐 있으니 안타까운 노릇이 아닐 수가 없다.

"아직도 챙겨갈 것들이 많아 보이는데요?"

"운반비가 더 들어요."

"그럼 그냥 두고 가는 겁니까?"

"다케시다 사장더러 인수하라고 했어요."

민규로서도 뼈저린 아픔이 되살아난다. 공장은 물론이고, 집까지 차압이 들어와 겨우 옷가지만을 챙겨 나와야 했으니까. 민규는 김 사장의 처지가 자신의 일처럼 동병상련으로 여겨진다.

후가모도가 깨우는 바람에 잠이 깨긴 했는데 몸이 찌뿌듯하고 눈꺼풀이 무거워 걷어 오르질 않는다. 목도 칼칼하다. 게슴츠레한 눈으로 일어나 마호 병의 물을 벌컥벌컥 들이킨다.

"난 오늘 못나가요. 당신 혼자 가요."

민규의 참담한 모습을 후가모도가 멍하니 바라본다.

"오늘도 그리로 가는 겁니까?"

"아뇨. 아주 간답니다."

"예~?"

민규의 말을 이해 못한 후가모도가 화들짝 놀라워한다.

"그래서 배웅 가요. 그러니까 오늘 당신 혼자 가요."

그제야 알아차린 후가모도가 머리를 주억거린다.

"늦어요. 어서 가요. 난 열 시쯤 나가면 되니까."

"아닙니다, 나도 같이 가겠습니다."

"뭐라고요?"

"나도 간다고요."

민규는 참 별난 일본인이라는 생각이 든다. 일본인의 냉정함은 기질적인 것 같다. 웬만해서는 내색을 하지 않거니와, 즉흥적이거나 흥분도 하지 않는다. 그런데……. 민규와 함께한 세월이 오래이다 보니 한국적인 기질로 변질이 돼버린 건가…….

"그럴 거 없어요. 김 사장과 어제 술을 많이 마셨어요. 그래서 못 일어나는 거고, 일을 못 나가겠으니까 배웅을 나가는 거예요. 그러니 당신은 안 나가도 돼요. 대신에 안부는 전해드리리다."

"아닙니다. 그간 잘 해주셨는데……. 마지막으로 인사는 해야 하지 않습니까."

어라? 제법이라는 생각이 든다.

물론 김 사장이 어려운 처지에도 불구하고 임금을 후하게 쳐주기는 했다.

민규는 후가모도와 함께 황 주사의 식당에서 아침을 먹고 김 사장에게로 간다.

전철에서 내려 김 사장의 공장으로 들어가는데 낯선 일본인도 몇 명 있다.

"이거 너무 미안합니다. 어제 내가 너무 많이 마시는 바람에 실수하지 않았나 모르겠네요. 위안이 되셨는지도 모르겠고."

"실수라뇨."

"훌훌 털고 갈 수 있도록…… 조언 감사합니다."

"조언으로 받아주셨다면 저로서도 감사할 일이고요."

"후가모도 상도 오셨군요. 일도 못 나가시고……."

김 사장이 손을 내밀어 후가모도와 인사를 나눈다.

"한국에 한번 오십시오."

"감사합니다."

"이거 인사 나누자마자 출발을 해야겠으니…… 가시죠."

김 사장이 운전석 옆으로 타고, 민규와 후가모도는 김 기사와 함께 뒷좌석으로 오른다.

차가 마당을 가로질러 나오는데 태우고 다니던 주인이 떠나는 걸 아는지 모르는지…… 담 쪽 타이탄 두 대를 김 사장이 흘낏 돌아본다.

눈이 시리리만치 맑은 쪽빛 하늘 아래에서 벌어지는 인간사치고는. 하늘 따로, 땅 따로, 인간 따로 인 이 상황이 야속한 노릇이 아닐 수가 없다.

공항에 도착한 김 사장은 직원에게 짐을 실려 보내고는 민규와 후가모도에게로 다가온다.

"처형 전화번호입니다. 처형에게 전화를 해서 제 집사람을 만나게 해달라고 하십시오. 만나면 이걸 전해 주시고요, 마사노의 집 주소와 전화번호입니다. 아직까지 알려주지를 못했습니다. 전화

154

는 직접 하기가 어렵겠지만, 편지는 다른 사람을 통해서라도 보낼 수가 있을 것이니까요."

"걱정하지 마십시오. 전해드릴 것이니. 다음에 연락드릴 때까지 아무쪼록 건강하게 잘 지내십시오."

못내 아쉬운 듯 거머쥔 민규의 손을 놓지 못하는 김 사장. 아쉬움을 남기고 출국구로 들어가는 김 사장. 그의 뒷모습이 불 꺼진 네온처럼 어둠 속으로 묻혀들어가는 느낌이다.

등장

　일요일에는 생각이라는 것이 시장 쪽으로만 기운다. 시장 일이라면 넌더리가 나고도 남을 일이지만, 상인들에 대한 생각은 더 애틋해만 간다. 습관이란 참으로 무서운 거였다. 되도록 시장 쪽은 피하려 하지만 발길은 어김없이 그쪽으로 들어서고 만다. 심정은 복잡해도 시장이라는 곳이 친근감이 있어 코끝까지 찡해진다. 자신도 모르게 이처럼 시장 속에 깊숙이 빠져들어 버렸다는 것에 놀라움을 금치 못하겠다. 이 시장에 발을 들여놓았던 게 오히려 민규 자신을 올곧게 지탱해나가도록 버팀목이 되어주었던 게 아닌가. 돈 씀씀이가 헤프지는 않았지만 당구, 볼링을 좋아했고, 누구를 만나든 먼저 지갑을 여는 성격이었다. 그러던 자신이 거지꼴인 이곳 사람들 속에서 경계심을 추슬렀던 게 아닌가. 분개하고, 때로는 안타깝기도 했지만, 돌이켜보니 그들이야말로 민규 자신에게 스승들이었던 같다.

　눈 뜨고는 볼 수 없는 이 거지굴속 같은 곳에서 돈을 벌고자 그 많은 고초를 겪어가며 가족을 위해 희생하는 상인들, 민규는 그들을 보면서 더욱 돈을 헛되이 쓸 수가 없었다. 그들을 통해 고향에 대한 향수가 달래졌을 것이기도 하고. 그러니 자신이 상인들에게 도움을 주었다는 건 당치도 않다. 그럼에도 시장에서 손을 떼겠노라 엄포까지 놓았으니, 돌아보면 공연한 객기를 부렸다는 생각이 든다.

이곳은 노무자든, 실업자든 와보지 않고는 하루를 보냈다고 할 수가 없으리만치, 이방인들까지도 알게 모르게 옷, 반찬, 필수품 등 한국의 풍습에 젖어 들어가고 있는 명소이다. 정겨운 마음으로 보노라니 목젖이 뻐근해온다. 상인들의 인사말에 일일이 답례를 하고는 석호에게로 간다.

"얼굴 잊어버릴 뻔 했습니다. 그러잖아 저녁에 모시러 갈 참이었는데요!"

"이렇게 알아서 왔잖나?"

"회장님이야 오죽했겠어요? 별의별 일이 다 벌어지는 곳이 시장이고, 앞으로도 얼마든지 벌어질 수 있는 곳이 시장인데 말이죠. 그걸 이겨내는 게 도 닦는 것 아니겠습니까?"

"그런 자네야말로 도인이구먼?"

"도인은 무슨……. 피할 재간이 없으니, 어쩌겠어요?"

"도인과 범인의 차이란 받아들이느냐, 피하느냐의 차이 아니겠나?"

"회장님도 참 할 말 없게 만드십니다."

민규의 말에 석호가 머리를 긁적인다.

상인들은 체면도, 예의도, 양보도 없는 억척스런 사람들 같지만, 나름대로 터득한 삶의 방식이 있었다.

사고파는 왁자지껄 시장풍경에선 사람 사는 냄새가 물씬 풍긴다. 사람들 또한 그런저런 사람냄새에 끌려 시장으로 몰려드는 게 아니겠는가.

"경기는 어때?"

"아무래도 더울 때보다는 낫죠. 봄가을로 대여섯 달 정도가 반짝해요."

그때 손님을 상대하는 홍 여사의 모습이 보인다. 미스 홍은 내일이나 모레쯤 들어올 것이다.

"회장님 그 박 노인이 어떠신지 모르겠어요."

"그르게……. 더 나빠지지만 않아도……."

"저는 지금도 저기 앉아 술을 드시고 계시는 것만 같아 자꾸만 눈길이 가요. 안 계시는 줄 번연히 알면 서도요."

그만큼 정이 많이 들었던 모양이다.

아버지를 일찍 여인 석호는 마치 박 노인이 아버지라도 되는 듯 자리 마련은 물론이고 술도 사다 드리는 등 살뜰하게 보살폈다.

노인 생각에 애석해 하면서도 이내 짐을 꾸리는 모습은 여실한 장사꾼이다.

"이런! 여기서 만나다니!"

그때 느닷없이 누군가 끼어든다. 그러고 보니 얼마 전에 호텔을 잡아 주었던 그 사내 아닌가. 그 뒤로는 볼 수가 없었다. 굳이 찾을 마음도 없었던 거고.

"그러는 댁은 여길 무슨 일로……?"

"구경 왔지요. 이곳을 보니 참 기가 막힙니다. 도쿄에도 이런 비슷한 데가 있긴 한데 여기에 비하면 별 볼일 없어요."

민규는 사내의 빈정대 듯한 말투에 비위가 상한다.

"장사하는 사람들 대부분이 한국인 같습디다?"

저도 한국인이면서 마치 타인인 듯 이죽거린다.

"인사나 나눕시다."

자신을 밝히려 하지 않던 사내가 먼저 제의하고 나선다.

보름 전이다. 새벽을 살지 않으면 안 되는 고단한 인생들이 으스름 안개가 서린 노동사무실로 꾸역꾸역 모여들고 있었다. 저마다 오라는 외침. 더 나은 곳으로 골라가려는 몸짓, 노동사무실 아래는 그야말로 아비규환의 기이한 현상이 벌어지고 있었다. 시간이 지나 차량들이 빠져나가고 나면 노동사무실 아래는 다시금 거지들로 들어차게 되는데, 민규는 김 사장이 돌아간 이후 이런 속에서 벌이를 해야 하는 신세가 처량해서 견딜 수가 없었다. 아무런 상관이 없는 후가모도까지도 전염이 된 듯 힘들어하는 모습이었다.

봉고차 안에는 9명의 노무자가 탔고, 민규를 떨어지지 않으려는 후가모도도 함께 올라탔다. 차에 오른 사람들은 어디를 가든 그건 알 바 아닌 거고, 늦거나 빠르거나 그런 것에도 관심이 없었다. 이곳 사람들의 묵기사항이기도 하다. 그날도 봉고차는 도로확장 공사장에다 노무자들을 부려놓았다. 도로확장 공사장의 일은 다른 곳보다 수월한 편이었다. 그날은 시간이 늦었던지 회사 측이 노무자들에게 도시락을 나눠주면서 서둘러 먹도록 재우쳤는데, 모두가 길가에 퍼더버리고 앉아서 먹었다. 그때였다.

"한국 분 맞죠?"

"……? 그렇습니다만……."

민규는 사내의 느닷없는 질문에 말꼬리를 흐려버렸다.

"그런 것 같더라니……. 돌아갈 때 봅시다."

사내는 그 말을 내뱉으면서 후가모도를 돌아보고는 돌아앉아 버렸다. 그건, 일자리가 많을 때는 별 문제가 되지 않지만, 일자리가 달리게 되면 외국인을 쓰지 않으려 하기 때문에 한국 국적이 드러나는 것을 극도로 경계하는 태도였다. 사내가 그런 것에까지 염두를 두고 있다면 이곳에 발을 들여놓은 지가 꽤 되었다는 증거다. 민규도 차 안에서 눈길이 스쳤을 때 사내가 일본인이 아니라는 건 육감적으로 알아차렸다.

사내는 밥을 먹고 나서도 언제 말을 걸었더냐 싶게 자리를 옮겨 버렸다. 키는 작지만 길쭉한 얼굴에 수염이 구레나룻인 사내는 여느 사람들과는 어딘지 모르게 달라보였다.

아침에 안개가 끼었다가 걷히는 오후는 쏟아지는 땡볕으로 눈조차 뜰 수가 없었다. 차량의 매연, 열기 등으로 작업장은 완전히 한증막 속이었다. 민규는 그날 상공을 날아가며 까악까악 울어대는 한 떼의 까마귀 떼에서조차 짜증이 일었던 것이다. 거기다 사내가 이따금씩 민규에게 눈길을 주면서 실실대는데, 그마저도 짜증스러워 외면해 버렸던 것이다. 그날은 슬로우비디오처럼 늑장을 부리며 더디게 흘러간 긴긴 하루였다.

"같이 가시죠."

일당을 받아들고 후가모도와 함께 나오는데 누군가 뒤따라 붙으면서 말을 걸었다. 바로 그 사내였다. 민규는 달갑잖은 심정으로 내쳐 걷는데, 흰 바탕에 녹색 줄무늬 티셔츠와 검정 바지, 검정 빵모자를 쓴 사내가 잰걸음을 쳐왔다. 나이는 자신과 비슷해 보였지만, 이질적인 것에 거부감이 일었던 것이다.

"숙소가 어디에요?"

"니시나리요!"

"여기에 좋은 곳 있으면 부탁 좀 합시다."

민규를 뺨칠 정도로 일본어를 잘하는 사내가 숙소를 부탁해온 것에도 비위가 상했다.

"좋은 곳 있으면 알선 좀 해주쇼."

민규는 사내의 끈질긴 요구에 여태 숙소도 정하지 못한 채 떠 돌아다닌 것이냐며 쏘아주고 싶었다.

"어디서 묵고 있는데요?"

민규도 퉁명스럽게 던져 물었다.

"쯔루하신데, 도쿄에서 내려온 지가 며칠 되지 않소."

도쿄? 한국이라면 몰라도 도쿄에서 왔다? 갈수록 의구심을 부추긴다.

"이곳 니시나리는 호텔과 맨션이 많소. 그런데서 골라보시구려."

민규는 별 관심 없이 사내를 보지 않은 채 내받아 쳐버렸다.

"쯔루하시는 교포들이 많아 음식이 맞는데, 여기도 그런 데가 있소?"

외모로 봐서는 한식이나 고집할 위인으로 보이지는 않다. 그런 데……. 민규는 가지가지 다 한다 싶어 힐끗 돌아본다.

"니시나리에도 한식은 있어요."

"그럼 당장 이사하겠소."

"그거야……."

민규는 그러거나 말거나 알아서 하라는 식으로 내뱉어버렸다.

"좋습니다. 안내 좀 해 주쇼."

사내의 뻣뻣한 태도가 마음에 들진 않았지만, 끈질기게 따라 붙는 것에 호텔 몇 군데를 일러주었다. 그런데 사내는 보기와 달리 방음장치, 주변의 배경, 청결문제, 창문 방향 등 따지는 것이 많았다. 그러더니 기껏 남들이 기피하는 호텔 4층 방을 찾는 게 아닌가.

1시간 이상을 그러고 다니다 보니 배도 고프고 피로가 몰려들었다.

"방도 잡았겠다, 인사나 하고 지냅시다."

4층으로 방을 정해놓고는 들어가지도 않은 채 따라와서는 한다는 소리가……. 입맛이 썼다.

"박민규라고 하오."

마지못해 이름을 밝힌다.

"난 이인직이오."

"이분은 강 군, 저분은 최 군이고."

내친김에 강 군과 최 군도 소개를 시킨다.

"같이 다니던 일본인은?"

"후가모도 그분은 집엘 갔소."

"난 사실 그 일본인이 걸렸드랬소. 고자질할까봐서."

저 자도? 그렇다면 얼마나 많은 한국인들이 이곳에서 불법체류들을 하고 있다는 건가. 이런 속에서 민규는 구태여 자신이 불법체류자임을 확인시키고 싶지는 않다.

"이 구석까지 어떻게들 알고 들어와 장사들을 하고 있는지 참 신기할 따름이오. 허긴……. 세계 곳곳을 돌아다니다보면 한국 인종 없는 곳이 없습디다."

보기보다는……. 여러 나라를 다닌 이력이 있는 모양이다.

"회장님, 반갑심니더. 얼굴 잊어삐릴 뻔했심더."

최 여사가 상인들과 함께 들이닥치면서 반색을 한다. 돈을 줬다, 안 줬다로 머리끄덩이를 잡고 드잡이를 하던 여자, 모두가 기피하는 요주의 인물이 바뀌어도 저리 바뀌나 싶으리만치 요즘은 완전히 다른 사람이 되어있다. 싸우면서 정이 든다 했던가. 드잡이하던 상대여자 이 여사와 단짝으로 지내고 있으니, 알다가도 모를 일이다 싶다.

"가시죠, 들."

"어디를 요?"

"가는 데가 있어요."

"식사는?"

"끝나고 해야죠."

민규는 퉁명스럽게 내뱉으며 앞장을 선다.

강 군, 최 군, 허영도, 이웅찬, 김만용, 문승돈, 배민식, 오갑석, 이만수, 홍 여사, 박 여사, 최 여사, 이 여사, 임 여사 등 오늘 모임은 이 정도다. 모두들 석호의 아파트로 향하는데 이인직도 어슬렁 어슬렁 따라들어 온다.

"오늘은 회장님캉 결판을 낼라꼬 왔다 아임니꺼."

껑다리 박 여사가 아파트로 들어서기가 무섭게 쏘아붙인다.

시비조다. 내가 모르는 사고라도 있었다는 건가?

민규의 가슴이 철렁 내려앉는다.

"제가 뭘 잘못했습니까?"

"회장님이 회장직을 내놓을락칸다면서요?"

난데없는 말에 그만 어리벙벙해지고 만다.

"누가 그래요?"

"누가 그런 기 문제가 아이고, 내놓랬닥카면서예……."

"그런 적 없는데……."

"우리가 실망을 시켜드린 것도 다 알지예. 거기다 명예직이기를
합니꺼, 보수가 있기를 합니꺼. 글탁캐도……."

민규는 도대체 무슨 영문인지를 모르겠다. 도리어 자진해서 그
만 물러나라, 선수 치고 나오는 건 아닌지.

"말씀 잘 하셨습니다. 그러잖아 다른 분이 맡아주었으면 하던
참입니다. 말이 나왔으니 다른 분이 나서주었으면 합니다."

민규도 선수를 쳐본다.

"이게 뭔 소립니꺼? 다른 사람이 있지도 않을 뿐더러 회장님이
지금 그만둔다는 게 말이 됩니꺼. 이제 겨우 자리가 잡혀져가고
있는 마당인데! 그럴 수는 없심더."

"아닌 밤중에 홍두깨도 유분수지 그게 무슨 말씀이세요?"

"맞습니다. 그 말씀 거두십시오!"

발끈하고 나서는 석호의 말에 서울의 이만수 씨가 일침을 가
하고 나선다.

석호의 뒷받침이 아니었던들 회장으로써 시장을 이끌어올 수가 있었을까. 석호의 역할이 절대적이었다.

"맞심더. 이럴 때일수록 하나가 돼야지 뭔소립니꺼."

홍 여사가 흥분을 하고 나선다.

"아무도 이견이 없심더. 이것으로 매듭을 지어버립시더."

허영도 씨가 결단을 내려버린다.

"됐심더."

홍 여사가 주방에서 들고 나온 스텐대접을 숟가락으로 탕 탕 탕 쳐대는 것으로 일단락을 지어버린다.

"회장님, 이레 됐으니까 한 말씀 하셔야지예."

"이리 나오시면……. 열심히 해봅시다."

"그래야지예."

최 여사의 박수에 방 안의 사람들도 따라서 친다.

"그라고 지는 한 가지 건의를 드릴까 하는데예……."

박수가 끝남과 동시에 박 여사가 나선다.

"상품을 줄에 맞춰 진열했으머 하는데예, 들쭉날쭉 보기가 싫다 아입니꺼."

"좋은 말씀이지예."

"그렇긴 한데……. 장사를 하다보면 흐트러져 버리지 맞추게 되지가 않아요. 쉽지가 않을 겁니다. 백화점이나 마트처럼 진열이 되지 않은 이상."

"부지런을 떨어야 되겠지."

"그러는 수밖에 없어요. 강제적으로 할 수 있는 일이 아니라서……."

저마다 한마디씩 해대던 상인들은, 결론도 자신들 스스로가 내버린다.

이러한 상인들을 보면서 민규는 세심하게 신경을 쓰는 경지에까지 이르렀구나 싶은 게 흐뭇하다.

회의를 마치고 나온 민규는 한식타령을 한 이인직을 데리고 황 주사의 식당으로 들어선다.

"여기가 한식집이에요."

"술도 있겠죠?"

"술은 없어요."

"술이 없어요? 국수집 같은 데도 술이 있는데."

민규는 지내다 보면 알게 되겠지만, 미리 알려주는 것이 낫겠다 싶어 황 주사에 대해 들려준다.

"괴짜양반이시구먼. 그런데 지금은……."

이인직이 호기심어린 눈길로 식당 안을 휘 둘러본다.

"내가 보기엔 이 형이 더 괴짜인 듯싶은데……. 아니오?"

그러나 이인직은 밥을 다 먹고 나오면서도 민규가 한 말에 대해선 일언반구가 없다. 다음에 보자는 말을 남기면서 사라져 가는데 왠지 모를 허탈에 낭패감이 든다.

사랑은 파도를 타고

　민규는 오랜만에 노동사무실 그 아비규환 속에서 이인직을 찾아본다. 황 주사의 식당에서 식사를 했던 그날 이후 그는 어디서도 보이지 않았다. 물론 시장에도 오지 않았다. 어찌된 노릇인가. 궁금증 반, 걱정 반. 돌아오면서 그가 묵고 있는 호텔을 들러볼까 하다가 후가모도와 함께 시장 길로 들어서고 만다.

　대개의 상인들은 돌아갔고, 아직 시장을 걷지 못한 상인 몇이 돌아갈 채비를 서두르고 있다. 구름이 짙게 깔린 하늘에선 금방이라도 눈이 쏟아 내릴 듯 잔뜩 웅크려 있다. 상인들로서는 반가울 리 없는 눈이 펑펑 쏟아져주었으면 하는 마음이다. 눈이 내리자마자 이내 녹아버린 이곳에선 그냥 바람일 뿐이지만……. 내리는 그 순간에만 볼 수 있는, 그래서 더 아쉬운 것일 테지만…….

　"이제 오시는 길임니꺼?"

　홍 여사다. 그 옆에 미스 홍도 있다. 민규는 다른 사람은 모를 눈인사를 미스 홍에게 보낸다.

　미스 홍과는 박 노인의 일이 있은 이후, 불량배를 쫓아버린 이후 마음으로 가까워지게 되었다. 특히 일상에서 오는 생의 고달픔과 시장의 문제로 머리가 아플 때 미스 홍의 생기발랄함과 다부진 모습에서 생동감이 얻어지곤 했다. 조카들 돌본다는 그녀의 의지에서도 재기의 힘에 가속도가 붙기도 했다.

"냄편 오시네예~."

"야가 지금 무신 소릴 하노!"

"냄편이라고 했던 건 회장님이락카이!"

"상황이 그랬닥 안 카더나?"

"어쨌든…… 일본에 계시는 동안만은……."

자매의 말을 듣고 있자니 이건 꼼짝없이 걸려들고 만 꼴이었다.

"일본에서는 언제나 위급한 상황입니더. 그때마다 냄편이락 안 카겠십니꺼?"

"그런 억지소리 그마 집어치고 퍼뜩 짐이나 싸그라!"

상인들은 저마다 짐을 꾸리기에 여념이 없고, 미스 홍은 콧노래까지 흥얼거린다. 미스 홍의 장난기 어린 말에도 민규는 차라리 자신도 장사를 하는 게 낫지 않느냐는 엉뚱한 생각이 든다.

"오늘 잘 되셨어요?"

"잘 될 기 뭡니꺼? 날씨가 이레 추운데……."

민규의 물음에 민 여사는 툭툭 털듯이 대꾸해온다.

민규는 안면은 있어도 무슨 여사, 무슨 여사 식으로 여성 상인들이 많다보니 성씨를 혼동할 때가 많다. 그렇다고 남자들처럼 이름으로 부를 수도 없는 노릇이고.

"그럼 수고들 하십시오."

민규는 그들과 헤어져 후가모도와 함께 이인직이 들어있는 호텔 쪽으로 발걸음을 옮긴다.

"같이 가예."

난데없이 미스 홍이 따라붙는다.

"언니는 어떡하고요?"

"먼저 가락캤어예. 좀 늦을끼락꼬."

"그러라고 해요?"

"언니는 지가 워낙 용감해가예…… 지를 당하겠십니꺼."

"그래도 그렇지 언니 혼자 놔두고…… 돌아가세요."

옆에는 후가모도도 있다. 그리고 이인직을 만나러 가는 것이
고…….

"괘안심더. 염려 마이소."

그럼에도 미스 홍은 돌아갈 기미가 영 없어 보인다.

"그럼 저는 가보겠습니다."

오히려 미스 홍의 낌새를 알아챈 후 가모도가 돌아서버린다.

후가마도가 돌아가자 민규는 어찌하지 못해 자신의 가방을 건
네받곤 뒤도 돌아보지 않는 후가모도에게 식사는 하고 들어가라
며 괜스레 소리를 질러본다.

"저녁 안 드셨지예?"

"그보다는…… 이인직 씨한테 가려는 참이에요."

"오늘 안 만나머 안 돼예?"

"부러 온 건데."

"이 씨한테는 내일 가고 오늘은 지와 함께 해예. 저 내일 들어
간다 아임니꺼."

"들어간다고?"

"그래예……."

미스 홍이 민규의 팔에 자신의 팔을 끼워 넣으면서 발걸음을 옮긴다.

퇴근이 한창인 도심은 서둘러 집으로 돌아가려는 행렬에 반해 아무 곳에나 어기적대며 무리지은 거지들로 눈살 찌푸려지는 밤 풍경이 적나라하다.

"무신 생각을 그래 하십니꺼? 딴사람 같아 보인다 아입니꺼."

민규는 그냥 미스 홍이 끄는 대로 신이마미야 역으로 들어선다. 어차피 이리 된 것…… 오늘은 미스 홍에게 내맡겨버리는 것이 편할 듯도 싶다. 어디로 가느냐고도 묻지 않는다. 지금까지는 일터에서건, 시장에서건, 하다못해 마사노의 집에서조차도 그날그날을 살얼음판을 걷듯 살아내야 했다. 그런데 미스 홍과 함께하고 보니 그런 긴장감 같은 것이 없다.

"남바로 가예."

미스 홍이 자판기에서 뽑은 두 장의 승차권으로 개찰구를 통해 들어간다. 미스 홍을 따라서 홈 안의 의자에 걸터앉는데, 미스 홍을 고분고분 따르는 자신이 얼간이 같다는 생각이 든다.

특급열차로 남바 역에서 내린 미스 홍은 조금의 쭈뼛거림도 없이 도돔부리 시장 통으로 내처 들어선다. 줄이 길게 늘어선 초밥집 앞을 지나던 미스 홍이 민규를 끌고 그 뒤로 붙어 선다.

"많이 기다려야겠는데요? 다른 데로 가지 그래요."

민규로서는 기다린다는 자체가 성미에 맞질 않다. 그만큼 톱니바퀴 돌아가듯 한 나날의 일상에 여유를 가질 겨를이 없었던 것이다.

"사람들이 이유 없이 괜히 줄을 서서 기다리겠십니꺼?"

미스 홍은 요지부동이다.

십여 분을 기다려서야 안으로 들어갈 수가 있었고, 말이 많은 미스 홍도 초밥을 먹는 동안만큼은 꿀 먹은 벙어리가 되어 접시만 쌓아올리고 있다. 식성이 보통으로 좋은 게 아니다.

"맛있었지예?"

"그래요, 맛은 있네요."

"뭐하는 김니꺼!"

자리에서 일어나 카운터로 가려는 민규를 미스 홍이 제치고 나선다.

남자로서 자존심이 구기는 감이 없지도 않다. 그럼에도 스스로의 처지가 그러지가 못하다는 생각에 미스 홍을 제지하지 못한다.

미스 홍을 따라 시장으로 들어선다.

전체가 돔 형식인 시장 안은 백화점, 양화점, 제과점, 극장, 파친코, 스낵바 등의 네온 간판에서 쏟아져 나온 현란한 불빛들로 휘황찬란하게 돌아가고 있다. 민규는 네온 간판을 올려다보며 김 사장을 떠올린다. 김 사장을 알기 전에는 네온 간판을 단지 화려하다, 멋있다로만 보아왔을 뿐이다. 그 화려하고 멋진 뒷면에 수많은 사람들의 피와, 땀과, 고통과, 애환이 서려들어 있다는 사실은 알지를 못했다.

"뭘 그리 알라처럼 바라봅니꺼?"

미스 홍이 발랄하게 민규의 손을 잡아챈다. 아내는 내성적이면서 순종적이다. 그로 인해 갈등이나 다툼 같은 것이 없었다. 아내 곁에 있으면 마음이 푸근했다. 아내와는 정반대인 미스 홍. 그런 미스 홍에게 마음이 이리 끌리고 있는 까닭이 뭐란 말인가. 힘겹고, 답답하고 침체된 나날 때문인가. 부담스러움에도 불구하고 미스 홍의 활달함에 매료가 돼버린 건가.

"이 시장 잘 알아요?"

"언니하고 자주 온다 아입니꺼? 큰 시장이 여게 말고 어데가 있다꼬예? 보이소. 없는 게 없다 아입니꺼?"

미스 홍의 말처럼 시장은 인간이 이룬 최대 문명의 축소판으로 보인다.

휘황찬란한 시장 통로를 빠져나오자, 밖은 바깥대로 소화불량에 시달리는 뱃속처럼 어지럽게 돌아가고 있다. 스스로가 만든 문명 앞에서 시장 밖 밤의 인간들은 개미보다도 못한 볼품없는 존재로 몸부림을 쳐대는 꼴들이다.

"이대로 그냥 가실낍니꺼?"

무심코 난카이 전철역을 향해 걷는 민규를 미스 홍이 붙들어 세운다.

"안 가고 그럼 밤새도록 돌아다녀요?"

"영화 한편 봐예. 그라고……."

"영화 말고 또 뭐가 있어요?"

"우선은 사무라이 영화 먼저 보고예."

미스 홍이 난까이 극장 꼭대기를 가리킨다. 칼을 든 무사의 모습이 당당하다. 제목은 '丹下佐善', 한문을 그대로 읽으면 '단하좌

선'이 된다. 지금은 기억나지 않지만 민규가 어렸을 때 사무라이 영화 몇 편을 본 적이 있다. 일본의 사극이다. 우리가 사극을 좋아하듯 일본인들도 사무라이 영화를 상당히 좋아들 한다.

"사무라이 영화 좋아해요?"

"어데예. 한 번밖에 못 봤는데예."

"그런데?"

"냄편과 함께 있으니까 보고싶어지네예."

"누가 들으면 정말인줄 알아요."

"회장님이 한 말이제 지가 한 말입니꺼?"

"그런 억지가 어디 있어요?"

"지가 지어낸 거 아이다 아임니꺼?"

"이러다가는 끝이 없겠군……. 영화나 봅시다."

말문이 막혀버린 민규는 내키지 않은 영화관으로 미스 홍을 따라서 들어간다. 이번에는 민규가 표를 사서 건네주자 미스 홍이 화들짝 반긴다.

"그리도 보고 싶었어요?"

"어데예. 냄편과 함께 있고 싶은 기지예."

남편, 남편, 자꾸 듣다보니 기분이 묘해진다.

영화는 이미 상영이 되고 있다. 미스 홍은 어두운 통로를 따라 꼿꼿한 자세로 걸어 들어가고, 민규는 양해를 구하며 두 좌석을 넘어 들어가 앉는다. 영화는 팔 없는 애꾸가 원수를 찾아다니는 장면이 펼쳐지고 있다. 자리에 앉은 미스 홍은 무섭다는 듯이 팔 짱을 끼면서 기대온다. 영화는 급박한 장면으로 이어지다가 원수를 찾은 애꾸가 단칼에 베어버리곤 유유히 떠난다. 놀란 미스 홍이 가슴으로 안겨들고, 그런 미스 홍을 끌어안는데 그녀의 머릿결이 가슴에 물결을 일으킨다.

자막이 올라가는 것으로 영화는 끝이 난다. 미스 홍도 몸을 빼고 일어선다.

밖으로 나온 미스 홍은 점퍼 주머니에 손을 드밀면서 민규에게 매달린다. 175인 민규의 귀밑에 닿는 키다.

"어디서 내려야 되지?"

"덴노우지, 신이마미야 난가이, 니시나리 어디서 내려도 상관없다 아임니꺼. 쪼매만 걸으며 되니까네예."

명쾌한 답변. 그녀답다. 이곳에 대해 그만큼 자신 있다는 태도일 것이다.

"그럼 난가이 역으로 가지."

민규는 자신의 팔에 매달린 미스 홍과 에스컬레이터를 타고 전철역 3층으로 올라간다.

전철 안 의자에 나란히 붙어 앉은 모습이 남들의 눈에는 영락없는 연인으로 보일 것이다. 민규가 이런 생각을 하는 데에는 유부남이라는, 자격지심 때문일 것이다.

"지는예……! 아 아임니더!"

무슨 말인가 하려던 미스 홍이 정색을 해버린다.

"할 말 있으면 해봐요."

"아임니더."

미스 홍이 그녀답지 않게 서둘러 박차고 일어서버리는 것에 전철을 타고 니시나리역에서 내린다.

"바래다줄까?"

"참말이지예?"

민규의 제안을 화들짝 반긴다.

"아니지예. 지가 바래다 드려야지예."

"남자를?"

어이가 없어 터져 나오려는 웃음을 가까스로 디밀어 넣는다. 미스 홍의 이런 깜찍함이 좋은가.

인적이 뜸한 밤거리를 미스 홍의 끌림에 따라서 걷는다. 흐릿한 가로등, 분간이 안 된 방향, 고즈넉한 밤, 간판들을 훑어나간다.

"어딘지 모르겠지예? 지가 바래다 드려야지예."

"오다가다 날 새게?"

"그기 지가 바라는 바라예."

주머니 속에서 민규의 손을 만지작거리던 미스 홍이 바짝 다가든다.

"어린애같이……."

민규도 미스 홍의 손을 꼭 거머쥔다.

"회장님예?"

그녀가 발걸음을 멈추면서 정면으로 마주선다. 후광으로 비쳐든 그녀의 얼굴이 파리해 보인다. 민규는 그런 미스 홍을 안아본다. 밤이슬이 차갑게 내려앉는 감촉이 느껴지는데, 제어할 수 없는 몸은 땀으로 흥건히 배어든다. 으스러지도록 껴안던 민규가 그녀에게서 팔을 푼다.

"회장님예?"

"왜?"

그 순간에 불어 닥친 차가운 밤바람이 두 사람의 열기를 흩뜨리고 지나간다.

"안 가머 안 돼예?"

민규의 가슴에 얼굴을 묻는 미스 홍.

"그게 무슨 소리야?"

"아 아임니더. 괜한 소리지예. 어서 가예. 바라다 드릴께예."

"내가 바라다 준다니까."

"그라머 그리 하소 고마."

그녀를 맨션 앞까지 바래다주고 돌아서는 민규의 심정이 마른 갈잎처럼 바스러진다.

이인직의 아코디언

"안녕하쇼?"

석호의 가게로 먼저 와있던 이인직이 반긴다.

"내가 몇 번을 찾았는데 못 찾겠던데요? 혹시 두 분이 꽁꽁 숨어 다녔던 건 아니요?"

"약속 없이 만날 수 있는 곳이 아니잖소?"

민규는 배배 꼬아 말하는 이인직에게 툭 내뱉으며 의자에 걸터앉는다.

이인직과는 함께 다니자는 약속이 없었다. 또 함께 다닌다는 게 내키지도 않았다. 그런 까닭에 새벽 인력시장에서 부러 그를 찾지 않았다.

"날씨가 추워졌죠?"

두터운 감색 점퍼와 밤색계열의 줄무늬 바지차림인 이인직이 주머니에 손을 질러넣은 채 잔뜩 웅크려있다.

"이런 날씨가 추우면 한국은 매워요."

"그렇죠……. 회장님은 집이 어디요?"

회장님이라는 존칭을 쓰고 나오는데, 자연스러운 말투는 아니다.

"같은 연배에 회장님이 뭐요? 그냥 박 씨라고 불러요."

이인직의 태도가 느슨해진 만큼 민규도 경계심을 푼다.

"좋습니다. 그럼 오늘부터 박 형입니다?"

"그리 하시구려. 나도 이 형이라고 할 테니."

뜻밖에 화통하게 주고받고 나니 마음이 한결 가볍다.

"난 서울이오. 이 형은 전주라고 한 것 같았는데?"

"서울이나 전주나 춥기는 거기서 거기지요 뭘."

"이곳에 오기 전엔 뭘 했소?"

세상에 직업이야 헤아릴 수가 없지만, 이인직은 도무지 짐작이 가질 않는다.

"배를 탔더랬소."

"부산이라면 몰라도 전주 사람이 배를 타요?"

"발 달린 동물이 어딘들 못 가리오?"

이인직은 그 한마디를 툭 던져 붙이곤 시장 쪽을 돌아본다.

시장바닥을 훑고 내달리는 회오리를 바라보고 있는 것도 같고, 시린 발을 동동 구르며 서성이는 상인들을 안쓰럽게 바라보고 있는 것도 같고, 자신의 신세를 한탄하는 것 같아 보이기도 하고⋯⋯.

"배에서는 무슨 일을 했기에?"

"기관실에 있었는데 그때만 해도⋯⋯."

"한 치 앞을 모르는 게 인생이니까."

민규는 기관실이라는 말에 이 친구도 자신의 처지와 비슷하다는 동변상련 같은 정이 느껴진다.

"박 형은 그럼 무슨 일을 했댔소?"

"방직회사까지는 아니지만 소기업으로 옷감 짜는 일이었소."

"그건 일이고, 취미는요?"

"취미라기보다는 운동을 좀 했소. 그런 이 형은 취미가 무엇이
오?"

"내 취미는 단연코 아코디언이라고 말할 수가 있지요."

그냥 아코디언이 아니라 단연코를 강조하는 것으로 보아 취미
정도가 아닌 모양이다.

"내 몸의 일부분 같은 거죠. 없이는 살 수 없는……."

"그렇다면 들어봐야겠구려."

"이곳에서는 마음 놓고 연주할만한 장소가 없어요. 며칠 전에
숙소에서 했다가 종업원이 올라오는 바람에……. 집을 까다롭게
고르는 까닭이 그 때문이지요. 나로서는 그게 전부니까. 도쿄에
서 내려오게 된 것도 그 때문이었던 거고요."

이인직이 털어놓는 내력은 이러했다. 부산사람인 매형이 전주
에서 직장생활을 하다 누나와 결혼을 하게 되었다. 그때 근무 기
간이 끝나 부산으로 돌아가는 매형을 따라가게 되었고, 기술을
배워 화물선을 탔다. 거기서 부산여자와 결혼을 해서 두 딸을 두
었다. 지금은 마누라와 두 딸이 전주로 이사를 해서 살고 있고.

어쨌거나 배에서 그만둔 선배로부터 아코디언을 받게 되었는
데, 고등학교 때 색소폰을 불어본 실력으로 연습을 했다. 선원들
은 이인직의 아코디언을 즐겨들어 주었고, 그 생활이 십여 년이었
다. 그러다 15년의 바다 생활을 청산했는데, 그때 마침 부동산 경
기가 한창이라 집 짓는 일에 뛰어들었다. 하지만 경험이 없다 보

니, 업자들한테 속아 돈만 날렸다. 배운 게 도둑이라고 배를 타는 것 말고는 달리 할 만 한 일이 없는데 나이가 문제였다. 그러니 어쩌겠는가. 국내에서는 막노동 같은 것을 할 수가 없고, 하는 수 없이 아는 사람의 주선으로 도쿄로 가게 되었다. 막노동의 참담함을 견뎌내게 한 것이 다행스럽게 아코디언이었다. 하지만 아코디언 연주를 마음 놓고 할 만한 장소가 없었다.

이인직의 내력을 듣고 보니 그의 인생도 여간한 인생이 아니었구나 싶다.

"그 아코디언 연주 좀 들어볼 수 없을까요?"

짐을 꾸리다말고 이인직의 얘기에 귀 기울이고 있던 석호가 청하고 나선다.

"그야…… 장소가 있으면……."

"여기서 해보는 건 어때요?"

"여기서?"

"예, 여긴 누가 뭐랄 사람 없어요."

석호가 여유만만하게 부추기고 나선다.

"글쎄……."

"괜찮아요."

석호의 말대로 이곳은 주택가가 아니다. 경찰이 통제하는 곳도 아니다. 불법체류자라도 쫓겨날 염려는 없다.

"그렇다면……."

이인직은 풍선에 공기가 채워지듯 자신감 넘치는 모습으로 악기를 가지러 가고, 석호는 아코디언 연주가 있을 거라며 소문을 퍼트린다.

　상인들이 웅성거리며 이인직이 나타나기를 기다리는데 가방을 든 그가 둥그렇게 에워싼 사람들 사이로 들어온다.

　"어떻게 된 일이에요?"

　이인직이 사람들이 많은 것에 놀라워하며 묻는다.

　"어떻게 되긴요? 제가 소문을 냈죠."

　석호의 말에 이인직은 황당해하고, 상인들은 가방에서 아코디언을 꺼내는 이인직의 동작 하나하나를 호기심 어린 눈길로 바라본다.

　아코디언을 맨 이인직은 마치 예술의 전당에라도 선 듯 정중하게 인사를 한다.

　다음 순간 흘러나오는 아리랑 선율. 땅거미가 내리는 시장 통로에서 상인들은 이국 하늘 아래에 퍼지는 아리랑 선율에 빠져드는 모습들이다. 아코디언 연주가 니시나리의 밤과 함께 무르익으면서 주변 호텔 사람들과 인근의 사람들까지 몰려들어 시장은 또 다른 분위기를 자아내고 있다. 그 많은 사람들 사이에 미스 홍은 보이지 않는다.

　미스 홍은 사흘 전에 돌아갔다. 들어올 때마다 헤어지기 싫다며 돌아가지 않으려 한다. 그때마다 민규는 그녀를 달래 보내느라 진땀을 빼기도 한다. 이번에도 억지로 보내지 않았다면 이 음악을 함께 감상할 수 있었을 것인데⋯⋯.

　사람들은 웅크리고 있으면서도 아리랑을 시작으로 뽕짝과 클래식을 섞어 하는 이인직의 연주에서 귀를 떼지 못한다. 차가운

밤기운에 11시가 되어도 누구 하나 자리를 뜨려는 사람이 없고, 이인직도 그만 둘 태세가 아니다. 연주된 곡이 무려 20여 곡이나 된다.

"이러다 몸살 나시겠습니다. 오늘만 날이 아니잖습니까. 오늘은 이만하시는 게 좋을 것 같습니다. 내일을 위해서."

석호가 나선다.

"그래요. 하다 보니 시간 가는 줄을 몰랐네요. 나야 오랜만에 몸을 풀어서 속이 후련하지만 여기 계신 분들은 지루하실 수도 있습니다. 경청해주셔서 감사합니다."

이인직의 인사에 상인들의 박수가 우레처럼 터져 나온다.

"아주 좋은 곳이네요."

얼굴에 웃음꽃이 활짝 핀 것이 대단히 만족스럽다는 표정이다.

"그나저나 민생고를 해결해야 하지 않겠소?"

"정말 시장하시겠군요."

"먹고 갑시다."

"그래요."

이인직의 아코디언 연주는 보통 실력이 아니었다. 그 때문에 민규도 다른 사람들처럼 음악을 놓치고 싶지 않았던 것이다. 음악을 듣는 동안 아이들 생각이 났고, 아내도 보고 싶었고, 미스 홍 생각을 하기도 했다. 음악이라는 것이 듣기에만 좋은 것이 아니라 사람의 감성을 밑바닥으로부터 끌어올리는 마력이 있어 보였다.

민규는 이인직과 함께 불 켜진 24시 슈퍼로 들어간다. 랩으로 싸인 토스트를 고르고, 이인직은 김밥을 고른다.

"저녁을 이렇게 늦게 먹어보기는 처음이오. 서서 듣기만 했는데도 배가 고픈데……. 그럴 줄 알았으면 미리 먹을 걸 그랬어요."

"나야 오랜만에 해보는 연주라 오히려 배가 고픈 줄을 몰랐지만……. 그건 그렇고, 내일 어디서 만나죠?"

"초입으로 오세요."

무엇보다 그게 급선무인 것 같은 이인직에게 민규가 비로소 장소를 일러준다.

이인직과 헤어져 돌아오는 민규를 마사노가 맞아준다.

"늦으셨네요?"

"네, 아코디언 연주가 있어서요."

"아코디언 연주요?"

마사노가 펄쩍 뛰듯 묻는다.

그녀가 저리 뛰는 것에 의아해진다. 지금까지 공연을 보았다거나 하는 말을 해본 일이 없었으니까.

"아코디언을 하는 친구가 새로 들어왔어요. 그 친구가 연주를 했는데 보통 실력이 아니더라고요."

"그래요? 저도 보았으면 좋았을 텐데요?"

"아코디언 좋아하세요?"

"네, 좋아하죠. 좋아해요."

"그래요? 마사노 상이 좋아할 줄은 몰랐군요. 그렇다면 다음에 가보도록 하십시다."

마사노와 아코디언, 아무리 생각해도 이질적이라는 생각을 지울 수가 없다. 그녀의 성격 때문인가.

"어쨌든…… 올라가보겠습니다."

마사노를 뒤로 하고 어두운 계단을 겅중겅중 올라오는데 후가모도의 코 고는 소리가 진동을 한다.

방으로 들어서서 전기스위치를 올리는데 방 안 풍경이 적나라하다. 사람의 속도 이와 같이 들여다보여진다……. 전기난로를 켠다. 이부자리의 고다츠에 코드도 꽂는다.

오차 한 잔에 토스트를 꺼내 먹는데 목구멍에 걸려 넘어가지를 않는다. 미스 홍을 만날 때마다 아내가 걸리듯이……. 아내한테 미안할 일은 저지르지 않으려 부단히 노력을 하고는 있다. 그럼에도……. 두 여자 모두에게 죄 짓는 일임을 알면서도 미스 홍을 단호히 내치지를 못한다. 어쩌자는 건가…….

민규는 넘어가지 않은 토스트를 랩에 싸서 탁자에 놓곤 차를 마신다. 씻는 것도 마뜩찮아 이부자리로 들어버리고 만다.

이인직의 등장이 민규에게는 변화였다. 여러 나라를 두루 다녀 아는 게 많았고, 괴팍해 보이던 것과는 달리 낙천적이기도 했다. 말을 꺼냈다 하면 거미줄처럼 줄줄이 쏟아져 나왔다. 처음에 꺼려지던 민규가 이제는 그의 얘기에 귀를 기울이게 되었으니……. 사람이란 알고 볼 일이다.

이인직이 나타나는 것에 상인들이 서둘러 짐들을 꾸린다. 노무자건, 고객이건, 상인이건 하나둘 모인 사람들이 자연스럽게 원을 그린다.

"그 실력으로 돈벌이를 나서는 게 어떠세요. 이곳에도 보면 미국인, 프랑스인, 유럽인 등이 집시처럼 전국을 돌아다니면서 묘기와 연주로 돈벌이를 하더라고요. 그러면서 여행을 하는 사람도 있다던데……."

이인직의 연주에 감탄한 석호가 부추기지만 그는 그 말에 아랑곳없이 원 안으로 들어가 연주를 시작한다.

"제가 하모니카는 좀 부는데 같이 해보면 안 될까요?"

사람들은 추위도 상관없이 몰려들고, 밤이 깊어감에 따라 연주는 무르익어가고……. 연주에 빠져들어 있던 최 군이 자신의 하모니카를 들고 원 안으로 들어가 이인직에게 내보인다.

"좋지. 하나보다 둘이 좋고, 둘보다 셋이 좋지. 다른 악기를 다루는 사람이 많으면 많을수록 좋고."

"그러시다면……."

혼자서는 하모니카를 제대로 불 수 없었다는 최 군이 용기가 나는 모양이다.

"나의 살던 고향 어때?"

"좋아요."

최 군이 고개를 끄덕이고, 아코디언과 하모니카의 연주가 시작된다. 이인직의 말처럼 두 소리가 어우러지면서 또 다른 하모니가 이루어진다. 음악이란 마술인 것 같다. 백 마디의 말보다도 한 곡의 음악에 이처럼 사람들의 마음이 휘어 잡히는 걸 보면.

십 대에서 이십 대를 거치는 동안, 인기 정상의 해외 가수들이

내한해 올 때마다 공항이 청소년들로 붐볐다든가, 극장에선 인기 과열로 불상사가 벌어졌다든가 하는 얘기는 자신과는 거리가 먼 남의 일일 뿐이었다. 그러던 자신이 요즘 이인직의 연주에 빠져들면서 그때 십 대들의 행동이 남의 일이 아니었음을 절감한다.

음악으로 분위기가 고조되면서 상인들이 예상 밖으로 연주에 흠뻑 빠져드는 모습이다. 상인들과의 관계도 원활해져 가고 있다. 골머리 앓던 시장의 문제들도 술술 풀려나는 양상이다. 청결, 말투, 양보, 자리다툼, 호객행위, 시장의 골칫거리, 성가시게 하던 조무래기 야쿠자들까지도 고분고분해졌다. 그렇게 되자 경쟁의식으로 팽팽하던 상인들의 마음이 웃음 띤 표정들로 바뀌어갔다.

날이 감에 따라 이인직의 연주를 들으려는 사람들은 늘어만 가고, 시장 골목은 사람들로 빼곡하고, 그 분위기에 도취된 이인직은 신이 들린 듯이 혼신을 다하는 모습이다. 사람의 마음을 이다지 동화시켜버리니, 음악이 가히 마술이 아니고 무엇이랴.

민규는 노래나 음악에 대해서는 백치나 다름없다. 음악이 좋기는 하지만 노래를 못 불러서다. 아내는 노래를 잘 부른다. 그런데 딸이 못 부른다. 그 때문에 아빠를 닮았다는 핀잔을 듣는다. 그래서 더 노래와 멀어졌는데 그렇다고 듣는 것까지 싫었던 건 아니다.

지금도 혼신을 다해 연주하는 당사자 못지않게 음악에 빠져들고 있지를 아니한가. 민규는 음악 때문에 도쿄에서 내려올 수밖에 없었다는 이인직의 말에 비로소 머리가 끄덕여진다. 이런 이인직과 오래도록 함께 할 수 있다면……. 그 순간 퍼뜩 떠오르는 생각이 있다.

동거

　이인직이 이사랍시고 들고 온 짐은 아코디언과 소지품 가방이 전부였다. 마사노는 아침부터 집 안 곳곳을 쓸고 닦는 등 그녀답지 않게 호들갑을 떠든 모습이었다. 냉철한 그녀의 가슴이 음악이라는 햇살에 녹아버렸는가. 그녀는 방세를 받으려는 목적에서 이인직을 받아들인 게 아니다. 그건 마사노를 겪어본 민규가 잘 안다.

　민규는 이인직을 데려올 방법으로 기무라의 방을 생각했다. 기무라는 교토의 회사로 가면서 기숙사에 들게 되어 집에서 잘 일이 없어졌다. 어쩌다 온다 해도 어머니인 마사노의 방에서 자면 될 일이다.

　"기무라 상의 방 세놓을 생각 없습니까?"

　민규의 느닷없는 질문에 마사노가 삥 해진 모습이었다.

　"누구한테요?"

　"제 친구요."

　"후가모도 말고 다른 친구가 있습니까?"

　"그래요. 이곳에서 안 친구요."

　이인직이라는 말은 하지 않았다. 이인직도 한국인인 만큼 어떻게 나올지 알 수가 없기 때문이다.

"기무라가 가끔은 오는데……. 기무라한테 물어봐야 돼요."

확실하진 않지만 기무라한테 물어봐야 된다는 말에서 얻어지겠구나 싶은 생각이 들었다. 마사노가 내놓을 마음이 없다면 기무라한테 물어보고 말고 할 필요도 없을 것이기 때문이다.

마침 일요일이었다.

"아코디언 연주 보고 싶다고 했죠?"

"그랬죠."

"오늘 가면 돼요."

"오늘 합니까?"

"해요."

"그렇다면……."

민규는 시장바닥으로 마사노를 데리고 갔다. 그녀는 이인직의 연주보다도 많은 사람들이 모인 것에 놀라워하는 기색이었다.

그 이후 이인직의 아코디언 연주에 매료되었는지 마사노가 더 서두르고 나섰다.

"마사노 상, 어때요?"

"네, 이곳에서 하기는 좀 아깝다는 생각이 들던데요?"

슬쩍 떠보는데, 이 정도의 호감이라면 방을 내줄 수 있겠다는 자신감이 들었다.

"그럼 기무라 방에 그 친구 들이는 거 어때요?"

"네? 그럼……. 친구라는 분이 그분이셨습니까?"

마사노가 놀라워하며 물었다.

"그래요."

"세상에나!"

"그렇게 좋아요?"

"믿을 수가 없어서요."

"그럼 받아들이는 것으로 알겠습니다."

그렇게 해서 이인직은 한국인이라는 등의 편견 없이 마사노의 환대까지 받아가며 이사를 왔다. 어디 그뿐인가. 후가모도를 기무라의 방으로 옮기게 하고, 후가모도가 들어있는 방을 이인직에게 내주도록 한 것이었다. 후가모도가 쓰던 방은 민규의 방과 마찬가지로 6조 다다미나 붙박이장 등 쌍둥이 같은 방이다. 후가모도는 마사노의 친척이지만 이인직은 외간남자이지 않느냐는 민규의 제안이 먹혀들었던 것이다.

"집이 조용하군요."

"이곳은 주택가로 차 소리가 안 들려요."

민규는 호텔 방을 고를 때 까다롭던 이인직의 모습에서 어느 정도 취향은 알 수 있었다.

"그래요. 이 집도 좋고, 일요일도 좋고……. 살다 보니 이런 날도 오는군요."

이인직이 꽤나 흡족해하는 모습이다.

"요즘은 정말 살맛 나는 나날이에요."

"아무리 살맛 난다 해도 가족과 함께하는 것만 같겠어요?"

"우린 부부지만 각방을 썼어요. 옆에서 부스럭대면 신경이 쓰여서요."

아코디언 하나면 어디서든 자신의 무대를 펼칠 수 있는 이인직으로서는 부인보다 악기가 더 소중할지도 모르겠다는 생각이 든다.

"그럼 잠자리는?"

"볼 장이야 보죠. 그래놓곤 언제 그랬더냐 싶게 각자의 방으로 돌아가는 거죠. 그럴 때 보면 인간이라는 게 짐승이나 다를 바 없다는 생각이 들어요. 그러니 이렇게 떨어져 있다 한들 뭐가 그리 애틋할 것이겠소? 박 형은 안 그렇소?"

"나는 너무나 평범해서 들려줄 얘깃거리라는 것이 없네요."

"이곳에 오게 된 사연 같은 것은 있을 거 아뇨?"

가랑이가 헐렁한 바지 차림인 이인직이 쭉 뻗은 다리를 아코디언 다루듯 만지작거린다.

"그야⋯⋯."

"곡절 없이 들어왔겠소?"

"그게⋯⋯. 기모노 옷감 짜는 일을 하청 받아 해왔는데 일본인이 부도를 내고 잠적을 해버렸어요. 그래 그놈 잡으러 왔다가 아직까지 찾지를 못해서 이 길로 들어서고 말았던 것이고."

"그러면 그렇지. 노동이나 하자고 온 사람으로 보이진 않았으니까. 도쿄에도 보면 박 형 같은 사람이 더러 있습디다. 이런저런 사연들로 우리나라 사람이 들어가 있지 않은 나라가 없더구먼. 참 신기하기도 하지. 날아다니는 씨앗이 아닌데 곳곳에 고루 퍼져 들어가 살고 있는 것을 보면⋯⋯."

"사연 따라 인연 따라 흘러 다니는 것이 인생이니⋯⋯."

민규는 외삼촌을 따라 부모님이 일본으로 건너왔고, 자신이 이곳에서 태어났으며, 한국과 일본이 국교가 맺어짐으로써 일본 생활을 청산하고 부모님과 함께 한국으로 들어가게 되었던 상황을 돌이켜본다.

"어쨌거나 난 배를 타고 망망대해를 떠다닐 수 있었던 이 형이 부럽소. 그 낭만이……."

"낭만? 그것도 어쩌다 인 거지. 오래 지나다보면 낭만이고 뭐고 지겹기만 해요."

"지겹다는 게 나로서는 이해되지 않는구려. 각 나라를 두루 돌아다니면서 외국인들 만나는 재미도 있었을 테고. 그래 다녀본 나라 가운데 어느 나라 사람이 좋고, 어느 나라가 살기가 좋습디까?"

일본 외에 다른 나라를 가본 일이 없는 민규로서는 이인직의 자유분방한 그 생활이 눈에 삼삼하기만 하다.

"뱃놈들이 외국이라고 들어가 봐야 뭐 뾰족한 수가 있는 줄 아쇼? 구경? 그런 건 안중에도 없어요. 기껏해야 술이나 퍼마시고 계집질이나 하다 돌아오는 게지. 사내들이란 다 그 모양이에요. 난 그 꼴 보기 싫어 그런 놈들과는 어울리지도 않았소. 선원과 기관사는 급이 달라 다행히 따돌림은 당하지 않았지만. 같은 선원들끼리는 싫어도 어울리지 않을 수가 없어요. 일 년이고, 이 년이고 남자들끼리만의 생활이다 보니 그럴 수밖에는 없는 것이지만. 그럴 때 보면 인간이라는 게 본능에 충실한 짐승일 따름이에요."

"……."

"바다만 보고 생활을 하다 보니, 스트레스들이 엄청 쌓여 걸핏

하면 싸움질들을 해대고."

"바다에서요?"

망망대해에서 싸움질이라니, 상상이 되질 않는다.

"지루하고 권태롭고 짜증들이 쌓이니까."

"……"

"이런 일도 있었소. 어느 나라던가, 그 나라에 들어갔는데, 그때 마침 한국 선수들이 시합을 벌이고 있어서 응원을 하게 되었소. 그땐 어찌나 신바람이 나던지. 그땐 정말 나라 사랑이 절로 납디다. 또 다른 나라에 갔을 때인데 한국 탁구선수들이 들어와 있었어요. 그런데 김치가 떨어졌다며 하소연 해오지 않았겠소? 그래 김치를 대주고, 선수 전원을 배에서 식사제공을 해주기도 했소. 그땐 그 선수들 모두가 내 자식들 같더라니까. 애국심이라는 건 내 나라를 떠나봐야 절절해지는 것이지. 국내에 있을 땐 그걸 몰라요."

이인직의 진지한 얘기에 민규는 비스듬히 누워 편안한 자세로 듣다가 몸을 일으켜 마주 앉는다.

"한번은……"

또 다른 얘기로 들어가려는 순간,

"계십니까?"

마사노가 노크를 해온다.

"예, 무슨 일이십니까?"

"예, 오늘 제가 점심을 준비했습니다."

방으로 들어선 마사노는 아이보리의 블라우스와 보라색 스커

트 차림으로 화사한 표정이다.

'점심? 마사노가?'

민규는 자신의 귀가 의심스럽다. 잘못 들은 게 아닌가 싶다. 이런 날이 다 있다니…….

마사노는 지금까지 친척인 후가모도는 물론이고, 민규한테도 음식을 해준 일이 없다. 그런 그녀가 점심을 준비했다는 건, 일본에 핵폭탄이 떨어졌다는 것만큼이나 놀라운 사건이 아닐 수가 없다.

'이런 날이 다 있다니…….'

"감사합니다."

감사하다는 말을 깍듯이 한 이인직은 마사노가 어떤 성격의 여자인지 아직은 모를 것이다. 마사노가 자신의 음악에 반해 호의를 베풀어준다는 것도.

"그러고 보니 후가모도 상이 안 보입니다."

이인직이 마사노와 민규를 번갈아 돌아본다.

"후가모도는 일요일엔 집엘 가요. 거기다 초저녁잠까지 많아 이 형의 연주도 못 들었죠. 어쨌거나……. 원님 덕에 나팔 불게 되었습니다."

한국어로 주고받는 말을 마사노가 알아듣지 못하듯, 이인직도 민규의 말뜻을 이해하지 못할 것이다.

민규는 흥미로운 얘기가 끊긴 것을 못내 아쉬워하며 터덜터덜 아래층으로 따라 내려간다.

식당은 색 바랜 베이지색 싱크대와 오래 되었음직한 냉장고와

그을린 듯한 벽지 등 칙칙한 분위기다.

식탁에 차려진 단출한 음식들. 공깃밥 두 그릇과 된장국, 생선
튀김과 단무지와 백김치가 전부다.

"같이 드시지 않고……."

"예, 전 먼저 먹었습니다."

그녀 말처럼 먹었는지 안 먹었는지는 알 수 없지만, 2인용 식탁
은 그녀가 앉을 자리가 없다.

새우와 모래무지 튀김은 아삭아삭해서 먹을 만하다. 민규는 일
본에서 유년기를 보냈다. 그리고 이곳에서의 생활이 3년이 되어
간 만큼 익숙해졌을 만도 하다. 그럼에도 조금씩 담겨져 나오는
음식을 보면 허전한 느낌이 든다. 먹고도 남을 정도로 푸짐한 건
낭비지만, 한국에서 길들여진 그동안의 습관이 버려지지가 않는
모양이다. 어쨌거나 이인직에 대한 호의로 마련해준 점심을 맛있
게 먹기는 했다.

"잘 먹었습니다. 감사합니다."

거실로 나온 이인직이 머리를 조아린다.

"오차 내오겠습니다."

마사노는 하던 뜨개질감을 한쪽으로 밀어놓으면서 준비해 둔
차를 내온다.

"오늘 밤에도 연주하시나요?"

마사노가 차를 따르면서 묻는다.

"해야지요."

이인직의 표정이 단호하다.

마사노의 이 같은 태도로 보아 후가모도나 민규보다 이인직이 더 중요해지게 된 것 같다.

"오늘도 가시게요?"

"당연히 가야지요."

한마디로 일갈해버린 마사노의 답변에서도 알 수 있듯이.

마사노의 저 적극성은 어디에서 나온 걸까. 놀랍지 않을 수가 없다. 차갑고 칼날과도 같이 예리한 성격의 마사노가 아코디언에 저리 빠져들어 버리다니. 민규는 마사노의 성격이 워낙 냉철해서 실수하지 않으려 부단히 애를 써왔다. 근래에 이르러 김용 사장과 술을 마시면서 늦게 들어왔다던가, 박 노인의 일로 늦는다던가, 미스 홍과의 만남으로 늦어진 일 등이 있었지만, 그녀로부터 질책 받을 실수는 하지 않았다.

"기무라는 어찌 지내나요?"

"참, 결혼을 하게 됐어요. 여자 친구가 아이를 가졌대요. 낳기 전에 해야 되지 않겠어요?"

혼전 임신. 한국 같으면 쉬쉬할 일이다. 그럼에도 마사노는 별스럽지 않다는 투다.

"축하할 일이군요."

마사노의 자연스러운 말투에 민규도 자연스럽게 축하해준다.

"그런데 큰일을 안 치러봐서 걱정이 됩니다."

"닥치면 하게 돼요."

"우리가 거들어드려야지요."

"막막했는데……. 정말 고맙습니다."

이인직의 말에 마사노가 감격스러워한다.

자신의 방으로 들어온 이인직은 아코디언을 꺼내 깨끗한 수건으로 닦고 음정을 가다듬는다. 이인직은 아코디언을 무슨 보물을 다루듯 지극정성을 다하는 모습이다.

"일어는 언제 배웠던 거요? 그것도 모르고 난……."

일본어를 못 할 것이라는 민규의 생각과 다르게 이인직은 의외로 마사노와의 대화에 있어 막힘이 없었다.

"배 타기 전에 배운 거예요. 조금 배워두었던 건데, 배를 타면서 일본인과 접하다 보니 늘더라고요. 그런 박 형은요? 이런, 내 정신 좀 보게. 여기서 살았다고 했던 걸 깜빡했군요."

"……."

"간부 중에는 일어를 하는 사람이 있기도 하지만, 선원들은 거의 못 해요. 내가 통역을 해주죠. 세계를 돌아다니다 보니까 일본어 하나만으로도 말이 안 통하는 일이 없겠더라고요. 영어는 못 해도 일본어를 하는 사람들이 제법 있더구먼요."

"그러나 막상 일본에선 영어를 하는 사람이 별로 없어요. 하더라도 발음이 다르고요. 맥도날드는 매구도나루도, 호텔은 호테루. 콜라는 코라. 영국인이나 미국인은 일본인의 영어를 못 알아들어요. 그에 비하면 우리나라 사람들 영어 발음이 아주 좋은 편이에요."

이인직과 이런저런 얘기를 하다 보니 시장 파할 시간이 돼가고 있다.

"이제 나서야겠습니다."

민규와 이인직이 서두르자 마사노도 따라나선다.

"어서 오십시오. 어서 오십시오."
짐을 꾸리던 석호가 장난스럽게 맞이한다.
민규의 눈길은 자연스럽게 홍 여사의 노전으로 돌아간다. 미스 홍도 언니를 도와 바쁘게 짐을 꾸리는 모습이다.
미스 홍과 민규가 눈길이 마주치지만, 상인들은 두 사람 사이를 눈치채지 못한다.
가로등을 중심으로 사람들이 둥그렇게 에워싸고, 그 가운데서 이인직의 연주가 시작된다. 처량하고, 을씨년스럽고, 볼품없던 시장바닥이 사람의 마음을 정화시키는 연주로 분위기가 고풍스럽게 승화되어간다.

소리 없는 그림자

연주가 한창 무르익어갈 즈음 미스 홍이 사람들을 비집어가며 민규에게로 다가온다. 마사노는 어디쯤에 서 있는지 보이지 않고, 옆에 있는 남자의 인내가 심해 자리를 옮기려던 참이다.

"우리 나가예."

미스 홍이 민규의 귀에 대고 속삭인다.

미스 홍과 함께 빼곡히 들어찬 사람들 틈을 비집고 빠져나온다.

"오늘 들어왔나?"

"어제 들어오고도 회장님을 안 만났을까봐예?"

미스 홍이 톡 쏘아붙인다.

"말 한번 고약하시구먼."

"원래 말이라는 게 아 다르고 어 다르다 아입니꺼? 회장님은 그레 느긋한지 몰라도 지는 빨리 들어올라꼬 얼매나 서둘렀는지 아십니꺼? 그란데 나 없는 사이에 저 이인직 씨를 마사노의 집으로 이사시켰데예?"

미스 홍의 못마땅해 함은 거기에 있었다. 그러니까 이인직을 불러들인 이유가 미스 홍 자신을 밀어내려는 방패막이로 들였다는 생각이 든 모양이다. 미스 홍의 말이 아주 틀린 건 아니지만 그렇다고 전적으로 맞는 것도 아니다.

미스 홍은 토라진 모습으로 걸으면서도 민규의 파카 주머니에 깊숙이 손을 찔러 넣는다. 따그락따그락 구두 뒤축으로 노동사무실의 정적을 깨트리며 걷는 그녀가 안쓰러우니, 어찌된 심사란 말인가.

"어디로 가려고?"

"와 겁납니꺼? 겁은 여자인 지가 나야지 와 회장님이 납니꺼?"

톡톡 쏘는 미스 홍의 어깨를 민규가 감싸 안는다.

"누가 이쁘닥캅니꺼?"

밉지 않게 눈을 부라리며 올려다보는 미스 홍. 깜찍하고도 요염하다.

미스 홍과 팔짱을 낀 민규는 신이마미야 역사로 들어선다. 지금 이 시각에 남바 말고 어디 갈만한 곳은 없다. 특급으로 한 정거장이니까 5분이면 간다. 군락을 이룬 거지들이 시커먼 이불때기를 둘둘 만 채 누워있거나, 꼬부라져 자고 있는 역사. 파출소 앞까지 차지한 판국이니 역사 건물인들 무사할까. 계단은 들러붙은 껌딱지로 거무튀튀하고, 토사물의 흔적이나 땟물이 흐를 것 같은 지저분함이 니시나리와 다르지가 않다. 이런 것에 비위가 상하지 않은 걸 보니 이제는 어지간히 단련이 된 같고, 여자인 미스 홍도 인상을 찌푸리지 않은 표정이다.

민규는 밖으로 뻗어 나간 철로를 보면서 불현듯 집으로 돌아가고 싶다는 마음이 굴뚝같아진다. 미스 홍이 곁에 있다 한들 고향이나 가족에 대한 마음까지 어찌하지는 못한다.

열차에 오른 민규는 미스 홍과 나란히 앉는다. 미스 홍의 긴 머리에서 향긋한 향이 난다. 민규는 미스 홍의 긴 머리가 좋았다.

"니시나리 참 재미있는 곳이라예. 하루도 조용할 날 없고, 별별 일이 다 벌어져도 떠나가는 사람보다 모여드는 사람이 더 많으니……. 인자는 음악으로 바글바글 시끄러운 곳이 돼삐렀심더."

"쉿!"

민규는 열차 안이 너무 조용해 검지를 입술 가운데 대는 것으로 미스 홍의 말을 막는다.

"저녁 안 먹었다고 했지?"

"아이라예. 찻집에도 식사가 안 있심니꺼? 간단하게 먹으머 돼예."

가만가만 주고 받는다.

열차에서 내린 민규는 미스 홍과 간 적이 있는 다까시마야 백화점 옆 셀프 찻집으로 들어간다. 찻집 분위기는 사람들의 이야기꽃으로 훈훈하게 녹아들어 있다.

민규는 주문한 커피와 핫도그와 햄버거가 나오기를 기다리며 흰 앞치마를 두른 종업원들의 부지런한 움직임에 시선을 빼앗기고 있다. 잘 익힌 핫도그와 햄버거와 커피잔이 담긴 쟁반을 종업원으로부터 넘겨받아 안쪽의 미스 홍에게로 다가간다. 주황색 공단 블라우스에 넓은 리본, 매끈거리는 공단 블라우스에 흘러내리는 머릿결, 보는 것만으로도 황홀하다.

"이리 주이소."

"그냥 있어."

민규가 쟁반을 내려놓는다.

200

"설탕 두 개 넣으면 되지예?"

민규는 덜렁거리던 모습과 달리 설탕과 생크림을 넣고 조심스럽게 젓는 미스 홍을 이윽히 바라본다. 또렷한 윤곽, 서글서글한 눈매, 빠진 데 없는 저 미모로 언니를 돕는다며 니시나리를 들락거리고 있으니 길을 잘못 들었다 싶은 생각이 든다. 손끝 하나 건드릴 자격이 없는 자신이 그녀에게 지금 무슨 짓을 하고 있나 싶기도 하고. 이러면 안 되는데……. 이쯤 해서 그만 두는 게 현명한 처사라는 의식, 하지만 그녀와 함께 있다 보면 해야 될 말은 어디론가 사라져버리고 마는 우유부단함, 지금도 여전히 미스 홍에게 끌려들고 있지를 아니한가.

"참, 박 씨 아저씨한테서 편지가 왔어예."

"뭐라고?"

"그 편지 읽는데예, 어찌나 눈물이 나던지예."

박 노인은 석호에게도 편지를 보내왔다. 건강이 더 나빠지지 않은 것만으로도 다행이라고 했고, 일일이 이름을 거명하면서 고맙다는 인사의 말을 전해왔던 것이다. 석호가 그 편지를 읽으면서 찔끔찔끔 짜는 바람에 민규도 마음이 짠했다.

"답장도 써 보냈어예."

"뭐라고?"

"아픈 사람한테 뭐라고 썼겠심니꺼?"

톡톡 쏘아붙이지만 미스 홍은 황 주사의 딸 미스 황과 함께 혼신을 다해 돌봐드렸다. 자신이 미스 홍에게 끌려든 것도 그녀의 미모나 젊음 때문만은 아니었다. 민규는 생기발랄하고 톡톡 튀는 듯한 처녀가 믿을 수 없으리만치 반신불수의 노인, 그것도 남자노인을 간호하는 모습에서 신선한 충격을 받았던 것이다. 겉보기와 달리 의리가 있고, 속도 깊고, 마음이 천사와 같았던 것이다. 민규는 그 때문에 자신을 무작정 따르는 미스 홍에게 상처가 되는 일을 남기지 않으려 무던히 애를 써오고 있는 중이다.

민규 앞에 앉아있는 미스 홍은 박 노인의 문제로 언제 눈물이 나려고 했더냐 싶게 천진난만한 모습으로 핫도그를 베어 먹고 있다.

"무신 여자들이 저래 담배를 피워쌌노? 참말로 고역이네. 안 되겠심더. 그만 나갑시더."

담배를 끊은 지 오래인 민규도 옆자리의 세 아가씨들이 피워대는 담배연기에 머리가 아파지려던 참이다.

밖으로 나온 미스 홍이 아쉬워하면서 팔짱을 껴온다.

바깥공기가 차가운 이런 밤에 혼자보다는 함께 한다는 것은 가슴 훈훈한 일이다. 민규는 미스 홍으로부터 전해지는 풋풋한 전율에 현기증이 일 것만 같아 그녀의 허리에 팔을 감는다. 이 순간만큼은 그 어떤 생각도 하고 싶지가 않다. 단지 그녀와 거닐고 싶을 뿐이다. 도심의 밤은 인간을 수면으로부터 끄집어내고자 현란한 불빛으로 너울대고, 민규는 현란한 그 너울에 몸을 맡기고 싶을 뿐이다.

"집까지 이러고 갈까예?"

민규의 어깨에 머리를 기대고 걷던 미스 홍이 나지막이 속삭인다.

"걸을 자신은 있고?"

민규도 그녀의 귀에 대고 속삭인다.

"있다 뿐입니꺼?"

"니시나리는 여기서 다른 정거장보다 두 배야."

"밤을 새서라도 가머 되지예."

자신 있게 나오는 것에 민규는 그녀의 손을 꼭 거머쥔다. 아무리 건강하고 젊다고는 해도 여자의 몸으로 3~4㎞를 걷는다는 건 무리다 싶어 떠본 것뿐이지, 마냥 걷고 싶은 마음은 민규 자신일 것이다.

"가지."

민규가 먼저 몸을 푼다. 때마침 스쳐 지난 바람에 열기가 식히면서 청량감을 안겨준다.

"우리 그만 만나지."

민규는 혼잣말처럼 주워섬긴다.

그녀와 만날수록 불안의 그림자는 커져가고, 애써 지켜내려는 중심이 흐트러질까 그게 겁이 난다. 조마조마하다.

"와? 겁납니꺼?"

자신의 의중을 꿰뚫는 송곳날 같은 미스 홍.

"다 알지예. 하지만 도……."

"……!"

"……."

"지가 뭘 바란다 말임니꺼. 회장님이 어떻게 하자고 해도 지가 안 할 판인데예. 결혼 같은 건 안 할 낀데예. 언니가 알라 둘 때문에 저 고생이다 아임니꺼. 지가 장사를 시키기는 했지만도예."

미스 홍이 침묵을 깬다.

결혼도 안 한 처녀의 몸으로 언니를 장사 시켰다고? 무슨 사연이기에? 맹랑한 아가씨라는 생각이 든다.

"알라들은 어므이가 키우고 있는데예. 그기 다 사랑인가 뭐시깽인가 때문이다 아임니꺼."

"······?"

"대단한 사랑이었지예."

대단한 사랑? 짐작이 되질 않아 민규는 잠자코 듣기만 한다. 외모를 들먹인다는 건 뭣하지만, 그다지 예쁜 구석도 없고, 몸매까지 뚱뚱한 홍 여사를 사랑했다는 남자가 어떤 남자였기에? 상상이 되질 않는다.

"형부의 아버지가 국회의원이었능기라요. 그래가 반대가 엄청 심했지예. 색싯감이 별 볼 일 없는 집안이라 그랬겠지예. 그캐도 둘이는 죽고 몬살겠닥카는데 어쩌겠심니꺼? 우리도 반대하고 양쪽에서 다 반대했지예. 그란데 아무도 모르게 절에 가 가 결혼식을 몰래 해치워 삐맀다 아임니꺼. 그라고는 살림 차려 알라를 낳았지예. 그란데 사는 곳을 어에 알아낸 형부 집에서 형부를 강제로 데려가 삐맀능기라요. 그라고 얼마 지나지 않아 형부가 자살했다는 소식만 들렸지예. 그 후에 언니는 복중의 알라까지 낳아 둘이 되었고. 지만 죽어삐리머, 마누라와 알라들은 어짜라는 깁니꺼? 책임감도 없이. 그기 사랑인 깁니꺼? 너무너무 실망스러웠지예. 그기 전설 같은 언니의 사랑이었능기라요. 그래가······."

204

듣고 보니 기구한 사연이었구나 싶다.

"그래가 지는……. 사랑 같은 건 하지 않을 것이지예. 언니바람에 시끕했다 아임니꺼. 그러니까네 지 때문에 고민하실 것도 걱정하실 것도 없다 그 말입니더. 단지 친구처럼 지 옆에 계셔 주시머 돼예. 이곳에 계실 동안만예. 그것도 못해준다고 하실 낌니꺼?"

"……."

이렇게 나오는 여자를 그리 경계를 해오다니……. 좁쌀같이……. 스스로의 자격지심에 한숨이 절로 나온다.

"가지."

훌훌 털어버리면서 민규가 앞장을 선다. 차도를 건너고, 횡단보도를 건너고, 무심의 극치를 치닫듯이.

마사노가 사는 법

　기무라는 어제 마을회관에서 결혼식을 올렸다. 결혼 날이 잡히자 마사노는 예식장, 피로연, 그 밖의 일로 걱정이 되는 모양이었다. 기무라는 물론이고 신부 측과 상의해야 될 일을 민규와 이인직에게 의논을 해왔다. 냉철하고 사리가 분별한 그녀도 큰일 앞에서는 나약한 모습을 보였다. 민규는 그런 마사노를 보면서, 아무리 강하고 냉철해 보여도 어쩔 수 없이 여자라는 생각을 하게 되었다. 생전 처음 치러보는 아들의 혼사가 그만큼 부담감이 컸으리라. 옆집 시라다 말고는 대인관계가 없고, 후가모도 외에는 가까운 친척도 없어 보기가 안쓰러울 정도였다. 신부 측도 가족이 단출하다니, 한 집에 사는 처지로 나 몰라라 할 수도 없게 되었다.

　다행히 날씨는 맑았고, 몇 명 되지 않은 하객들에게는 오히려 멋진 전통 결혼행사가 되었다. 순백색 기모노에 오가미라는 백색의 고깔을 쓴 신부, 유도복 같은 검정 예복 차림의 신랑. 직장 상사의 주례로 식은 엄숙하게 치러졌다. 거기에 이인직의 아코디언 연주가 하객들의 마음을 사로잡아버렸다. 첫 곡으로 연주된 오호든의 희망의 속삭임과, 두 번째로 연주된 베토벤의 월계꽃에 넋이 나간 하객들은 박수를 멈출 줄을 몰랐다. 결혼식장만 아니라면 그 박수 속에서 이인직은 몇 시간이고 연주를 이어갔을 것이다.

다행히 레스토랑의 피로연에서 간곡한 부탁을 받은 이인직은 일곱 곡을 더 연주할 수가 있었다. 클래식도 아니고, 일본 노래도 아닌, 우리 노래인 '그리움은 가슴마다', 박 건의 '그 사람 이름은 잊었지만', 윤항기의 '나는 어떡하라고', 나훈아의 '녹슬은 기찻길', 조용필의 '부산항', 이난영의 '목포는 항구다', 백야성의 '항구의 영번지' 등을 연주했는데 하객들은 그들이 잘 알지도 못하는 곡에 박자까지 맞춰가며 손뼉을 치고 흥겨워하는 모습이었다. 당사자인 신랑과 신부가 지루해하지 않았겠나 싶었지만 그들도 즐거워보였다. 한국 노래에 즐거워하는 일본인들을 보면서 민규는 음악은 국적이라는 것이 없다는 걸 통렬하게 실감했다. 흥분의 도가니이면서도 충분히 즐길 줄 아는 일본은 우리 문화와는 조금 다른 면이 있어 보였다.

　어제 결혼행사는 마치 이인직의 날과도 같았다. 영국에 갔을 때 샀다는 콤비 차림으로 시장바닥이 아닌 결혼식장에서와 피로연이 베풀어지는 레스토랑에서의 연주는 근사하고 멋있었다. 제대로 된 장소와 제대로 된 관객들을 상대한 연주에서 이인직은 그간에 이루지 못한 한을 마음껏 발산해내는 것 같았다. 그만큼 만족해하는 모습이었다.

　"박 형!"

　방을 나서는데 이인직이 헐레벌떡 밀치면서 들어선다.

　"……?"

　"나 참……!"

이인직은 기가 차다는 듯 그러면서도 쉽사리 입을 열지 못한다.

"어떻게 그럴 수가 있어요?"

"뭐 못 볼 거라도 봤어요?"

"그래요. 마사노의 알몸을 봤단 말요."

"난 또 뭐라고……."

"홀라당 벗은 알몸을 봤단 말요!"

이인직은 얼굴까지 붉혀가며 흥분을 해댄다.

"그게 무슨 대수라고."

"이 양반이 지금……."

"그렇다면 알몸의 마사노와 목욕이라도 했단 말이오?"

민규는 아무렇지도 않다는 듯 딴죽을 건다.

"그랬다면 골이 비었다고 내가 이러겠소?"

"그게 아니라면 그럼 뭐요?"

민규는 버럭 소리를 질러대는 이인직의 호들갑에 부채질을 해댄다.

"나 참! 그게……. 부러 그랬는지, 은연중에 그랬는지 그걸 모르겠단 말이오."

이인직은 어이없어하면서 천장을 뚫어져라 올려다본다. 그답지 않게 소심한 행동이라고 해야 할까. 남자가 여자 문제로 그답다거나 그답지 않다고 논하는 자체가 어불성설인 노릇이면서도, 여자라면 돌 대하듯 하는 이인직의 태도와 맞지가 않다는 생각이다.

"어떻게 그럴 수가 있느냔 말요!"

이인직은 쉽사리 감정 정리가 되지 않은 모양이다.

"그럼 내가 설명을 해볼까요?"

"어라?"

이인직이 뚱한 얼굴로 민규를 바라본다. 그러다가 이내,

"내가 말할 게 아니라 직접 본 사람이 들려주는 게 좋겠구려."

그러다가 또,

"말 마쇼. 난 김 팍 샜소."

그러다가 또 세상에 그런 일이 어디 있느냐는 듯 손사래까지 친다.

"여자의 알몸을 본 게 김 샐 일이오?"

"야~ 어떻게 그럴 수가 있지? 이해 안 돼요."

"흥분할 거 없어요. 나는 마사노의 알몸을 스무 번도 더 봤으니까."

"그러고도 아무렇지 않았소?"

"그럼 이 형은 마사노와 자기라도 했단 말요?"

"에끼, 이 양반아!"

"그러니 이 형이 본 거나, 내가 본 거나 마찬가지이니 흥분할 거 없다 그거요. 마사노는 자신이 여자라고 생각하지도 않아요. 우릴 남자로 보아주지도 않고요. 그만하면 알겠어요?"

"야 정말……! 별 희한한 여자를 다 보겠네."

이인직은 여전히 놀란 가슴이 진정되지 않은 모양이다.

"나도 이 형처럼 처음에 얼마나 당황을 했는지 몰라요. 그런데 그런 일이 반복되면서 마사노가 남자를 같은 여자 대하듯 아무렇지 않아한다는 것을 알게 됐어요. 그러다 보니 나도 별생각 없이

보아집디다. 지금에 와서 보면 마사노의 자연스런 그 행동이 내게는 오히려 힘들이지 않고 자제할 수 있는 면역력을 길러주었는지도 몰라요. 김 팍 샜다는 이 형 말처럼 실오라기 하나 걸치지 않은 모습에서 나도 질렸던 거죠. 호기심이라는 것이 없어져 버리고. 그런 것이 없이 내외하며 살아왔다면 오히려 내가 힘들어했을지도 몰라요. 이 형이 오기 전엔 마사노와 단 둘이 있을 때가 많았으니까. 그런데 마사노가 저처럼 거침없이 나오니까 오히려 거리감이 없어져 편하더라니까요. 그러니 이 형으로서도 좋은 거요."

"나 참!"

이인직이 어처구니없어하며 자신의 방으로 건너가 버린다.

그도 발가벗은 마사노의 모습에 그 자리에서 얼어붙고 말았을 것이다. 얼어붙어 있으면서도 그녀의 젖가슴을 보았을 것이고, 여성의 그걸 보았을 것이다.

마사노는 욕실에서 옷을 벗는 일에 누가 있든 없든 상관하지 않는다. 아들 기무라한테도 마찬가지다. 그녀의 그 같은 행동을 처음 본 남자라면 십중팔구는 혼자 사는 여자의 의도적인 행동으로 유혹하려는 것으로도 볼 것이다.

그럼에도 민규는 마사노처럼 알몸으로 나올 자신이 없어 겉옷만 욕실 밖에다 놓아두고 속옷은 입은 채 들어가곤 했다.

아래층 욕실로 내려온 민규는, 어쩌면 좋다 말았을 이인직 생각에 히죽 웃음이 나온다. 목욕탕 하나를 가지고 사용하다 보면 일어날 수도 있는 일이지만, 마사노의 행동은 기이하지 않을 수가 없다. 이성을 전혀 접촉해 보지 않은 여자처럼, 자신을 여자라고 생각하지 않으면서 사는 것 같았다.

이인직과 마사노 생각에 싱글벙글 씻고 있는데 노크 소리와 함께 문이 드르륵 열린다. 마사노가 들어온 것이다. 본능적으로 하체를 가린 민규에게,

"빗을 두고 나갔어요."

빨간 빗을 헹구기까지 하고 나간다.

앞으로도 그녀는 남자가 발가벗었건 말았건 상관하지 않을 것이다. 그때마다 이인직이 어찌 나올지…….

얼마 전이었다. 석호가 감춰놓은 듯한 물건을 은밀하게 꺼내주는 것을 보았다. 그때는 그냥 물건을 파는 것으로만 알았다. 그런데 남자가 돌아가고 나서야 민규에게 이상한 물건이 들어왔다는 것이었다.

"맞춰보세요."

"그걸 내가 어찌 맞추나?"

"순진하시기는…….""

그러면서 내놓는 것이 남자 팬티였다. 겉으로 봐선 별다를 게 없었다. 그런데 그 안에 뭔가가 부착되어 있었다. 조루증에 효과가 있다는 성기단련기라는 것이었다.

"이게 들어온 지 얼마 안 돼요. 그런데 입소문이 나면서 불티가 나요. 보세요."

석호가 뒤집어 보인 팬티 안엔 침들이 촘촘히 박혀있었다. 그 팬티를 입으면 2~3일은 얼얼하지만 그 기간이 지나면 괜찮아진다는 것이었다.

"네가 입어서 실험해보고 파는 거냐?"

"회장님도 참, 이게 있는데 굳이 입어보고 실험해봐야 아나요?"

석호가 조그맣게 접힌 설명서를 내놓는다. 설명서를 읽은 민규는 웃음을 터트리고 만다. 사우디아라비아나 아랍 쪽 남자들은 여러 명의 여자를 거느리기 위해 어려서부터 성기를 모래로 비비거나, 고운 차돌로 찧어 단련을 시키는데, 그게 개선돼 나온 것이 성기단련기라는 일본어 설명이었다. 목욕을 끝낸 민규는 그 생각에 자신의 늘어진 성기를 한참이나 내려다본다.

사랑의 세레나데

지루하고 후덥지근한 여름이었다. 민규는 혹독한 더위에 일을 다니는 것보다 미스 홍의 일로 심경이 복잡했다. 지난번에 그녀가 언니 이야기를 들려주면서 확실하게 선을 그었고, 어떻게 하자는 것이 아닌데 오히려 자신의 자제력에 대한 불안이 커져가고 있었던 것이다. 말은 그렇게 한 미스 홍의 반응도 문제였다.

한바탕 연주가 끝나면 땀으로 흥건하던 이인직은 요즘 찬바람이 일었다며 신바람을 낸다.

"계절은 한 치의 오차도 없지요. 그맘때가 되면 봄이 오고, 그맘때가 되면 여름 오고, 그맘때가 되면 가을 오고, 그맘때가 되면 겨울 오고, 자연 섭리란 참으로 오묘하죠."

민규는 급할수록 돌아가라는 말처럼 느릿느릿 주워섬겨보지만 복잡한 심정으로선 계절을 음미할 마음적인 여유가 없다. 미스 홍과 정리를 하자고 하면 할수록 엉겨들고, 피하고자 하면 할수록 더욱 애틋해지니 알다가도 모를 심사였다.

"날씨가 요즘만 같다면……."

이인직이 이곳에서 완전하게 적응이 되어 즐거운 나날을 보내고 있는 반면, 민규는 말하는 것조차 귀찮을 정도가 되어 잠을 자는 것도 아니면서 일찌감치 잠자리에 들어버리곤 한다. 이런 민규

에게 이인직은 후가모도를 닮아가는 것이냐며 핀잔을 주곤, 아래
층으로 내려가 마사노와 시간을 보내기도 한다. 마사노와 이인직
이 더욱 가까워지게 된 건, 아들 기무라의 이름으로 이인직의 적
금을 들게 되면서부터인 것 같다. 민규도 마사노를 통해 적금 하
나를 더 넣어보려던 참이라 잘된 일로 여기기는 한다. 마사노만은
믿어도 될 확실한 여자이니까.

　일요일인 오늘도 사람들은 이인직의 연주를 기다리고 있을 것
이다. 그로 인해 한국인들의 숙원이던 시장은 완전하게 탈바꿈
이 되어가고 있다. 오랜만에 와본 사람들이 이구동성으로 하는
말이,

"혹시 일본에서 인수하지 않았나 했어. 몰라보게 달라졌거든."

　민규는 이런 말을 들을 때면 만감이 교차한다. 그동안의 우여
곡절이 눈 녹듯 사라지면서 스스로가 대견해지기까지 한다. 이런
결과가 있기까지 나중에 합류하게 된 이인직도 한몫을 했다. 상
인들의 억척스러움이 부드러움으로, 거친 말투가 상냥함으로, 남
의 탓이 아닌 자신을 돌아보는 쪽으로, 이기심은 협동과 애국심
으로, 몸에 밴 상인들의 고질적이던 병폐가 이인직의 아코디언 연
주가 서서히 변화를 가져다주었던 것이다. 그로 인해 요즘은 뭉침
회를 별도로 열지는 않는다. 이인직의 연주가 사람들을 모이게 하
고, 음악회 그 자체로 이런저런 논의가 필요치 않게 된 것이다. 그
자체가 소통이고 공감대였다.

　민규는 미스 홍과 마주치지 않기를 바라면서 시장으로 들어
선다.

"어서 오십시오, 어서 오십시오."

민규와 이인직과 마사노를 본 석호가 오늘따라 익살을 떨고 나온다.

"마사노 상도 오셨군요?"

"장사는 잘되세요?"

"그럼요."

석호가 마사노와 쾌활하게 주고받는다.

"오늘 뭐 좋은 일 있어요?"

"오늘만이에요? 날이 날마다 아코디언 연주에 반짝반짝 돌아가는 시장에, 더도 말고 덜도 말고 지금처럼만 돌아가라, 이만하면…… 뭘 더 바래요?"

탱글탱글한 석호의 얼굴에 웃음꽃이 활짝 피었다.

"회장님, 며칠 전에 홍 여사가 회장님의 신상에 대해 물으시던데요?"

며칠 전이었다.

"동생 성격이 워낙 쾌활해가 회장님을 만난다는 걸 알면서도 걱정을 안 했능기라예. 그란데…… 요즘 동생의 태도가 좀 이상하다 아입니꺼. 무슨 일이 있으리라고는 생각지 않지만 서도…… 갸가 나이만 들었지 숙맥인 기라예. 회장님 지 말 섭섭하게 생각하지 마시고, 잘 다독여 주이소."

홍 여사가 무슨 뜻으로 그런 말을 했는지 민규는 안다. 그러잖아도 요즘 미스 홍과 거리를 두고자 애를 쓰고 있는 중이다.

"저기 미스 홍이 있군요."

민규의 마음을 잘 아는 이인직이 부러 큰 소리로 떠벌인다. 짐을 꾸리느라 한창 바쁜 모습이다.

"미스 홍 누나가 예전 같지 않게 침울해 보이던데? 무슨 일 있나……"

석호는 민규와 미스 홍의 관계를 모르지는 않는다. 그럼에도 혼잣말로 구시렁댄다. 마사노가 석호의 말뜻을 알아듣지 못해서 다행이다.

"냉기류지."

잠자코 있던 이인직이 의미있는 한마디를 내뱉곤, 아코디언을 둘러맨다.

서편 하늘의 노을과 함께 시장 풍경은 한 폭의 그림이다. 속속 모여드는 모습들 또한 진풍경이다.

"어떤 곡으로 테이프를 끊지?"

"'메기의 추억'이요."

최 군이 제안한다.

이들은 합주를 하면서 호흡이 잘 맞아 돌아가고 있다.

사람들이 들어찬 시장은 음악으로 무르익어가면서 분위기가 숙연해져간다. 민규는 마사노에게 양해를 구하곤 사람들 틈을 빠져나온다.

"지 좀 봐예."

민규가 집 앞 골목으로 들어설 때다.

"회장님, 지를 왜 피하는지 이유나 들어봅시더."

미스 홍의 그 말에 민규가 발길을 되돌린다.

미스 홍과 진지한 대화를 나눌 필요가 있기는 하다. 조용한 장소가 있으면 좋겠지만 이곳 니시나리 부근은 조용히 얘기를 나눌 만한 장소가 없다. 그럴만한 공원이나 산책로는 모두 거지들이 진을 치고 있으니. 그렇다고 술집으로 갈 수도 없는 노릇이고……

미스 홍을 데리고 니시나리 역으로 향한 민규는 남바행 전철을 탄다. 말없이 따라오던 미스 홍이 민규 곁으로 바싹 다가와 앉는다. 남녀 관계란 이래서 어려운 모양이다. 단지 곁에만 있어 달라던 미스 홍이 바싹 들러붙고, 그로 인해 민규는 눈에 보이지 않는 정이라는 것에 끌려들어가고……

남바에서 내린 민규는 미스 홍과 함께 갔던 시장 입구의 찻집으로 들어선다. 탁자, 의자, 실내가 모두 나무목재로 경음악과 함께 고풍스런 분위기를 자아내고 있다.

민규는 미스 홍을 먼저 자리에 앉힌 다음, 두 잔의 커피를 받아들고 그녀에게로 간다. 커피잔을 내려놓은 민규는 설탕과 생크림을 넣어 그녀 앞으로 밀어놓는다. 민규의 마음을 알 리 없는 미스 홍은 찻숟갈로 커피를 휘휘 저어 댄다. 전철에서 바싹 다가앉는 그녀와 거리를 두려 했던 것에 대한 반항이다.

그녀의 화난 모습과 달리 미색 블라우스 어깨 아래로 물결처럼 흘러내리는 머릿결이 곱다. 원피스, 투피스, 스커트, 바지, 정장, 캐주얼 등 키가 훤칠한 그녀는 어떤 옷을 입어도 잘 어울린다. 남자라면 탐낼만한 여자다.

"식기 전에 마셔."

"남이 사!"

톡 쏜다.

"······."

"지를 무안하게 만든 까닭이 뭐라예?"

"미안하다 미안해."

"미안하다고만 하믄 답니꺼?"

"내 처지가 처지인 만치······."

"하나 마나 한 소리 자꾸 하시는데예. 지가 이미 선언을 했고, 우리 사이는 그 이상은 없을 것이라 안 캅디꺼? 그란데 뭐 땜시 피한다 말임니꺼? 내는 그기 이해 안 된단 말임니더. 지가 회장님을 모릅니꺼, 회장님이 지를 속였습니꺼?"

미스 홍은 주위도 아랑곳없이 큰소리로 떠벌여댄다. 그녀의 떠벌임에 은은하던 찻집 분위기가 웅성댄다.

"안 되겠다."

민규는 손도 대지 않은 커피잔을 내버려 둔 채 일어선다. 마지못해 따라나서는 미스 홍. 그녀의 뒷모습에 매섭게 따라붙는 시선들.

"우리 이제 그만 만나자."

밖으로 나온 민규가 퉁명스럽게 쏘아붙인다.

"지가 싫다믄 그래야지예! 지도 저 싫다는 사람 싫습니더!"

핑퐁처럼 튕겨 나온 말투에 민규는 그만 어이가 없어지고 만다.

"팔짱 끼는 것도 싫다, 곁에 앉는 것도 싫다, 그런 남자 지도 싫단 말입니더."

작정한 듯 쏘아붙인다.

"회장님 같은 분도 좀생이처럼 구는데 지가 어떤 남자와 결혼을 하겠심니꺼? 결혼해놓고는 내빼삐리든가 죽어삐리든가 그라고 말끈데……. 내는 언니처럼 되기는 싫습니더."

"세상에는 그런 사람만 있나?"

미스 홍의 말에 현기증이 인 민규가 한 마디로 정리해 버린다.

"회장님도 좀생이 같기는 마찬가지다 아입니꺼."

좀생이, 좀생이……. 좀생이 노릇을 하지 않으면 어찌되는가. 이 인직의 말대로 해버리다가는…….

"연애를 하는 기 아니잖아요!"

그녀를 경계했던 민규를 미스 홍이 우습게 만들어버리고 만다.

"결혼을 하지 않겠다는 건 현실 도피나 아집이 아닌가?"

대응하기가 궁색해진 민규가 말머리를 돌린다.

"현실 도피라 캐도 상관없고 아집이락케도 상관없어예. 언니처럼만 안 되믄 되예."

"걷기나 하지."

미스 홍의 시비에 말려들지 말자 싶어 발걸음을 재우친다.

미스 홍은 이곳에서 사적으로 만나는 유일한 여자이기는 하다. 깊은 사이는 아니더라도 미스 홍이 자신을 좋아하는 걸 안다. 자신 또한 그녀를 싫어하지 않는다. 그렇다 한들 어찌하랴.

밤이 깊어감에 따라 네온사인이 꺼져가는 대로를 그냥 걷는다. 더는 입을 열지 않으면서 신밥처럼 따라붙는 미스 홍과 그렇게 걷는다.

"지 좀 봐예."

니시나리 부근이다. 그림자처럼 따라붙던 미스 홍이 민규를 불러 세운다.

"……"

돌아보는 민규의 가슴팍으로 와락 안겨드는 미스 홍.

"지한테는 회장님이 처음인 기라예. 회장님이 와 좋은지 지는 그걸 모르겠어예. 그캐도 이곳에 있는 동안만이락 캤잖아예. 더는 생각 안 할 끼란 말입니더."

"……"

민규의 가슴팍에서 숨죽여 흐느끼는 미스 홍. 어찌해야 하는가. 미스 홍에게 지금 무슨 짓을 하고 있는 건가…….

밑그림

민규는 눈부시게 쏟아지는 싱그러운 아침 햇살을 우두망찰 바라본다. 부는 바람에 파르르 떠는 벤자민 잎사귀들이 박수갈채를 보내오는 듯한 황홀경에 빠져든다. 겨울이 엊그제 같은데 봄이 물러가고 벌써 여름으로 들어선다는 사실에 민규는 참으로 세월의 무상함이 느껴진다. 세월이 어서 가주기를 바라는 마음으로 살아온 자신이었지만, 그 마음이 진정이었는지가 의심스러울 정도로 요즘은 이곳 생활에 너그러워지고 있다. 스스로를 조이며 살 수밖에 없었던 민규에게 시장의 문제가 당면과제로 주어졌고, 버팀목처럼 버텨주고 있는 미스 홍, 이곳 생활에 즐거움을 안겨주고 있는 이인직. 그래서 어쩌자는 것인가.

미스 홍은 지금 이곳에 없다. 이틀 전에 돌아갔는데, 벌써부터 그녀가 보고프다. 너무 가혹하게 자신을 시험하고 있는 것만 같아 만나기가 두렵기도 했지만, 그렇다고 그녀를 만나지 않고는 지낼 수도 없게 되었다.

"민규 씨."

회장님이라는 호칭도 생략해버린 그녀는 처음의 의지는 간 곳 없이, 민규를 시험에 들게 한다. 그때마다 민규는 무너지려는 스스로를 지탱하고자 안간힘을 써야 했고.

미스 홍과의 관계는 드러내놓을 수가 없는 일이어서 이인직 외에는 구체적으로 아는 사람이 없다. 석호가 어렴풋이 짐작은 하지만 말 그대로 짐작만 하고 있는 것뿐이다.

"기회란 자주 찾아오는 것이 아니요. 나이 들면 그럴 기회도 없어요. 나 같으면 미스 홍과 멋들어진 연애를 해보겠는데……. 그 미모에 부담 줄 여자도 아니지 않소? 담이 그리도 작소?"

"그런 이 형은 왜 못하쇼?"

'그러잖아도 마사노와 사귀어볼까 했는데……. 남자가 있건 말건 훌러덩 훌러덩 벗어젖힌 여자한테서 무슨 매력이 느껴지겠소? 다른 여자라면 몰라도 마사노는 아니요. 그러니 내 말 허투루 들어 넘기지 마시고, 원 없이 해보시라고 말씀이에요. 그런 추억 하나쯤 있는 것도 나쁘지 않거들랑요."

이인직의 말에 일리가 있다고는 해도, 가치관이 다르다. 또 실제로 이인직이 민규의 처지라면 그도 쉽게 행동할 것이겠는가. 아내에 대한 예의나 신뢰를 어찌 저버린단 말인가.

"밥 먹으러 안 갑니까?"

"그래 갑시다."

민규는 이인직과 함께 마사노의 집을 나선다.

황 주사의 식당 골목으로 들어서는데, 사람들이 웅성거리고 들 있다.

"무슨 일이에요?"

"어떻게 된 거지?"

식당 앞으로 다가간 민규는 닫힌 셔터 문에 붙은 쪽지를 본다.

오늘은 사정이 있어 쉽니다. 내일은 엽니다. 죄송합
니다.

-주인 황중길 백

"지금까지 이런 일이 없었는데……."

"그러게……."

"무슨 일이지?"

"내일이면 알게 되겠죠 뭐."

황 주사는 지금까지 식당 문을 닫은 일이 없다. 황 주사한테 무
슨 일이 있다 해도, 그의 딸과 종업원들이 하면 될 일인데……. 문
을 닫다니?

"다른 데로 가십시다."

"시장에는 아는 사람이 있을지 몰라요."

"시장 사람들이 안다면 회장님한테 왜 연락을 안 했겠소? 개인
적인 일일 테지."

"아무래도 확인해봐야겠소."

민규는 시장 쪽으로 잰걸음을 친다.

복작거리며 돌아가고 있는 시장판은 멀리서 보기에도 별다른
일이 없어 보이고, 상인들 또한 일상적인 모습들이다.

석호와 그 밖의 상인들에게 물어봐도 황 주사의 일에 대해 아
는 사람이 없다.

"거 보쇼. 황 주사 개인적인 일일 거라고 하지 않았소. 그러니
다른 데로 가서 밥이나 먹읍시다."

별다른 일이 아닌 것 같아 마음은 놓인다. 하지만 문이 닫힌 적이 없는 황 주사가 문을 닫았다는 건, 개인적으로 무슨 중대한 일이 벌어졌을 거란 생각이 든다.

"우동 어때요?"

"이 형은 우동 싫어하잖소?"

"입에 맞는 데가 없어서 그렇지 싫어하는 건 아니오. 그나마 황 주사 식당이 있어서 망정이지 그렇지 않았으면 음식 때문에 이곳 생활이 힘들었을지도 몰라요. 그놈의 김치와 된장찌개를 안 먹고는 못 살겠으니 말이오. 배를 그리 오래 탔는데도 이놈의 식성만큼은 어쩔 수가 없더라 그겁니다. 더러운 게 식성이지 뭐요."

민규도 마찬가지다. 어려서 이곳 음식으로 살기는 했지만 그래도 입맛에 댕기는 건 한식이었다. 그렇더라도 한식이건, 일식이건 음식으로 인한 불편은 없을 것이라고 생각했다. 그럼에도 하루만 안 먹어도 생각나는 것이 한식이니⋯⋯.

니시나라 역 간이식당에서 우동으로 끼니를 때운 민규는 마사노의 집으로 가기 전에, 자신의 방에서 바라다 보이는 공원을 들러보고 싶었다.

"공원에 좀 들렀다 가지 않겠소?"

"방문에서 바라다 보이는 공원을 들러보고 싶은 게군요."

이심전심인가. 민규가 공원을 바라다보고 있노라면 이인직도 다가와 그 나름의 생각으로 바라보곤 했다.

"갑시다. 까짓것. 죽은 사람 소원도 들어준다는데 그거 하나 못 들어주겠소?"

이인직이 선심 쓰듯 호기롭게 던져 붙인다.

공원 안의 나무들은 거지들에게 시달리면서도 가지를 뻗고, 잎도 내고, 꽃이 진 벚나무는 잎사귀를 흐드러지게 나풀거리고 있으며, 햇살이 따사롭게 쏟아지는 의자들마다에는 거지들이 낮잠에 빠져든 모습이다. 엉덩이를 붙이고 앉을 의자 하나가 없다. 서너 잎을 간들간들 매단 의자 옆의 나무들은 자신의 처지처럼 애처롭기 그지없어만 보인다.

"제주도에서 건너왔다는 벚나무가 이곳에 더 많은 이유를 모르겠단 말이오. 도쿄 우에노 공원에도 아름드리 벚나무들이 많은데, 도대체 언제 옮겨왔기에 나이가 그리 많이 들었는지 모르겠고. 우리 벚나무를 지들 국화로 만들어버린 처사에 대해서는 화가 나고……."

이인직은 그러면서 벚나무를 발로 툭툭 건드린다.

"우린 우리 것을 무시했고, 일본은 그 진가를 알아보았던 거죠. 그렇게 된 데에는 외세의 침략에 정신 차릴 겨를이 없고, 일제 치하 때는 살아남는 것만으로도 버거워 꽃이나 나무 같은 것에 신경 쓸 겨를이 없었던 거요. 먹고사는 일이 전쟁이었을 테니 말이오. 거기다 일본이 물러가자마자 동족 상전으로 국토가 초토화돼버리고 말았으니 말이오."

민규는 부모님이 신혼 때 일본으로 건너왔고, 그 후에 태어났으니 전쟁에 대한 기억이 있을 리 없다. 전쟁을 겪어보지 않았으니 전쟁으로 인한 상처도 알 리가 없다.

"맞는 말이오. 우리나라의 뽕짝이 일본으로 건너와선 마치 이네들의 것인 양 갈고 닦아 국적을 분간할 수가 없게 만들어버렸고……."

음악에 대해 문외안인 민규는 노래에 그런 내력이 있다는 자체를 알지 못한다.

"그러나 어쩌겠소? 안다고 해도 이미 때는 늦어버렸는데. 그런 의미에서도 이 형은 돌아가면 음악을 본격적으로 복원시켜야겠구려."

"빌어먹을!"

이인직이 발에 채인 돌부리를 냅다 걷어찬다. 아코디언을 연주할 때와는 전혀 다른 모습이다.

"음악이 뭐 실력만 가지고 되는 줄 아시오? 그리고 한국에 가면 여기서처럼은 할 수도 없어요. 여기선 환경이 환경이다 보니까 상인들이나 사람들이 좋다고들 하지, 한국에 가 봐요. 고성방가로 고발 당하기 십상이지."

이인직의 말에 토를 달 수 없는 게, 한국에서 이인직의 연주를 들었다면 지금과 같은 반응이 나올까. 장애인을 돕는다, 불우이웃을 돕는다며 거리에서 연주하는 것을 보면 별로 호감이 가지 않고, 그렇게 모은 돈이 제대로 전달이 될까 하는 의구심이 들기도 했다.

"그렇다면……. 가서 뭘 할 거요?"

이인직과는 한 집에서 3년을 살았고, 얼마 안 있으면 함께 돌아갈 것이다. 하지만 돌아가서 무엇을 하겠다는 얘기는 피차간에 나누어보질 못했다.

"박 형 일에 나도 끼워주면 안 되겠소? 나 이래봬도 재주는 있소."

돌아가면 무엇을 할 지 정해진 게 없다. 가와무라로부터는 돈 한 푼 받지를 못한 처지이니까.

얼마 전 아버지와 아시는 가와시마 쇼조로부터 연락이 왔다. 가와무라가 있는 곳을 알아냈다고.

"어디래요?"

버럭, 소리부터 질러버렸다.

"죄송합니다. 순간적으로 그만……."

"나라도 그러지 않겠나."

아차 싶어 사과를 하는데 오히려 이해를 해주었다.

"홋카이도의 도야라는 곳이구면."

"그렇다면 당장 가야죠."

홋카이도가 어딘가. 북해도의 섬이잖은가. 하루 만에 갈 수 있는 곳이 아니다. 그럼에도 무모하게 서두르고 나섰던 것이다.

"내일 시간을 내보게. 내 차로 가면 되네. 아침 8시 집 앞으로 가겠네."

그렇게 해서 그분과 함께 아오모리에서 배편을 이용해 홋카이도의 도야라는 곳으로 갔다. 도야 호, 바다처럼 넓었다.

차는 주차장에 세워두고 배를 탔다. 배에서 내린 가와시마 쇼조는 택시 기사에게 쪽지에 적힌 주소지로 데려다줄 것을 부탁했다.

택시 기사가 데려다 준 곳은 도야 호 가장자리의 한 주택 앞이었다.

"실례합니다."

대문 앞으로 다가간 가와시마 쇼조가 주인을 찾았다.

"아무도 안 계십니까?"

기척이 없자 다시금 소리쳐 불렀다.

"누구십니까?"

몇 번을 부르고서야 사람이 집 안에서 나오는 것이 아니라 뒤에서 남자가 다가왔다.

"사람을 만나러 왔습니다만……."

가와시마 쇼조가 조심스레 말을 붙였다.

"누굴 만나러 오셨는데요?"

"가와무라 사장님이라는 분이 이곳에 계신다고 들었습니다만……."

"실례지만 성함이 어떻게 되십니까?"

남자가 물었다.

"가와시마 쇼조라고 하오."

"잠깐만 기다려 보십시오."

종업원으로 보이는 30대 남자가 머리를 갸웃거리며 오던 길로 되돌아 나가는 것으로 보아 가와무라가 있는 것이 확실해 보였다.

"누구를 찾아오셨다고요?"

기모노 차림의 50대 여자가 다가오며 물었다.

"가와무라 사장님을 만나러 왔습니다."

"여기 계시다는 건 어찌 알고 오셨습니까?"

여자가 언짢은 기색으로 물었다.

"친구로부터 들었습니다."

"……!"

여자는 무엇 때문에 온 것이냐고는 묻지 않았다. 다만 이 노릇을 어찌해야 할지 난감해하는 눈치였다.

"지금 집에 안 계십니다."

여자의 말에서 민규는 가와무라를 만날 수가 있겠구나 싶었다.

"그렇다면 올 때까지 기다리겠습니다."

"……."

여자는 기다린다는 말에 난처해하는 기색이 역력했다.

"저희는 꼭 만나보고 가야겠습니다."

"그러시다면……."

여자는 마지못해하며 왔던 길로 되돌아갔다.

30여 분 정도가 지났을까 가와무라가 근무복 같은 차림으로 다가왔다. 주춤주춤 다가오는 가와무라를 본 그 순간 민규는 그만 현기증이 일었다.

"거둬들인 그 돈은 다 어디다 숨기고 쇼야, 쇼가?"

가와무라를 보자마자 가와시마 쇼조가 냅다 소리를 지르면서 멱살을 거머쥐었다.

"……."

"남의 이목이 있습니다. 집으로 들어가시죠."

뒤따라 온 여자가 기겁해하며 대문을 따주었다.

가와무라가 앞장서서 먼저 들어갔다.

"죽을죄를 지었습니다. 죽을죄를 지었습니다."

가와무라가 거실로 들어서자마자 바닥에 납작 엎드렸다.

"나이는 어디로 먹은 거야? 당신이 무슨 짓을 했는지 알아?"

분이 오를 대로 오른 가와시마 쇼조가 다시금 덤벼들어 가와무라의 멱살을 움켜쥐고 흔들어댔다.

"그 많은 사람들! 우선 이 박 상을 보라고! 집까지 날리고 알거지가 돼서, 아내와 아이들을 처형 집에 맡겨놓고 이곳에 와 노동판을 전전하고 있단 말이야! 불법체류자까지 돼가지고! 이를 어쩔 거야?"

"할 말이 없습니다. 죽을죄를 지었습니다."

가와무라가 캑캑거리며 주워섬겼다.

"죽을죄를 졌다고? 말로만 하면 다야!"

"놓고 말씀하시죠."

민규도 합세해서 두들겨 패고 싶은 마음 굴뚝같았지만 가까스로 억제하며 가와시마 쇼조를 말렸다.

"나도 이러고 싶진 않으니까 돈이나 내놔!"

멱살을 놓으면서 가와시마 쇼조가 쏘아붙였다.

"……저도 다 잃었습니다. 저도 당했습니다."

맙소사! 돈을 다 잃었다는 소리 아닌가! 그렇다면…….

"말 같은 소릴 해! 말 같은 소릴! 돈 내놓으라고!"

가와시마 쇼조가 쏘아붙였다.

"어이 없이 그렇게 되고 말았습니다."

가와무라가 한탄조로 털어놓았다.

경기불황이 닥치면서 사업이 어려워졌다. 그때 친구의 친구가 남미로 이민을 갔는데 대단히 잘 산다는 것이었다. 얼마 안 된 돈으로도 남미에서는 평생 돈 걱정 없이 호위호식하며 살 수 있다는 것이었다. 그러면서 자리를 잡고 산다는 그 친구에게 미리 준비를 해놓도록 먼저 돈을 보내자는 것이었다. 그 말에 끌어 모은 돈을 모두 건네주었는데, 돈을 건네받은 친구가 잠적을 해버린 것이다. 친구한테 당해버린 것이니 어이가 없었다.

"소설 써?"

가와시마 쇼조가 가와무라의 뺨을 거세게 후려쳤다.

"이 집은 뭐고, 아까 그 여자는 뭔데?"

가와시마 쇼조는 이곳에서 여자와 살림을 하고 있지 않느냐는 질타의 눈초리였다.

"제 여동이고. 이 집은 동생 집입니다."

"여동생? 햐~ 둘러대기는!"

가와시마 쇼조는 여전히 의심을 풀지 않았다.

"오래전부터 동생이 이 온천호텔에서 식당 일을 담당해오고 있었습니다. 오갈 데가 없어진 제게 죽지 않으려거든 잡일이라도 하면서 살라고 해서 죽지 못해 오게 되었지요."

"당신! 원래 이런 사람이었어? 어찌 이리 실망을 줘?"

가와시마 쇼조가 호통을 쳐댔다.

사업가고, 재력가였던 그가 그리 돼버리다니……. 어찌 상상인들 해봤을까. 자업자득이라는 생각이 들면서도, 그로 인해 피해를 당한 사람들. 특히 자신의 가족이 당한 이루 말로 할 수 없는 고통, 그걸 생각하면 분통을 견딜 수가 없었다.

그날 밤, 퇴근한 여동생이 와서 무릎을 꿇고 앉아 자초지정을 설명해 주었다. 그 충격으로 오빠의 부인인 올케가 세상을 떠났고, 아들과 딸 남매도 행방불명이 되어 어디에 있는지조차 모른 다는 것이었다. 한 집안이 풍비박산이 돼버린 처참한 몰골이었다.

가와시마 쇼조는 자기 집에서 자고 가라는 가와무라 여동생의 호의를 뿌리치곤 근처 온천에서 하룻밤을 보내고 다음 날 돌아왔 는데, 그는 사실상 가와무라에 대한 일체를 포기해버린 것 같았다.

민규도 포기할 수밖에 없다는 걸 알면서도, 화를 가라앉힐 수 가 없었다. 도야에서 돌아오던 날 밤 석호의 가게에 들러 가와무 라에 대해 털어놓는데, 그때마침 미스 홍도 와있었다.

"지와 얘기 좀 하실랍니꺼?"

석호의 가게에서 나왔을 때였다.

"무슨 얘기?"

"좀 전에 하던 얘기요."

가와무라에 대한 화가 풀리지 않은 터에 오히려 잘되었다 싶 었다.

"언니는?"

"먼저 가락캤어예. 식사 안 하셨지예?"

"황 주사님 식당으로 갈 참이었지."

"오늘은 다른 데로 가예."

일본인 식당으로 갔다. 손님이 별로 없어 한적했다. 게다가 일 본인들뿐이어서 민규와 미스 홍의 말을 알아듣지 못할 것이었다.

"회장님예."

식사를 마치고 나서 미스 홍이 입을 열었다.

"얘기 들었는데예. 상대방이 그리 되었다며 어차피 몬 받을 돈

아입니꺼? 분풀이하고 싶은 마음 이해는 되지만서도 그렇다고 돌아올 기 뭐가 있겠십니꺼. 분풀이 하는 순간은 후련할지 모르지만도 그렇다고 쌓인 한이 모두 풀리겠느냐 그 말입니더. 지도 언니 땜에 팔팔 뛰던 적이 있었지예. 지난번에 말씀 드린 바대로 언니와 형부가 그리 좋다는데 반대가 심해 가 숨어서 결혼을 했다 아임니꺼. 알라를 낳고 사는데 어예 알아 가 찾아와서는 아들을 데려가뿔고. 그라고는 얼마 안 가 형부가 자살을 해삐린 기고. 그래 지가 찾아가 사람 살려내라고는 할 수는 없어서 알라 데려가라 난리를 쳤다 아임니꺼? 그란데예 그 대단한 국회의원 댁에서 뭐라 한 지 아십니꺼? 그런 알라 모른다꼬 잡아뗍디더. 딱 잡아떼고 나오는데, 뭐 저런 인간들이 다 있나 싶은 기 사람 참 환장하겠십디더. 비참합디더. 우리를 사람으로 보지도 않았던 기지예. 그래 가 그놈의 집구석에다 불을 확 싸질러버리려고 했지예. 그런 나를 언니가 매달려 사정사정을 했지예. 그래 가까스로 가라앉히긴 했지만서도……. 언니사 알라땜에 말렸겠지만도 지는 환장하겠더란 말입디더. 그때 성질대로 해삐렸으며 지가 어찌 됐겠십니꺼?

지금에 와서 보머 그때 언니가 말리기를 잘했던 기지예. 그런 인간들 상대해봐야 돌아올 것이 무엇이라꼬예? 약자인 지만 당하고 마는 기지예. 그래 가 다짐했다 아임니꺼."

미스 홍이 얘기를 하다말고 눈시울을 붉혔다.

"기래 어디 두고 보자. 그 잘난 집구석에서 모른다는 알라 내가 보란 듯이 키워 낼테니까네. 기필코 훌륭한 사람으로 맨들어 놓을 끼다! 다짐을 했지예. 그래 가 옷가게 점원자리를 집어치고 나와 니시나리를 오가던 아지매들을 따라 이곳에다 언니를 장사 시키고, 물건 떼어다 날라다 주고, 어므이는 복중 아이로 태어난 알라까지 맡아 키우고. 그라니 지가 결혼 같은 걸 할 수가 있었겠십니꺼? 결혼을 포기했던 기 그 때문이지예. 할 수가 없었던 기지예. 언니의 그 지독한 사랑이 망가뜨린 가족을 일으켜 세워야 했으니까네예. 그런 깁니더. 알라는 둘이나 되고, 돈은 엄꼬. 언니 혼자 감당은 안 되고……. 어무이는 또……. 쑥대밭이 된 집안을 어쩌라꼬예? 그래가 이리 돼삐린 긴데……. 두고 보이소. 조카들 보란 듯이 키워낼 테니까네예. 반드시 키워낼낌더. 그때 가서 그 국회의원 집안인가가 뭘 어짜겠십니꺼? 그때 가서 뭘 어짜겠닥카머 그때는 참말로 가만 두지 않을 낌더. 어예 가만둔단 말입니꺼!"

그녀의 두 눈에서 번득인 독기. 그 독기라면 반드시 이루어내고야 말겠구나 싶었다. 대단한 각오였다.

"그러니까네 회장님도 약자가 돼 삐린 그 인간, 고마 잘됐다 여기고 치아삐리소. 죗값을 받은 깁니더 이미. 뛰는 놈 위에 나는 놈 있다꼬 안 캅디꺼? 그래 가 당한기지예. 분하고 억울할 일이지만도 어짜겠십니꺼? 그리 넘겨 삐리소. 고소를 한닥캐서 돈이 나올 것도 아이고, 화풀이를 한닥캐서 화가 풀어질 것도 아이고, 무슨 방도가 있겠십니꺼?"

미스 홍의 객관적인 판단. 그날 밤 가와시마 쇼조와 많은 이야기를 나누었지만, 법적으로 하면 가와무라가 감옥에 갇히겠지만, 그렇다고 돈을 받아낼 수 있는 것은 아니라고 했다. 또 그 문제로 해서 사람들이 다 알게 되면 다 산 자신의 인생만 망신살이 뻗친다는 것이었다. 가와무라로부터 돈을 떼인 다른 사람들도 고발을 못하는 이유가 그 때문이라고도 했다.

그렇더라도 민규는 많은 사람들에게 고통을 안겨준 가와무라가 여동생 곁에서 무사히 지낸다는 자체를 용납할 수가 없었던 것이다. 그래 혼자서라도 화풀이를 해대붙일 참이었다. 그런 민규에게 미스 홍이 자신의 예를 들어가며 화를 누그러뜨려 주었던 것이다. 결혼도 안 한 처녀의 몸으로써 풍비박산 난 집안을 일으켜 세우고, 조카들을 키우며 가르치겠다는 당찬 모습에서 가와무라에 대한 개인적인 화를 접을 수가 있었던 것이다.

천만다행으로 그간 모은 돈은 마사노를 통해 들여보냈다. 자신 신고를 해서 몸만 들어가면 되었다.

무엇보다 민규는 친구로서 이인직이 듬직했다. 이인직만한 낙천성에, 성실성을 갖춘 사람도 그리 흔치 않을 것이었다.

"돌아간다고 생각하니 마음이 급해지오."

"이 형도 가족이 보고 싶은 게구려?"

"식구들이 보고 싶어서겠소? 이곳 생활이 넌더리가 난 거지."

"뜻밖이구려? 마음 놓고 연주할 수 있어 좋기만 할 줄 알았는데."

"얼마간은 그랬죠. 그러나 연주도 환경이 좋아야 하는 거지. 내가 말했잖소? 바다생활 15년에 질려이 나서 그만두어 버렸다고. 이곳에서도 이제 슬슬 질력이 나가고 있어요. 그런 박 형은 아리따운 미스 홍이 있는데 가족이 보고 싶기나 했겠소?"

이인직이 정곡을 찌른다. 그럼에도 민규의 마음은 날아갈 듯이 가뿐하다. 일본에 온 목적인 가와무라를 찾고 그로부터 돈을 받아내는 것이었는데, 그는 찾았지만 돈은 받아낼 수도 없는 처지가 돼버렸다. 돈은 받아내지 못했지만 다행이라면 이인직 같은 좋은 친구를 만난 것으로 보상받은 셈을 치면 되었다.

"갑시다, 이제."

민규와 이인직은 일어날 기미 없는 거지들을 뒤로 한 채 어린이 놀이기구들이 쓸쓸한 공원을 빠져나온다.

그래도 이인직은 6시가 되면 아코디언을 메고 그의 무대로 나갈 것이다.

민규는 들어오자마자 다다미 바닥에 큰대자로 드러누워 버린다. 이인직의 연주가 있기까지는 서너 시간의 여유가 있다. 이인직과 가족 얘기를 나눈 탓인지 아내가 그립다. 보고 싶다. 그럼에도 떠오른 아내의 얼굴은 또렷하지가 않다. 떠올려보려고 하면 할수록 아내의 얼굴이 미스 홍의 얼굴과 겹쳐들고, 아내의 음성까지도 미스 홍의 음성이 돼버린다. 먼 먼 여인처럼 흐릿하다. 아내를 향한 마음은 변함이 없건만, 밑동 잘린 나무처럼 허공에서 맴만 돈다. 참으로 미안한 노릇이다. 미스 홍으로 인해 힘겨운 이곳 생활에 위안을 받았던 것에 비해 아내한테는 소홀했다. 편지를 보내는 일도 뜸해졌고, 전화도 처형을 통해 하면서 아내를 바꿔달라고도 못했다. 천연덕스럽게 아내를 대할 자신이 없었던 것이다. 그러니 이제는 아내를 위한 특단의 결단을 내리지 않으면 안 되게 되었다.

후가모도의 아내

오전 내내 흐리기만 하던 날씨는 점심 이후 소나기로 쏟아져 내리기 시작한다. 어제 기상예보에서는 비 올 확률이 40%라고 했다. 힘든 일로 봐선 소나기가 내려준 게 고맙기만 하다. 자재를 옮기는 일, 이처럼 힘들게 해보기는 처음이다. 실내에서의 일이라면 비가와도 상관이 없지만, 밖에서의 일은 다르다. 다행히 오후에 내린 비가 돼서 일당 받는 것에는 지장이 없었다. 일당도 받고 회사가 제공해준 차로 역까지 왔다.

니시나리 역에서 내릴 때까지도 소나기는 여전이 퍼부어 내리고 있다.

"쉽게 그칠 것 같지가 않은데요. 여기서 기다리세요. 내가 가서 우산 가져올게요."

"당신만 비를 맞으면 쓰겠소? 같이 맞고 갑시다."

후가모도가 빗속을 뛰어들려는 순간 이인직이 나선다.

"그래요. 혼자 맞으나 셋이 맞으나 마찬가지 아니오?"

이인직을 시작으로 모두가 빗속으로 뛰어든다.

"장엄한 음악이구먼."

이인직이 콩 튀듯 튀어 오른 아스팔트위의 빗방울 장단을 바라보며 중얼댄다.

셋은 모두 비에 젖은 생쥐 꼴로 노동사무실 앞에 이른다. 셔터가 내린 노동사무실 둘레는 요든, 이불이든, 외투든, 보자기든, 갖가지 것들로 뒤집어쓴 거지들이 떼를 두르듯 꼬리에 꼬리가 물려 둘러쳐져 있는데, 오늘은 다 어디로 갔다는 건가. 텅 빈 공간에서의 빗소리 때문인가. 갑작스럽게 한기가 느껴지면서 몸이 으슬으슬 떨린다.

"이게 무슨 일입니까?"

비 맞은 장 닭 꼴이 되어 들어선 세 사람을 보고 마사노가 기겁을 한다.

"후가모도 상! 목욕할 시간 없습니다. 집으로 빨리 가야합니다!"

욕실로 들어가려는 후가모도를 마사노가 막아선다.

"……?"

변고를 알리는 마사노의 표정에 후가모도가 왕방울 눈을 휘둥글린다.

"이렇게 된 마당에 조금 늦고 빠르고 가 무슨 소용이겠습니까. 어차피……. 그냥 씻고 옷 갈아입고 가도록 하세요."

마사노는 직접적으로 말하진 않았으나, 모두는 그녀의 행동을 이해하고도 남음이 있었다. 한동안 멍해져 있던 후가모도는 놀라움보다는 낙담한 표정으로 옷을 갈아입은 뒤에 돌아갔다. 올 것이 오고야 말았다는, 기다렸다는 태도 같기도 했다. 그렇다 한들 후가모도를 나무랄 사람은 아무도 없을 것이다.

"우린 어떻게 해야 되죠?"

"당연히 가봐야죠. 이곳 장례식을 모르니 마사노 상한테 물어

보고요."

목욕을 하고 옷을 갈아입은 민규는 벽장에 넣어둔 난로를 꺼내 전기스위치를 꽂는다. 방 안 공기가 훈훈해지고서야 한기가 가신다.

"그 좋은 날 다 놔두고 이런 날 고르느라 애 꽤나 썼겠소."

옷을 갈아입은 이인직이 달갑지 않을 소리로 투덜대면서 방으로 들어온다.

"안됐어요."

"그야 물론이죠. 고생만 하다 갔는데, 어찌 억울하지 않을 것이오?"

후가모도의 부인은 만 5년을 병마와 사투를 벌였다. 본인은 말할 것도 없고, 아이들이나 남편도 그에 못지않은 고통 속에 살아야 했다. 민규는 아내의 병으로 고생하는 후가모도를 지켜보는 것만으로도 따분하고 짜증스러워 아예 신경을 쓰지 않기로 작정해버렸던 것이다.

"그런데 후가모도의 심정은 어떨까요?"

"심정이라니?"

"희비가 엇갈리지 않겠소?"

"무슨 희비요?"

"머리가 안 돌아가는 거요, 안 돌아가는 척 하는 거요?"

"글쎄올시다."

"죽었으니 비극이요, 해방을 맞았으니 즐거움이다 그 말이오!"

"싱겁기는……."

허긴⋯⋯. 이인직의 말이 틀리지도 않을 것이다.

소나기가 쏟아지는 창밖은 암흑 속이다. 아내에 대한 민규의 마음처럼⋯⋯. 붙박이장처럼 그곳에 놓여있다는 생각만으로 남편으로서의 도리마저 망각돼 버렸는가.

"무슨 생각을 그리 하쇼?"

"마음이 울적해서요."

"집 생각이 났던 게로군?"

"이 형은 안 그러오?"

"헤어지면 그립고, 만나보면 시들하고, 내게는 이 노래 가사 그대로예요. 어찌 그리 잘 지었는지⋯⋯."

"목석은 아니구먼?"

오랜만에 만난다 해도 각방을 쓸 사람이지만, 아내에 대한 생각은 여느 남자와 달라 보이지 않는다.

"일본 사람들 이부자리가 딱 한 사람 자게 돼 있잖소. 이들도 관계만 끝나면 각자의 이불 속으로 들어가 버리는 거잖소? 후가모도한테 한국 부부들 잠자리에 대해 들려줬더니 곧이듣지 않던데요? 그렇지만 요즘은 일본의 젊은 부부들이 한 침대에서 자고새는 모양입디다. 텔레비전 연속극을 보면."

민규 자신도 몇 년을 혼자 잠을 자다 보니 옆에 누가 있게 되면 신경이 쓰이지 않을까. 그리 되면 이인직처럼 각방을 쓰지 말란 법도 없지 싶은데⋯⋯. 그건 아니지. 민규는 도리질을 친다.

"애들도 만나면 그제 서야 자식이라고 여겨지는 거죠 뭐."

그 말은 정말이지 싶다. 처음에 왔을 땐 딸아이가 너무나 많이 보고 싶었다. 한동안 그랬다. 그런데 지금은 딸아이를 생각해도 처음 같은 간절함이 없다. 그러니 부부라고 뭐 다를 게 있겠는가. 아내에 대한 그리움으로 불끈불끈 일어서는 격정을 누르기가 힘이 들었지만, 세월이 흐르다보니 그 같은 현상이 사그라졌다. 미스 홍을 만나면서 다시 도지긴 했지만 잘 견뎌냈고, 미스 홍도 스스로의 각오였는지 아니면 그 면에 대해서는 잘 모르는지 선을 넘어서려 들지는 않았다.

"난 가서 잠이나 자야겠소."

민규는 이인직이 나가고 나서도 소나기가 퍼부어 내리는 창밖을 우두커니 바라보고 섰다. 지금쯤 후가모도는 도착했을까. 심정이 어떨까.

후가모도 부인의 장례 날 민규는 마사노와 이인직과 함께 후가모도의 집엘 갔다. 어느 정도 짐작은 했지만, 아이 둘과 함께 낡은 2층집 방 두 칸에 세 들어 사는 형편은 그야말로 참담한 지경이었다. 문상객도 민규 일행 외에 3명뿐이라니⋯⋯. 거기다 납골당을 구하지 못해 화장한 유골은 절에다 임시로 보관시켜두어야 한다는 것이었다. 착잡한 노릇이었다.

후가모도의 벌이로는 아내의 병수발과, 소학교 4학년인 아들과, 중학교 1학년인 딸의 뒷바라지가 힘겨웠던 것이다. 민규는 이인직과 함께 3만 엔씩을 부조하고, 다른 사람 모르게 십만 엔을 더 건네고 왔다. 그렇게라도 해주고 오니 후가모도에 대한 마음이 한결 가벼웠다.

삼중주

몸을 겨우 추스른 후가모도는 어제부터 일을 나가기 시작했다. 저희들끼리 살아야 하는 아이들 문제로 고심을 했던 후가모도는 시름에 잠겨든 모습이다. 지금까지 후가모도가 일요일에 이곳에서 잠을 자는 일은 없었다. 그러니 일요일에 연주되는 이인직의 아코디언을 들어보았겠는가. 민규는 일요일인 오늘에 연주되는 이인직의 공연에 후가모도를 필히 데리고 나갈 생각이다.

비구름이 걷힌 하늘은 더욱 푸르렀고, 거리는 말끔해졌다. 황주사의 식당은 문이 열려있고, 무더운 가운데 20여 명 되는 사람들이 줄지어 늘어서 있다. 배급을 기다리는 모습들 같다. 민규 일행도 20여 분을 기다려서 식당 안으로 들어가는데, 더벅머리, 누더기, 맨발, 슬리퍼 등 가지가지의 사람들이 부리나케 퍼먹어대고들 있다. 밖에서 기다리는 사람들을 위한 배려의 몸짓들 같다. 이곳에도 무언의 질서는 존재해 있었다.

"무슨 일 있으셨습니까?"

후가모도 부인 사망의 일로 그간 들르지 못했던 민규가 지난번에 문 닫은 것에 대한 질문인 것이다.

"예, 딸아이의 혼사 문제로 상견례가 있었습니다."

"그러셨군요? 그런 줄도 모르고…… 모두들 얼마나 걱정들을 하시던지……. 그런 기쁜 일이시라면 모두에게 알리지 않고요?"

"사적인 일인지라……. 결혼을 하게 되었다면 몰라도."

"그게 아니죠. 이곳에서 황 주사님이 누구십니까? 공인이십니다. 공인이시라고요. 일개 개인이 아니란 말입니다."

이인직이 정색을 한다.

"그렇다면 신랑감은 어느 나라 사람이신가요? 이곳이 국제마당이니만치."

"다행히도 한국인이지요."

"국적만큼은 어쩔 수가 없군요?"

추임새 하듯 툭 던져 붙인 이인직이 부러운 기색이고, 한국어를 알아듣지 못하는 후가모도는 꾸어다놓은 보리자루마냥 앉아만 있다.

"결혼 날도 잡혔겠군요?"

"아뇨. 좋은 날 잡는다고 했습니다."

"좋은 일입니다."

"박 형은 그런 줄도 모르고 황 주사님의 근황을 상인들에게 물어보지 않았겠습니까. 책임자라는 게 그런 것입디다."

"이거 참으로 죄송하게 됐습니다. 대신 오늘 식사는 제가 제공해드리겠습니다."

그때 주문한 된장찌개백반이 들어오고, 황 주사가 자리에서 비켜난다.

음식 값을 치르겠다느니, 안 받겠다느니 한바탕 실랑이를 벌이고 나서야 황 주사의 식당에서 물러나온다.

시장은 이미 많은 사람들로 장사진이 이루어져 있다. 그늘도 없고, 비치파라솔 하나 펼 수 없는 시장통로에서 사람들은 챙이 긴 모자를 쓰거나, 반바지 반팔차림으로 부채질들만 해대고 있는 모습이다. 그래도 어려운 난제들을 극복해낸 상인들은 시장의 변화로 희망에 부풀어 있고, 서로간의 관계도 봄날처럼 화기애애한 모습이다.

이렇게 되기까지 늦게 뛰어들긴 했어도 이인직이 단단히 한몫을 해주었다. 일요일은 이곳 상인들뿐 아니라 일본인들까지도 손꼽아 기다리는 날이 되었다. 이인직의 음악으로 활성화가 될 수 있었던 건, 상업적인 목적이 아닌데다 한국인과 일본인의 기호에 맞는 클래식과 뽕짝이 사람들의 심금을 울려주었기 때문일 것이었다. 거기다 규칙 한 가지를 정했다.

음악만 나오면 한국인들은 그 흥을 주체하지 못해 너나없이 일어서서 춤들을 춘다. 이곳은 많은 나라 사람들이 모여 사는 곳이다. 한국에서 하듯이 하다가는 질서가 무너질 것이고, 또 다른 무질서가 판을 치게 될지도 모를 일이다. 그런 문제 때문에 춤추는 일은 엄격하게 금지하고, 감상만 하자는 규칙을 정하게 된 것이다. 다행스럽게도 그 규칙은 잘 지켜지고 있다.

민규는 부인 사망으로 시간적으로 여유가 있게 된 후가모도를 처음으로 석호에게 소개시키고, 이인직은 가방에서 아코디언을 꺼내 어깨에 둘러맨다.

"웬 겁니까?"

기타를 들고 나타난 허 씨에게 석호가 묻는다.

"보시다시피……."

허 씨는 대답 대신 빙긋이 웃는다.

"잘은 못하지만 나도 좀 해보면 어떨까 싶어 가지고 와봤수다.

"그래봅시다."

"대신 쉬운 곡으로……."

"그게 뭐 어려워요? 엿장수 마음대로니까 그리 하면 되는 거지."

"아코디언에, 하모니카에, 기타까지 3중주가 되겠군요? 이렇게 되면 무슨 그룹이란 명칭을 붙여야 되는 것 아니오?"

그러나 석호의 말과 달리 허 씨는 얼마 지나지 않아 따라 하지를 못하고 물러나오고 만다. 민규는 그런 허 씨를 보면서 얼마나 해보고 싶었으면 저랬을까. 남이 장에 가니 나도 장바구니 들고 따라간다는 식으로, 이인직의 인기가 높아져 가자 그게 부러웠던 게 아닌지…….

음악으로 자리가 잡히면서 이곳은 새로운 장사가 생겨난다. 자판기의 음료수가 동이 나면서, 상인들이 음료수를 떼어다 팔게 된 것이다. 일요일은 그래서 낮 장사 밤장사라는 말이 나왔고, 낮 장사보다 밤 장사에서 재미를 본다고도 한다. 사람이 모여들게 되면 삶의 방식이 변하고, 따라서 상거래도 다양해지게 마련이다. 민규는 경제적인 논리에 대해서는 잘 모른다. 하지만 시장 돌아가는 게 마치 톱니바퀴 맞물리듯 한 인간사를 보면 참으로 경이롭다는 생각이 든다.

민규는 빽빽이 들어찬 사람들 얼굴 하나하나를 훑어본다. 사람들 틈에 낀 마사노를 비롯 음악에 심취된 사람들의 표정들이 저처럼 순수하고 진지한데, 좋고 나쁘고, 이기적이고 공격적인 면들이 어디에 숨겨져 있다가 시시 때때로 들쑤시고 나온다는 것인지……. 그 복합성들이 지금은 음악이라는 마술에 홀려 한 면으로만 심취돼가고 있다. 체면 상태인 듯한 이 분위기는 연주를 중단시키지 않는 한 밤새도록 이어질 전망이다.

"감기 들겠어요."

이번에도 민규가 수건을 건네주는 것으로 연주를 중단시킨다.

"내일 일 나가야 하지 않소? 여기 이 사람들도 그렇고……."

땀으로 흥건하게 젖은 몸과는 대조적으로 얼굴에선 환희가 넘쳐나고 있어 연주를 중단시키기가 쉽지 않다.

"힘 안 들어요?"

"아뇨. 이렇게 몸을 풀고 나면 오히려 가뿐해지는걸요."

한 상인의 염려에 이인직의 대답은 오히려 명쾌하다.

"안녕히들 가시고 내일 오십시오. 내일은 연주가 없으니 물건들 사러 오시고요."

석호가 장사꾼다운 기지로 군중들을 해산시킨다.

마사노가 문을 따고 들어간다. 어둠속에서 당장에라도 귀신이 튀어나올 것 같은 괴기스럽던 분위기, 전기 스위치를 올림으로서 반짝 사라진 어둠속에서 드러나는 별천지.

"오차 드릴까요?"

"늦어서 그냥 씻고 자야겠어요."

마사노의 호의를 사양하고 나무계단을 삐걱삐걱 디뎌가며 이 층으로 올라온다.

민규는 방으로 들어오자마자 잠자리에 들고, 드르륵 문 열리는 소리로 보아 땀을 많이 흘린 이인직이 목욕을 마치고 올라온 모양이다.

민규는 이곳 생활을 오래하다 보니 방에만 들어오면 드러눕는 게 습관이 되어버렸다. 잠을 안자더라도 눕게 된다.

"박 상! 박 상!"

마사노가 호들갑스럽게 불러댄다. 그러면서도 올라오지 않는 것이 이상해서 추리닝을 허겁지겁 주워 입곤 아래층으로 뛰어 내려간다.

"손님이 왔어요."

마사노가 가리킨 곳에 석호가 서성거리고 있다. 순간 민규의 가슴이 덜컹 내려앉는다. 무슨 일이 있지 않고서야 이 시간에 올 석호가 아니기 때문이다.

"왜?"

"사고가 났대요."

"무슨 사고? 누구한테?"

"그건 잘 모르고, 며칠 됐다나 봐요. 두 사람이 와서 회장님을 찾잖아요. 제 집 앞에 있어요."

상인이 아닌 생판 모르는 사람이라는 것에 민규는 떨떠름해진다. 상인이 아닌데 자신이 왜 나서야 하나. 석호의 재우침에 따라가기는 하는데 사내 둘이 기다리고 있다.

"말씀하세요, 회장님이세요."

희미한 불빛에 드러난 사내들은 30대 후반쯤으로, 키가 훤칠하게 큰 사내와 작은 사내다.

"얘기 많이 들었습니다. 저희들이 이렇게 찾아온 건, 같이 노동을 해 오신 분이 사고를 당해서요. 그분이나 우리가 모두 불법체류자다 보니 어떻게 해볼 도리가 없어서요."

"나도 마찬가진데요."

민규의 그 말에 사내들의 표정이 떨떠름해진다.

"그럼 어쩐다지?"

키 작은 사내가 난감해한다.

"그 사람 지금 어디에 있는데요?"

"병원에요? 저희도 못 가봤습니다."

"병원에는 누가 있습니까?"

"김 씨라는 분이 계시기는 한데……. 그 김 씨를 따라 들어왔다고 합니다. 그런데 우리와 하수처리장 청소 일을 하다 그리 된 겁니다. 그 김 씨도 이 일을 어찌 해야 할 지 모르겠다고 하니……."

"김 씨라는 그분도 불법체류자겠군요?"

"그건 아닌 것 같습니다. 병원에 있는 걸 보면."

"그렇더라도 저는 나설 처지가 못 됩니다."

딱한 노릇이다. 그렇다고 어쩌랴. 자신은 물론이고, 상인들은 모두가 바쁘다. 그러니 나서줄 만한 사람이 없다. 순간, 떠오르는 것이 황 주사다. 황 주사라면 경찰에서도 평판이 좋아 쉽게 해결이 날지도 모르겠다.

"저 역시 같은 처지이니 나설 수가 없고, 나서줄만할 사람을 알아볼 터이니 내일 다시 와보시오."

민규는 돌아서는 사내들을 보면서 무력한 자신이 한심스러웠다.

어제 사내들이 왔다간 일로 오늘은 일을 나가지 말까도 생각했다. 하지만 굳이 그렇게까지 하지 않아도 황 주사를 만나면 될 일이다 싶어 일을 마치고 오다 황 주사의 식당을 들른다.

"불법체류자라……."

민규의 얘기에 황 주사가 난감하다는 표정이다.

"면회하는 셈 치고 가보기는 하겠지만 나라고 어떻게 할 재간이 있겠습니까."

황 주사는 자리에서 일어서자마자 병원으로 가고, 민규는 석호의 노전 쪽으로 발길을 내딛는다. 석호를 통해 상인들도 안다고 한다. 문병을 갈 사람도 정해졌다고 한다.

"뭐라도 사들고 가라고 천 엔씩도 내놓더라고요. 국내 같으면 어떤 개아들 놈인지 알 게 뭐냐며 따지고들 텐데 걱정까지 해주면서 내놓지 않겠어요? 애국심에서라기보다는 변화된 마음들인 거죠."

석호의 말에 민규도 코끝이 찡하다. 타향살이의 서글픔 때문인가. 최근 들어 걸핏하면 감정의 동요가 이니…….

자신들의 정체성을 확립하게 된 상인들은 비로소 모든 문제를 남이 아닌 자신들 내부의 일로 인식하게 되었고, 그에 따라 시장은 놀라우리만치 빠른 변모를 이루어갔다. 자신들의 이해득실을 앞세우기에 앞서 나라와 단체에 대한 위상을 먼저 생각하게 되었고, 개인적인 의견이나 변명으로 일관하던 행위도 사라지고, 일상적으로 일어나던 사건사고도 벌어지지 않았다. 상인들 간에도 자연스럽게 신뢰의 분위기가 형성되어갔다. 그렇게 함으로써 자신들에게 득이 되어 돌아온다는 걸 경험적으로 깨닫게 된 모양이었다.

민규는 놀랍도록 개혁이 이루어진 시장을 보면서 가족과 떨어져 이 고생을 하면서 일정부분 삶을 잃었던 게 아니라 새롭게 태어났다는 자부심이 인다. 어디에서도 겪어볼 수 없는 귀중한 체험을 한 것에 가슴까지 뿌듯하다. 돌아갈 때가 가까워지고 있는 요즘에 와선 오히려 돌아가기가 아쉬울 정도다. 여섯 번째의 가을과 함께……

문병 가는 일을 석호에게 맡기고 돌아오려니 발걸음이 무겁다.

"황 주사님은 뭐라세요?"

"일단 병원에 가시기는 했는데……"

"그럼 됐죠 뭐."

황 주사가 감으로써 해결이 날 것이라는 이인직의 믿음인가.

"후가모도는 어디 있죠?"

"오자마자 자기 방으로 들어가 버리던데요?"

"미안하지만 가서 좀 올라오라고 해주겠소?"

후가모도는 마누라가 막상 죽었는데, 살아생전의 아내로부터 벗어나지를 못하고 있는 것 같았다. 혼자가 된 후가모도를 바라보는 민규의 마음이 또 다른 아픔으로 다가든다.

"손님 같소."

초췌한 모습으로 들어오는 후가모드에게 이인직이 핀잔처럼 내뱉는다.

"이럴 때일수록 함께 어울려야지 혼자 있으면 우울증에 빠져요."

"앞으로는 어디 한군데를 정해서 다니면 안 되겠습니까? 떠돌아다닌다는 게 힘들어서요."

느닷없는 후가모도의 제안에 민규는 놀랍기만 하다. 불평이라곤 모르던 후가모도다. 아내를 잃은 것에 대한 충격 때문인가.

"후가모도 상 제안에 대해 어찌 생각하오?"

민규가 이인직에게 동의를 구하듯이 묻는다.

"죽은 사람 소원도 들어준다는데 그리 해야 되지 않겠소?"

"그럽시다, 그럼."

이인직의 시원스런 말투에 민규의 답변도 흔쾌하게 나온다.

민규로서는 경험을 해보리라는 생각에서 여러 곳을 돌아다녔다. 그러나 이제는 돌아갈 마당에 무슨 경험이랴 싶었다.

"후가모도 상 재혼할 생각 없소?"

이인직의 엉뚱한 말에 후가모도가 화들짝 놀란 눈으로 바라본다.

"나한테 어느 여자가 오겠습니까."

이인직의 엉뚱한 소리를 듣고 보니, 후가모도의 말처럼 외모가 잘나기를 했는가, 돈이 있기를 한가, 혹이 없나 그런 그에게 어떤 여자가 올 것이라고.

민규는 후가모도를 놓고 생각해본다. 황 주사의 식당에서 먹으면 식비가 적게 들고, 공동세탁소에서 세탁을 하면 그것도 저렴하게 해결되고, 일하는 것 말고는 간섭받을 일 없는데 악조건에 무슨 재혼이랴. 잠자리 문제라면 몰라도 혼자 지내는 편이 신상에 이로울 일이다. 하지만 헤어지면 그립고, 만나보면 시들하고의 노래가사처럼 공식대로만 살아지지 않는 그것이 또한 인생 아닌가.

자신의 감정을 드러내는 일 없이 묵묵히 일만 해온 후가모도는 세상물정에 밝지가 못하다. 거기다 융통성이 없고 고지식해 세상살이가 결코 수월하지만은 않을 일이다.

민규가 이불을 꺼내자 약속이라도 한 듯 세 사람 모두가 이불 속으로 발을 디밀어 넣는다. 남자 셋이 모이면 대개는 화투놀이를 한다. 하지만 민규는 화투엔 취미가 없고, 이인직 또한 아코디언이 전부이지 화투에는 전혀 취미가 없어 보인다.

이인직은 또다시 후가모도에게 한국여자를 어떻게 생각하느냐, 좋다면 물색해보마고 농 삼아 지껄여댄다. 후가모도가 이인직의 농지거리를 잠자코 듣고 있는 걸 보면 여자 얘기가 싫지는 않은 모양이다. 이인직의 여자얘기는 계속되었고, 민규는 그 얘기를 들으면서 잠이 들었나보다.

섬 바람

사고를 당한 사람이 돌아간 지도 벌써 서너 달이 되었다. 이름은 인구고, 김 씨라는 사람을 따라들어 왔다고 하는데 그 사연이 또한 기구하기 짝이 없다. 본처가 딸을 낳은 지 얼마 되지 않아 죽었다 한다. 그 딸을 장모에게 맡겨두고, 미용사와 재혼을 하게 되었다. 시장에서 장사를 하면서 모은 돈으로 집을 마련했고 상가를 분양 받아 원단 도매업을 하고 있었다. 그런데 재혼한 처가 아들을 낳자 장모가 집으로 들어와 살림을 맡았고, 처남은 상가로 들어와 좌지우지 하더니 나중에는 아예 독차지해 버렸다. 집에서도 상가에서도 떨려난 그는 집과 상가를 모두 빼앗기고 오갈 데 없는 신세가 되어버렸다. 전처 딸을 장모한테 맡겨둔 채, 시장에서 알게 된 김 씨와 함께 일본으로 들어오게 되었다는 것. 그렇게 들어와서 민규처럼 노동사무실을 발판으로 기한을 넘겨 가며 노동일을 해왔는데, 하수처리장 청소를 하다가 발을 헛디디는 바람에 그만 떨어져 다리와 머리를 다쳤다는 것. 다행히 크게 다친 건 아니지만 불법체류가 들통이 나면서 보상도 못 받고 쫓겨나버렸다. 법대로라면 불법체류에 대한 처벌을 받게 되지만 그나마 황 주사의 중재로 추방이라는 형식으로 돌아갈 수 있도록 해주었다.

돌아가야 갈 곳도 없다는데 어찌 되었을지…… 민규는 내내 그게 마음에 걸렸었다. 안타깝지만 그 사람은 그렇게 돌려보냈고, 남아있는 사람들에게는 다람쥐 쳇바퀴 돌 듯한 일상의 연속이었다.

아침저녁으로 제법 쌀쌀한 기온이 감돌면서 계절은 벌써 겨울로 들어설 채비를 서두르고 있다. 이 겨울만 넘기면 일본에서의 생활도 마지막이 된다.

"집까지 오는 내내 말 한마디 없구려. 무슨 근심거리라도 있소?"

"이 형이 알다시피 근심거리는 무슨 근심거리요?"

"미스 홍 때문이라는 거 내 모를 줄 아시오?"

'귀신이 따로 없군.'

미스 홍은 지금 부산으로 돌아가고 없다. 하지만 이인직의 말처럼 돌아갈 날이 얼마 남지 않은 마당에 미스 홍을 생각하면 가슴이 아프다.

"미스 홍과 잠을 자기를 했나, 살기를 했나, 얽힐 일이 없는데 무엇이 그리 심각하단 말이오? 사랑이든 정이든 아름다운 추억으로 간직할 수 있다는 게 나로선 부럽기만 한데. 미스 홍처럼 깨끗한 관계를 유지시켜나갈 여자가 있다면 나는 거침없이 연애를 해볼 것이오."

민규는 이인직의 냉소에 대꾸하지 않으면서 황 주사의 식당 골목으로 들어선다.

"그냥 돌아가시는 게 좋겠어요."

민규와 이인직을 본 미스 황이 달려 나와 소리친다.

"왜요?"

"경찰이 나와 있어요. 마주쳐서 좋을 게 없을 것 같아서요."

경찰이라는 말에 민규는 가슴이 철렁 내려앉는다. 시장이야 크고 작은 사건 사고가 다반사로 일어나는 곳이지만, 황 주사의 식당에 경찰이 들이닥쳤다는 건 예삿일이 아닐 것이다.

"그러잖아도 오실 때가 돼서 나와 본 거예요. 어서 돌아가세요."

"무슨 일로?"

하지만 미스 황은 머리만 흔들어 보이고는 몸을 돌려버린다.

조사라곤 받아본 일이 없는 황 주사의 식당이다. 조사받을 일이 없는 황 주사의 식당에 경찰이 들이닥쳤다는 건? 일본인들도 하지 않는 빈민구제를 하고 있어 호평이 자자한 황 주사의 식당을……. 황 주사의 식당이 어디 보통 식당인가.

'무슨 일이기에?'

일본이 불법체류자들의 실태를 몰라서 내버려두고 있는 게 아니잖은가. 일본이 불법체류에 대해 암묵적으로 묵인해왔던 만큼 니시나리는 불법체류에 대해 불안해할 것이 없었다. 일본인들이 기피하는 3D 현상을 타결하기 위한 수단으로 묵인해오던 경찰이 이제 와서 불법체류 단속을 벌인다? 다른 곳도 아닌 황주사의 식당에까지? 경찰이 들이닥쳤다는 건 불법체류 말고 달리 무엇이 있을 수가 없다. 지금부터 불법체류를 본격적으로 단속하겠다는 건가. 만일 그렇다면……. 지금까지는 노동현장에서도 불법체류에 대해 무관해 오고 있었다. 그런데…… 사정이 달라졌을 수도 있겠다 싶은 생각이 든다. 그로 인해 황 주사가 은밀하게 돌아가고 있는 상황을 민규나 상인들에게 털어놓지 못하고 있는 건 아닌지.

"좋은 시절 다 갔나보구려."

"무슨 말씀입니까?"

그때까지 잠자코 따라오던 후가모도까지도 이인직의 말투에서 무언가 심상찮음이 느껴졌는가.

"예감이 좋지 않아요."

이인직이 일본어로 소리친다.

"예감이라니요?"

"그런 게 있어요."

"……!"

"그만 둬요."

말귀를 알아듣지 못하는 후가모도를 상대로 동문서답하는 이인직을 민규가 자르고 나선다. 이럴 때의 후가모도는 그야말로 철저한 이방인이 돼버린다.

"그러나 저러나 어딜 가서 무얼 먹는다?"

이인직은 불법체류라는 발등의 불이 실감나지 않은 모양이다.

"아무데나 가서 대충 때웁시다."

후가모도는 작업복이 든 가방을 왼팔에 끼우고는 점퍼 주머니에 두 손을 질러 넣은 채 묵묵히 따라붙어 갈 뿐이다. 아무려나 무슨 상관이랴 싶은 태도다.

밤잠을 설친 민규는 이른 아침 황 주사의 식당부터 들른다.

"경찰이 나왔다면서요?"

들어서자마자 들이대듯 묻는다.

"걱정이 됐던 게로군요?"

그럼에도 황 주사의 표정은 야유회라도 나온 사람처럼 여유롭기가 그지없다.

"불법체류 문제가 아니었나 싶었습니다."

"그건 아니었고요. 시장이 변화됐다고 해서 둘러보러 왔답니다."

"전에도 시장을 들러본 일이 있었나요?"

"제가 알기로는 처음이에요."

"그렇다면 이상한 거 아닌가요!"

"이상한 것 같지는 않아요. 이상할 것 같으면 까다로운 질문들이 있을 텐데, 그런 건 없었어요. 요즘엔 문제가 일어나지도 않았잖아요. 그러니 너무 걱정 말아요. 이 말은 하더군요. 한국인들이 있는 곳은 뭐가 달라도 다르다고. 꼬투리를 잡으려는 것이 아니고, 칭찬처럼 들렸습니다. 시장도 둘러보고 갔는데 머리를 끄덕거립디다."

"그래요? 그렇다면 괜한 걱정을 했네요. 도둑이 제발 저리다고 어찌나 걱정이 되던지……."

시장은 여전히 활기차게 돌아가고 있다. 시장이란 직장과는 다르다. 없는 것 같아도 규율은 존재하고, 분방해보여도 질서는 엄격하다. 톱니바퀴 맞물리듯 형태가 유지되어가고 있는 것이다. 생활이 지루하거나 권태로울 때 시장을 나와 보면 상인들이나 사람들의 활기에서 삶의 의욕이 솟구치곤 했다. 장사를 대충하는 상인이 없고, 물건을 대충 사는 고객도 없고, 저마다의 사연으로 희비는 엇갈리게 마련이고, 생김새만큼이나 다양한 삶이 펼쳐지는 공간, 희망과 기대의 깃발이 펄럭이는 시장이야말로 끈질긴 생명력으로 넘쳐나는 삶의 도가니가 아닌가.

석호의 점포도 제법 범위가 넓혀져 있다. 석호의 점포는 철을 타지 않은 것이 대부분이었는데, 취급하지 않던 가죽 의류가 진열되어 있는 것으로 보아 겨울장사를 준비하는 것 같다.

"동생이 안 보이고……. 무슨 일이야?"

"아니에요."

무거운 표정으로 무릎을 괴고 앉은 석호는 건성으로 대답하곤, 무릎 사이에 얼굴을 묻어버린다. 석호가 저런 태도를 보인다는 건 보통 예사로운 일이 아니다.

"황 주사의 식당에 경찰이 왔다갔다는데? 이곳은?"

이인직은 경찰을 찾아낼 듯 시장 곳곳을 눈길로 훑어가며 묻는다.

"아니에요. 개인적인 일이에요."

"그래? 그럼 최 군은?"

"동생이 들어오다 무슨 문제가 생겼나 봐요. 그 때문에 공항엘 갔어요."

"무슨 문제?"

"모르겠어요."

"물건을 압수당했거나 세금을 물게 됐거나……. 그런 게 아니겠어요?"

이곳 상인들이 들여오는 물건은 수입절차를 밟아 들여오는 것도 있지만, 보따리로 들여오는 것이 대부분이다. 그러다보니 수량이 초과되거나 반입 금지 품목이 들어있거나……. 그때그때 달라지는 세관의 조사에 어려움들을 겪고 있는 실정이다. 압수를 당하는 일이 생기면 거금의 벌금을 물기도 한다. 그러니 석호가 저리 풀이 죽어있는 것이다.

"이곳에 경찰이 왔다 간 거 알아요?"

이런 판국에 허 씨가 들이닥쳐서는 가슴 덜컹 내려앉는 소리를 한다.

"무슨 일로요?"

"그거야 모르죠."

"무슨 일이 있지 않고서야 경찰이 나올 리가 없잖아요?"

허 씨가 머리를 갸웃한다.

"별 일 아냐!"

민규가 한마디로 잘라 말하곤 시장을 둘러본다. 홍 여사의 가게는 미스 홍이 보이지 않는다. 미스 홍이 결혼을 하지 않겠다는 건, 남편과 사별 후 남매를 친정에 맡겨두고 저 고생을 하는 언니 때문이라는 것인데……. 그로 인해 홍 여사는 헌신적으로 자신을 돕고 있는 동생의 의견을 전적으로 존중하고, 동생은 언니를 위해 저리 몸을 사리지 않고……. 자매간의 우애가 돈독하다.

"줄초상이라도 났어요?"

시장이 끝나기를 기다렸다 나온 이인직이 석호네 가게 분위기를 보고 묻는다.

"얼굴 펴. 이미 엎질러진 물. 심각해한다고 해서 달라질 건 없잖아?"

민규가 위로의 말을 해준다.

"오늘은 혼자 해야겠는걸!"

그때까지 가지 않고 있던 허 씨가 이인직의 연주를 가지고 느물댄다.

"그러십시다. 안 할 수도 없는 노릇이니……."

난감해하는 이인직에게 사람들이 모여드는 것을 보며 민규가 채근한다.

아코디언을 어깨에 맨 이인직은 건반을 두드려 보고서야 내 고향으로부터 시작을 한다. 가로등을 중심으로 모여든 사람들은 추위에 몸을 웅크리면서도 귀 기울여 음악에 심취가 되어가고, 이인직은 밤이 깊어감에 따라 자신의 연주에 빠져들고, 체면에 걸린 듯 넋을 잃은 사람들 가운데 석호만이 죽을 쑨 표정이다.

연주회가 끝난 11시가 되어서야 동호화 최 군이 돌아온다.

"이게 다야?"

아파트로 들어선 석호가 동생이 내려놓은 가방 두 개를 보고 냅다 소리를 질러댄다.

"여태 아무것도 못 먹었을 텐데……."

어느새 왔는지 최 씨가 끼어든다.

"말을 해야 알지!"

"들어보나 마나 뭘 그래?"

석호의 다그침에 최 씨가 대신 대변을 한다.

"아저씨한테 묻지 않았다고요!"

한 마디로 쏘아붙이는 석호.

이 자가 여태 석호의 아파트에서 개개이고 있었던가.

"최 씨 아저씨 바람에……."

"최 씨 아저씨가 왜?"

울상이 된 동생의 말에 석호가 최 씨를 흘끔 쳐다본다.

"리비 동을 가져가도 괜찮다고 해서……."

"햐~! 그거였어? 이것아 가져와도 되는 것 같으면 내가 왜 안 가져와? 그리고 너도 몰랐던 거 아니잖아!"

석호의 다그침에 동호는 요즘은 단속이 느슨해졌다. 자기가 시키는 대로 포장만 잘 해서 들여가면 무사히 통과가 된다. 그리되면 큰돈을 벌게 된다. 그 말에 최 씨가 선정해준 대로 가져오다가 발각이 됐고, 조사란 조사는 다 받고 각서까지 써야 했고, 물건은 압수당했다.

동생의 말에 석호는 울그락 불그락 어찌할 바를 몰라 한다. 그럼에도 최 씨는 미안하다는 말 한마디 없이 나 몰라라 하는 태도다.

"이미 엎질러진 물 어쩌겠나. 비싼 수험료 냈다 치고 앞으로 안 하면 되지."

민규는 낯살깨나 먹어가지고 어린 사람한테 범죄행위를 하도록 한 최 씨의 면상을 깨부숴버리고 싶은 충동을 가까스로 참으며 석호를 타이른다.

"아저씨, 제발 나가주세요. 다시는 보는 일 없었으면 해요."

석호가 작정하고 쏘아붙인다.

"그래요, 저하고 나가시죠."

석호의 강경한 태도에 민규가 최 씨를 재촉한다.

"도와주지는 못할망정 어찌 해를 끼칩니까?"

밖으로 나온 민규는 최 씨를 향해 쏘아붙인다.

"잘 해주려다보니 그리 된 거지 부러 그랬겠소?"

"이렇게 된 이상……. 거처는 다른 곳으로 옮겨야 하잖겠어요?"

민규의 그 말에 최 씨가 막연한 듯 하늘을 올려다본다.

"그럼 그렇게 알고 저는……."

설마, 석호의 아파트로 다시 들어갈 건 아니겠지 싶어 그대로 돌아서버린다.

돈이 없는 것도 아니면서 어린 사람한테 개개는 그 행실머리가 밉상스러운 것이다.

민규는 매달 불입했던 적금을 찾아놓고 보니 그간의 고초들이 눈 녹듯 사라지곤 가슴까지 벅차오른다. 피와 땀 자체인 이돈, 이 돈으로……. 꺼진 네온사인에 불이 밝혀지듯 기대감이 크게 다가온다.

민규는 경찰이 황 주사의 식당을 다녀가고, 시장을 둘러보고 간 이후 돌아갈 것에 대한 준비를 서둘렀다.

"이 형, 아무래도 이 형이 나대신 이 시장을 돌봐야 되지 싶은데……."

"무슨 소리요?"

"알다시피 이제 겨우 자리가 잡혀졌는데 이 형과 내가 떠나버리면 이 시장이 어찌 될 지…… 전처럼 되어버리면…… 도로 아미타

불이 되어버리지 않겠소? 어떻게 해서 이 시장을 이마만큼 바로 잡아놓았는데? 공든 탑이 무너지는 건 한 순간일 것이오. 완전하게 자리가 잡힌 게 아니라서."

"그렇단 들…… 내가 어찌한단 말요?"

"지금까지 잘 해왔잖소? 이제껏 해오듯이 하면 돼요. 아코디언 연주로 사람들에게 희망과 안정적인 정서를 심어주기만 하면 시장이 절로 확장이 될 것이고, 차차로 건물도 들어서게 될 것이고, 그렇게 되면 한국타운이 자연스럽게 형성되어갈 것이고. 그렇게 되도록 사람들의 마음을 정서적으로 잡아달라는 얘기요. 그보다 더 큰 역할이 어디 있겠소?"

"나도 간다고 했잖소?"

"이번에 꼭 돌아가야 되는 건 아니잖소? 그리고 황 주사님을 비롯해서 몇몇 분이 시장 일에 전적으로 나서겠다고 했으니…… 그렇게 해서 확실하게 자리가 잡혔다 싶으면 그 때 오면 되지 않겠소?"

민규는 경찰이 오히려 황 주사에게 공로표창을 하기로 했다는 것에 그간의 우려가 모두 해소 되었고, 이런 상황이라면 굳이 돌아갈 것까지는 없었다. 하지만 돌아가기로 결정을 내렸고, 남의 나라에서 언제까지 날품팔이로 시간 낭비할 수만은 없잖은가.

"……."

이인직의 긴 침묵에 민규가 특단을 내린다.

"왜 이러슈?"

민규가 일어서는 것에 이인직의 두 눈이 둥그레진다.

"이런, 이런! 지금 이게 뭐하자는 거요!"

큰절을 올리는 민규의 행동에 이인직이 어찌할 바를 몰라 하며 고성을 지른다.

"부탁이오. 부탁이오. 제발 부탁이오."

"나~ 참! 시장에 대한마음이 각별한 줄은 알았지만 이 정도일 줄은 정말 몰랐소. 내 나라도 아닌 이곳 시장이 뭐라고……."

이인직이 어이없다는 듯 주저앉아버리고 만다.

"어찌겠소? 알겠수다! 돌아갈 사람은 돌아가고 남을 사람은 남고 그런 거지 뭐."

한참을 고심하던 이인직이 그의 성격만큼이나 화끈하게 일단락을 지어버린다.

"그때는 내게로 오구려. 이 형의 자리는 내가 마련해 놓겠소."

"일찌감치 자리를 잡아 두는 것도 좋기는 하구려."

"고맙소. 그때는 내게로 꼭 오는 거요."

"그만큼 나를 믿어주니 나도 고마운 거지 뭐. 어쨌거나 박 형의 처형이 참 대단하시구려. 빚쟁이들한테 시달리는 동생가족을 6년여나 돌보아 왔고, 그 빚까지 모두 청산해 주었다니. 복이 많소. 허긴……. 가와무라는 찾았는데 돈은 회수하지를 못했지, 그러면서도 고생고생해서 번 돈을 꼬박꼬박 보내주지, 처형이 박 형의 그 성실함에 감동을 하였을 것이오. 돌아오면 적극 밀어주겠다고 까지 했다니……. 그만큼 신뢰가 쌓아진 거지. 처형이 밀어주면 무엇인들 못하겠소? 여기에서 고생한 저력으로 말이오! 사람 한평생에 세 번의 기회가 온다더니, 네온사인 김 사장으로부터 연락까지 왔고……. 마지막 기회라 여기고 열심히 해보시구려. 그렇게 해서 잘되면 덩달아서 나도 잘되는 거고."

"물론이오."

마침 며칠 전 김용 사장으로부터 마사노의 전화로 한국에 들어오면 자신에게로 와달라는 연락이 왔다. 한국에서는 잘 되어가고 있고, 민규가 해야 될 일도 있을 것 같다는 것이다. 무엇보다…….
김용 사장이라면 무슨 일이 됐든 해볼만하다는 기대감이 든다.

"박 형이 심혈을 기울이던 이 시장 일을 내게 맡기니 나로서도 더없이 고마운 일이지, 최선을 다해보리다."

"고맙소, 너무 열심히 하려다보면 몸 상하니까 지금처럼만 해요."

백설의 이별

미스 홍을 만나보고 갈 것인가, 이대로 그냥 가버릴 것인가로 갈등하던 민규는 발길 닿는 대로 시장 쪽으로 향한다.

홍 여사의 가게는 마무리가 한창이다. 한참 부산하던 미스 홍이 석호의 가게 앞에 있는 민규에게 때맞춰 손짓을 해온다. 민규가 고개를 끄덕이고는 석호의 가게를 빠져나온다.

"어데로 갈낀데예?"

시장을 벗어난 민규에게 미스 홍이 따라붙으며 소리친다.

"글쎄?"

"덮어놓고 간다말입니꺼? 무작정?"

"미스 홍이 가고 싶은 데 있으면 그리로 가고."

"참말로……. 마 고마 고베나 가입시더."

알면서 저리 나오나 몰라서 저리 나오나 알다가도 모를 일이다.

어쨌거나 고베가 좀 멀기는 하다. 그렇더라도 오늘은 미스 홍과 마지막이 될 것이다.

이심전심인가. 고베 항까지 오는 내내 말이 없었고, 민규의 침묵이 무거웠던지 미스 홍도 굳이 말을 걸려들지 않았다.

고베 항으로 들어선 민규와 미스 홍은 해가 지는 선착장을 각자 걸어간다.

"지도 압니더."

선착장에 이르러서야 일렁이는 파도를 한참이나 내려다보고 있던 미스 홍이 말문을 연다.

"……."

"돌아갈 끼라면서예."

"……."

"그날이 이레 오고야 말았네……. 오고야 말았는데예……. 기렇다믄 도리 있십니꺼?"

"……."

"그래예. 할 말 없지예."

민규의 복잡한 심정을 대변하듯 말한다.

"식사부터 하지."

포트타워와 메리겐 파크 가의 하버랜드 쇼핑타워로 들어서기까지 누가 먼저 입을 여는지 내기라도 하듯 식당으로 들어서서 주문한 음식이 나오기까지 이어지는 침묵이다.

식사를 마치고 나오면서 민규가 음식 값을 치른다. 여느 때 같으면 민규가 치르도록 내버려두지 않던 미스 홍이다.

식당을 나선 민규는 포트타워와 메리겐 파크의 야경 거리를 지나 가로등 거리의 각기 다른 그림의 바닥을 내려다보며 걷는다. 민규의 심정처럼 항구의 바람 또한 갈망이 없다.

"앉지."

방파제에 이르러서야 민규가 입을 연다.

"……."

"……"

무거운 침묵이다.

"언제까지일 것 같던 세월이 후딱 가버렸네예."

얼마의 시간이 흘렀을까. 항구의 야경을 물끄러미 바라보고 있던 미스 홍이 혼잣말처럼 주워섬긴다.

"이별의 시간이 오고서야 세월이 참 빨랐다 싶심더. 언젠가는……. 각오하고 있었지만도……."

민규는 안쓰러운 생각에 미스 홍을 꼭 끌어안는다.

"그동안 지 행복했던 거 아십니꺼? 사랑함으로 행복했고, 지를 진심으로 대해주신 그 마음에 행복했던 기지예. 그러니까네 걱정도 마시고 마음에 두지도 마이소. 지는 회장님과의 추억 아름답게 간직하며 씩씩하게 살 테니꺼네예. 지금보다 더 씩씩하게 살아갈 테니까네예. 자신 있심더."

"그래, 고마워. 미안하다는 말도 미안해서 못하는 내 심정……."

말을 꺼내놓고 보니 알아달라는 것 같아 무안해진다.

"와 모르겠심니꺼? 우리가 그래도 남남처럼 그레 지내오지는 않았다 아임니꺼. 이렇게……."

민규는 품을 파고든 미스 홍을 힘껏 끌어안는다. 서로의 심장 박동을 들으면서 오래도록 그렇게.

"언젠가 만나는 날 잘 사는 모습 보여 주시면 돼예."

"그런 날이 오기나 할까……."

"사람 사는 일을 어에 알겠심니꺼."

역시 긍정적인 성격의 여자다.

"조카들 잘 키우고, 미스 홍도 잘 사는 그런 모습 볼 수 있다면 좋을 텐데……."

"지 그렇게 살낍니더!"

"잘 살아. 결혼도 하고."

"그런 말씀은 마이소. 안 할랍니더. 안 합니더. 못 합니더!"

미스 홍이 생파리처럼 쏘아붙이면서 포옹을 풀어버린다.

"고마 가입시더. 쓸데없는 소리나 하고! 갈 사람은 가고, 남을 사람은 남고 그러는 기지예!"

자리를 털고 일어서며 쏘아붙이는 미스 홍.

민규는 결혼에 대한 반감이 저리 심한 미스 홍이 딱하기만 하다. 자신이 홀몸이라면 미스 홍과의 결혼에 망설임이 없었을 것이다. 생활력 강하고, 정의롭고, 심성 곱고, 결혼대상으로 나무랄 구석이 없는 여자다. 그런 미스 홍이 결혼에 대한 생각이 저리 왜곡되어 있으니……. 자신 때문이 아닌가, 그런 생각도 든다.

"저 모자 어때?"

쇼윈도를 쌩쌩 지나치는 미스 홍에게 외친다.

"와 사줄 낍니꺼?"

민규를 돌아다보며 무슨 생뚱맞은 소리냐는 듯이 반문한다.

"그래. 생각해 보니 그동안 내가 사준 게 아무것도 없네?"

"그렇기는 하네예. 정히 사주고 싶으시다머……."

미스 홍이 고분고분 상가로 들어선다.

"이거 어때예?"

이것저것 둘러보다 모자 하나를 집어 들며 묻는다.

"좋아 보이는군. 써 봐."

"지 마음에도 듭니더."

거울 앞으로 다가가 모자를 쓴 미스 홍.

옅은 벽돌색에, 쑥색모자이크 채양에, 밤색 리본이 앙증맞은 게 미스 홍과 잘 어울린다.

"냄편이 사준 거라 더 좋네예."

모자를 쓴 미스 홍이 계산도 치르기 전에 흥얼거리면서 상가를 빠져나가버린다.

'저리 좋을까.'

저리 좋을까, 의 그 심중엔 깊은 아픔이 서려들어 있다. 나 같은 게 뭐라고 저리 좋아하냐는, 그러면서 스스로를 자책한다.

미스 홍으로부터 남편이라는 말이 자주 나왔을 때는 기정사실이 되어 버릴까봐 그게 염려가 되었었다. 기정사실이 되면 뺄 수가 있겠는가, 박을 수가 있겠는가. 하지만 다행스럽게도 미스 홍은 그냥 그대로 말뿐이었다. 화끈한 성격으로 보면 민규를 어떻게 해버리고도 남을 여자였다. 하지만 자신의 약속 때문이었는지 선언한 그대로 선을 넘으려하지는 않았다. 민규로서는 그게 힘든 노릇이었지만. 미스 홍이 지켜내고자 애쓰는 만큼 가까스로 버텨낼 수가 있었다. 미스 홍의 의지가 아니었다면 벌써 무너져버리고 말았을 지도 모른다. 그런 점에서 미스 홍은 별나면서도 위로가 되어 준 고마운 여자였다.

미스 홍을 붙들어 세우고는 손을 낚아챈다.

"그레 쳐다보지 마이소. 내 모를 줄 압니꺼? 부인 보고픈 맘에 기분은 들떠 있다 아임니꺼."

마음에도 없는 억지소리를 해댄다.

"그럼 생판 모른 사람처럼 돌아가자고?"

"그건 아니지예. 원수진 사이가 아니니까네. 마지막이니까네예."

민규는 꼭 그렇게 나와야 직성이 풀리나, 라는 말이 나오려다 다물어버린다. 그녀 말대로 마지막이니까.

말은 없지만, 그럼으로 더 애틋해서 전철을 타고 오는 내내 잡은 손에서는 대화 이상의 마음이 오가며 땀으로 촉촉하게 배어들어 있다.

"잘 살아."

"냄편도…… 냄편은 무슨 냄편! 이제는 마 그깟 냄편 치아삐릴랍니더."

올가미를 거두는, 그 말을 끝으로 니시나리역을 뛰쳐나가면서 손을 흔들어댔는데, 그것이 작별이었다. 환송을 한다든가 하는 따위의 언질도 주고받지 않았다. 남녀 간의, 연인 간의 이별치고는 백설의 이별이었다. 백설 같은 여자. 그 백설의 여운에 발설해낼 수 없는 가없는 사랑이 깃들어 있음을 누가 알랴.

눈물 그렁그렁한 모습을 보이지 않으려 잽싸게 돌아섰을 백설의 여자, 다시는 볼 수 없는……. 사랑스런 그대, 부디 안녕.

고별

요즘은 생활이 완전히 해이해졌다고 해야 하나, 느슨해졌다고 해야 하나, 긴장이 풀어진 느낌이다. 석호가 가지고 나간 돈이 아내한테 무사히 전해졌고, 후가모도도 이사를 해서 안정적인 생활을 해나갈 수가 있게 됐고, 이제 자수를 해서 나가기만 하면 되는 일이니 일은 잘 풀려가고 있다.

거기다 황 주사가 뜻밖에 일본 경찰 측으로부터 표장을 받았다. 꿈에도 생각 못한 경사, 하늘에서 쏟아진 날벼락, 아닌 밤중에 홍두깨, 일확천금이면 몰라도, 오늘의 일은 도무지 말로 표현이 안 되는 상황이다.

"세상 참, 오래 살고 볼 일입니다."

"오늘 같은 날이 올 줄을 누가 알기나 했겠습니까?"

"청천벽력, 이런 청천벽력이 없어요."

상인들도 그 상황이 도무지 어리둥절하여 받아들여지지가 않은 모양이었다.

왜 아니 그럴까. 상품을 들여오는데, 비싼 정품보다 값싼 모조품을 들여오다 세관에 압수되는 일이 다반사였고, 운 좋게 들여와도 팔다가 걸리는 수가 많고, 다툼이 벌어지면 경찰이 들이닥쳐 물건 압수는 물론이고 잡아가버리는 등 크고 작은 시비가 끊일 날이 없던 곳이지 않던가. 그러던 곳에 표창이라니, 더욱이 한국인에게. 일본인 이곳에서 그보다 더 뜻깊은 경사가 있을 수 있는가.

경찰이 시장을 조사한다. 황주사의 식당을 다녀갔다 해서 여간 불안에 떨었던 게 아니다. 도둑이 제발 저리다고, 불법체류자들이 많은 이곳의 특성상 그보다 더 불안한 일이 없기 때문이었다. 그런데 예상 밖으로, 아비규환 속과도 같은 이곳의 질서를 바로잡는데 도움이 되어 주었고 어려운 이들을 돕는 등, 환경을 정화하는데 공을 세웠다고 해서 니시나리 경찰서장이 표창을 준 것이니, 그저 어리둥절하기만 할 뿐이었다.

이렇게 된다면……. 민규로서는 홀가분하게……안심하고 떠날 수가 있어 여간 다행스러운 게 아니다.

"안 가십니까?"

"준비가 다 된 모양입니다."

"준비, 글쎄요……. 마사노의 준비라는 게 뭘까요?"

민규의 말에 이인직이 느물댄다.

"여자 아닙니까?"

"아이고, 여자라고요? 남자 욕실을 무시로 드나들지를 않나, 남자 앞에서도 홀라당 홀라당 벗어버리지를 않나, 그게 여자라고요?"

"그래요. 그러니 무슨 준비를 어떻게 했는지 내려가 보자는 거요."

민규가 의미심장한 마음으로 계단을 내려간다.

"몰라보겠습니다!"

감색 원피스 차림의 마사노를 보며 민규가 부러 큰 소리로 떠벌인다. 초대를 받은 것에 신경깨나 쓴 모양새다. 허긴……. 지금까지 보아온 바로 마사노가 누군가로부터 초대를 받은 일은 없었다. 그러니 초대를 받았다는 것에 저리 신경을 쓸 만도 하다.

"그래 보입니까? 모처럼 사 입었는데요."

무릎 아래로 내려온 원피스 길이가 안짱다리를 조금은 가려준 모양새다.

"좋은 날은 좋은 날이군요. 마사노 상까지 저리 나오는 걸 보니……."

경찰서로부터 표창을 받은 황 주사가 오늘 시장사람들에게 식사대접을 하겠다고 해서 마사노까지 초대를 하게 된 것이었다. 민규가 아는 마사노는 지금까지 누구로부터 초대 받은 일이 없었다. 친구도 없다. 그러니 황 주사의 초대에 저리 달뜰 만도 하다.

마사노가 어디 놀러 가는 것을 본 일도 없다. 유일하게 하는 일이 뜨개질인데, 참으로 따분하게 사는 여자라는 생각이 들곤 했다.

민규는 검정바지에 녹색 점퍼차림이고, 이인직은 베이지색 사파리에 아코디언 가방을 둘러매고 나선다. 하늘이 잔뜩 찌푸려 있지만 바람결에선 봄기운이 완연하다. 역겨워 고개를 외면하던 거리거리를 연민의 눈길로 돌아보게 되는 민규, 이곳에 온 지가 엊그제만 같은데 벌써 돌아갈 때가 되었으니……. 감회가 새롭다.

황 주사의 식당은 식사시간 전인데도 남루한 사람들이 테이블 몇 개를 차지하고 있다. 밤송이머리에 낡고 헤진 검정코트를 걸친 모습을 보지 않으려고 외면을 해버리는데, 테이블 밑의 시커먼 맨발을 보고야 만다. 민규는 밥이 제대로 넘어갈 것 같지 않아 그들을 피해 안쪽으로 들어가 둥근 테이블에 둘러앉는다.

"안녕하세요?"

이를 본 흰 앞치마 차림의 미스 황이 다가와 인사와 함께 오차를 내려놓는다.

"마사노 상도 오셨군요? 반갑습니다. 예쁘세요."

"그래 보여요? 고맙습니다, 초대해 주셔서 고맙습니다."

"음식이 입에 맞으실지 모르겠습니다."

"별말씀을 다 하십니다. 저는 뭐든 잘 먹습니다."

"아무쪼록 맛있게 드셔 주시면 감사하겠습니다."

"감사합니다, 감사합니다."

일본어로 주고받는 미스 황과 마사노의 대화가 화기애애하다.

"와 주셔서 감사합니다."

"아닙니다. 저까지 초대해 주셔서 감사합니다."

황 주사도 마사노를 반긴다.

"미스 황, 잘 돼 가죠?"

"그렇죠. 그런데 회장님이 가시고 나면 많이 허전할 건데 어쩐다죠?"

"어쩌긴! 결혼하면 신혼재미에 깨가 쏟아질 건데."

민규와 미스 황의 대화에 이인직이 끼어든다.

"신혼요? 결혼해도 이곳에 나와야 돼요."

"그럼 결혼한 따님을 이곳에 나오게 한단 말예요? 그건 좀 너무하지 않소!"

이인직이 황 주사를 쳐다보며 발끈한다.

"이곳이 어때서요?"

펄쩍 뛰는 미스 황.

아버지의 뜻에 반기를 들 줄 알았던 미스 황이 저리 나오다니? 어이가 없다. 지독한 봉사정신. 그 아버지에 그 딸이라는 생각이 든다.

"내가 초를 쳤다면 미안하오, 미스 황."

"아니에요. 음악을 하신 분이라 솔직해서 좋죠."

"네 말이 맞다. 음악이라는 자체가 솔직한 것 아니겠니? 선이니까. 그래서 노래를 하거나 음악을 들으면 마음이 행복하고 즐거워지는 거지."

"그래요. 선이든 뭐든 간에 황 주사님 말씀처럼 연주하는 동안은 그 자체가 행복이에요. 그 순간엔 아무런 생각도 들지 않으니까요. 그야말로 무아지경인 거죠."

"음악이 인간의 심성을 맑게 해주니까요."

"그래서인지 음악 싫다는 사람은 없는 것 같아요. 애, 어른, 국적을 불문하고 연주를 하거나 노래를 하면 즐거워들 하잖아요."

그때 남자 종업원이 주문한 음식을 가져다 놓으며 맛있게 드시라는 인사를 곁들이고 간다.

"그런데 시장 사람들이 안 보이는군요. 이 사람들 왜 여태 안 오지?"

"아, 예, 오지 않을 겁니다."

"안 온다고요!"

민규가 어리둥절해한다. 시장에 무슨 일이 벌어졌나 싶은 것이다.

"놀랄 일은 아니고, 이 식당의 좌석이 모자랄 것이라며 양보하기로 했다는군요. 생각이 깊지 않습니까. 그래서 제가 날을 잡아서 따로 모시기로 했습니다. 갑자기 연락이 오는 바람에 회장님께 알려 드리지를 못했군요. 그러니 걱정 마시고 편안한 마음으로 드세요."

"그리 된 거군요."

"양보를 했다……. 시장이 확실히 달라졌어요. 어쨌든 보기가 좋습니다. 훈훈하지 않습니까. 그런데 말입니다. 황 주사님은 일도 안 한 저 거지들을 무엇 때문에 거두고 계시는 겁니까?"

이인직이 엉뚱한 곳으로 화제를 돌린다.

"조용히 말씀하세요. 듣습니다."

황 주사가 주위를 흘낏 돌아보며 소리를 죽여 말한다.

"불쌍하잖소. 그렇게 될 수밖에 없는 이들이 있고, 누군가 거두지 않으면 안 되는 사람들도 있고……."

여전히 속삭이듯 말한다.

"그래도 저는 도무지 이해가 되지 않습니다."

이인직이 머리를 내젓는다.

"그래서 저도……."

그러자 마사노가 별안간 말문을 열고 나선다. 모두의 시선이 그녀에게로 쏠린다.

"박 상이 조국으로 돌아가고, 후가모도도 아이들과 함께 살게 되어 나가게 되고……. 이 상만 남게 됩니다. 그래서……."

무슨 말이 나오려나. 모두가 그런 눈빛들이다.

"전에는 일본인에게만 방을 주어왔지요. 그런데 지금에 와서 보니까 제가 속 좁은 짓을 해왔다는 사실을 알게 됐지요. 국적 상관하지 않고 모든 사람들을 돌보는 황 주사님 같은 분이 계신데……. 황 주지사님을 보면서 제 행동이 부끄러웠습니다. 그래서 이제는 한국인들에게도 방을 내주려 합니다. 황 주사님과 이 상이 추천해주시는 분이라면 누구든……."

다른 외국인은 받지 않고 한국인만 받겠다는 것 아닌가. 마사노의 생각은 거기까지인 것 같다.

"그렇게 마음을 열기도 쉽지 않으셨을 텐데. 대단하십니다."

황 주사가 추켜세우고 나선다.

"황 주사님한테서 깨달은 게 많습니다."

"어쨌든 반가운 일입니다. 회장님이 가시고 나서도 한국 사람과 있게 되었으니 저로서는 여간 좋은 게 아니죠. 이제부터 같이 있을 사람을 물색해봐야겠는데요?"

민규와 마사노의 말에 이인직이 신바람을 내고, 황주사의 입도 귀에 걸린 표정이다.

민규는 저 사람은 이 거지굴속 같은데서 무엇이 좋아 저리 웃음을 달고 사나, 황 주사를 볼 때마다 그런 생각이 들곤 했다.

황 주사님 같은 분은 아마도 이 세상엔 없을 겁니다."

"무슨 그런 말씀을. 음악으로 그 많은 사람들에게 위안을 주고, 하나로 뭉치게 하신 분이……."

"음악이야 제가 좋아한 것이지요. 저 좋아한 걸 가지고 거기에 어쩌고저쩌고 하시는 말씀은 쑥스럽습니다."

처지는 달라도 서로가 서로를 존중해주는 모습이 보기 좋다.

"각자의 바른 행동 하나가 애국인 거지, 그런 거창한 말이 무슨 필요가 있습니까. 시장을 개선시켜놓은 박 회장님이나 음악을 통해 하나로 뭉치게 한 이 선생 모두 그게 보통 애국입니까. 말로는 쉽지만 행동으로 실천한다는 건 쉽지가 않아요."

황 주사의 미소 뒤로 애잔함이 어려 든다.

"이런! 마사노 상 앞에서 알아듣지도 못하는 말만 늘어놓았습니다. 죄송합니다. 밥 다 식겠습니다. 어서 드십시오."

그 사이에 식당은 사람들로 꽉 들어차 있고, 미스 황을 비롯한 종업원들의 움직임이 바빠졌다.

"마사노 상. 모처럼의 외식인데, 맛있게 드세요."

"네 감사히 먹겠습니다."

"자 드십시다."

"그런데 말이죠, 황 주사님은 이 일을 언제까지 하실 작정이십니까."

식사를 하다말고 이인직이 뚱딴지같은 질문을 던진다.

"언제까지라니요. 우리가 하지 않으면 저들을 누가 거두겠습니까? 몸이 허락하는 한 해야지요. 내가 못하면 딸애가 할 것이고. 인간이 세상에 나올 때는 저마다 소임을 가지고 나온다고 하는데 내가 가지고 나온 소임은 이것이 아닌가 합니다."

황 주사의 말에 민규는 고개가 절로 숙여진다.

"인간은 모두가 다 같다고 생각해야 돼요. 벗어 봐요. 뭐 다를 게 있나. 마음도 마찬가지예요. 누구든 따뜻한 정을 주고받으며 살고 싶어 하죠. 반면에 욕심이라는 것이 있긴 한데 그건 어떻게 다스리느냐에 따라 인생이 좌우되는 것이고요. 이 세상에 사는 동안 잠깐 사용하다 돌아간다고 생각하면 그게 바로 도인 아니겠습니까. 죽을 때 가지고 갈 것처럼 욕심들을 부리지만……. 가져간 사람 봤습니까? 어떤 일을 하던 즐거운 마음으로 하면 되는 거지, 욕심을 부려 행복해지는 건 아니지 않습니까."

어디에서도 들어볼 수 없는 황 주사의 주옥같은 말, 듣는 것만으로도 마음이 정화가 된다.

"공자 앞에 문자 쓴다고 두 분께 내가 공연한 소리를 했나 봅니다."

"별말씀을요. 저희는 황 선생님의 그 의지에 큰 깨달음을 얻습니다."

민규의 말에 황 주사는 겸연쩍어 하면서도 흐뭇해하는 표정이다.

"돌아갈 날은 정하셨나요?"

"자수부터 해야겠죠."

"그래야겠지요. 회장님 가시고 나면 쓸쓸해서 어쩐다죠."

"가는 저도 그러지 않겠습니까."

"어쨌든 귀국을 축하드립니다. 가서서 자리 잡히시면 다녀가시고요."

"그래요. 그동안 고마웠어요."

"제가 뭘 했게요?"

미스 황이 얼굴을 붉히며 다른 테이블의 손님들에게로 쫓아간다.

"이곳 니시나리 시장이 이마만큼 변화가 될 줄 어찌 상상이나 했겠습니까. 그동안 고생이 많으셨어요. 여기 일은 걱정 마시고 돌아가셔서 하시게 될 사업에만 전념하세요. 이곳에서 시장을 변화시킨 그 저력이시면 무엇인들 못하시겠습니까? 가셔서 자리 잡히면 다녀가시고요."

"당연히 그래야지요."

민규는 황 주사를 향해 머리를 숙인다.

"누구보다도 마사노 상이 서운하시겠습니다?"

"그렇습니다. 그나마 이 상이 남게 돼서 다행이긴 하지만요……."

"그렇군요."

작별인사를 나누고 시장으로 오는데 상인들은 주변을 깨끗이 정리를 해놓고 기다리는 모습들이다.

"양보했다는 말 황 주사님으로부터 들었네. 모두들 고맙구먼."

"오늘은 늦었으니 그냥 들어가 쉬세요. 오늘 연주는 없을 것이라고 모두 들어가시라고 했습니다."

"그랬는가? 잘했군, 잘했군. 그러게 내 친구라~지."

이인직이 석호의 어깨를 툭툭 친다.

융통성 없고 직선적인 성격에 때론 마땅치가 않았다. 뭐 저런 인간이 다 있나 싶기도 했다. 그런데 막상 겪고 보니 정직한가 하면 부드러우면서 강직하고, 재치도 있으면서 저렇듯 유머러스하기도 한 사람이었다.

만남과 헤어짐

후가모도가 이사를 했다고 해서 한국식으로 가루비누를 사가지고 가게 되었는데, 이삿짐이라야 가구도 없이 잡다한 살림 도구들뿐이었다. 다행이 아들과 딸 두 남매는 착해보였고, 아들은 후가모도를 닮아 투박한데 반해 딸은 곱상한 게 엄마를 닮은 모양이었다. 어쨌거나 후가모도 한 사람이 빠져나갔을 뿐인데도 마사노의 집이 휑뎅그렁한 느낌이다. 드는 자리는 없어도 나는 자리는 있다더니……. 실감이 난다.

오늘은 상인들의 초대라고 해서 시장으로 나왔다. 6시가 되지도 않았는데 서둘러서 짐들을 꾸려놓고 있다.

"회장님이 떠나시면 여기는 어쩝니까?"

언청이 최 씨가 윗입술을 들썩이며 서운해 하는 표정이다.

"어디 저 혼자 해왔나요? 많은 분들이 계시잖습니까."

"그래도 그렇지. 어디 회장님만 합니까?"

"그런 말씀 하시면 안 돼요. 누가 들으면 서운해 해요."

넌지시 건네는 민규의 말에 최 씨가 머뭇머뭇 물러선다.

홍 여사도 있는데 미스 홍은 보이지 않는다. 그녀는 돌아갔고, 민규가 떠나는 걸 보지 않으려 부러 들어오지 않을 것이다.

"가시죠."

"사람들이 왔다가 없으면 서운해 하지 않겠어요?"

"집을 몰라 몬 찾아오시겠습니꺼. 퍼뜩 가입시더."

민규가 처음 왔을 때 대판 싸움을 벌이던 박 여사가 서두르고 나선다.

상인이 아닌 다른 세 사람도 있지만, 상인들은 개의치 않고 차가운 바람에 밀리듯 석호의 아파트로 몰려간다.

"헤어진다는 건 슬픈 일이지요. 지금까지 숫한 헤어짐을 가져봤지만 슬프지 않은 때가 없더구만요. 혹자는 만났다 헤어짐이 예술이라고 하던데……. 그게 어떻게 예술이 될 수 있어요? 난 이해가 안 돼요."

"글쎄……. 예술은 모르겠고, 작품은 되지 싶소. 만났다 헤어진다는 그 자체가 어렵게 이루어진다는 점에서."

"무슨 말들을 하고 있는 것인지! 우린 그런 유식한 말은 모르겠고, 사람이란 만났다가 헤어지는 것이 인지상정인 거지 뭐."

"그렇기는 하지만……. 만남을 장담할 수 없으니……. 그게 애석한 노릇인 거지요."

"맞소."

민규 자신을 두고 하는 말들을 들으며 주변을 둘러보는데 건물과 도로와 우중충한 하늘까지도 새삼스러워 보인다. 석호의 아파트도 이것으로 마지막이라는 사실에 코끝이 찡하다.

석호와 최 군이 끌고 올라온 짐들은 복도에 쌓아두고 모두들 방으로 들어선다. 좁은 현관엔 벗어놓은 신발들로 복잡하고, 아파트는 이십여 명의 사람들로 빼곡하다.

"송별회는 별도로 있겠습니다만, 뭉침회로서는 사실상 오늘로써 마지막 회의가 되겠습니다. 이 뜻깊은 시간에 회장님께 한 말씀 부탁드리겠습니다."

석호는 선 채로 벽에 기대고 있고, 민규는 조심스레 앞으로 나선다.

"먼저……."

말을 하려니 코끝이 찡하다.

"한 일이 별로 없는 저를 위해 이같이 시간을 마련해주시니 감사할 따름입니다. 그간 모두들 고생 많으셨고요, 여러분들의 협조가 없었던들 시장이 어찌 오늘과 같이 변모될 수 있었겠습니까. 지금처럼만 하신다면 앞으로도 한국인들에 대한 이미지는 훨씬 좋아질 것이라 생각됩니다. 여러분들과 함께 했던 그 고난의 시간들이 저나 여러분들에게 값진 자산이 되었습니다. 앞으로 보다 나은 시장의 발전을 기대하며 모두에게 감사를 드립니다."

민규의 말이 끝나자 박수가 터져 나온다. 그렇게 한동안 이어지는 박수.

"감사합니다, 감사합니다."

끊이지 않은 박수갈채 속에 민규가 머리를 조아린다.

상인들은 초대 회장인 민규를 명예회장으로 추대하고는 민규의 추천으로 이인직을 회장에 역임하도록 한다. 다음으로 남자 측 총무로 최 군이 선출되고, 여자 측은 홍 여사가 그대로 연임이 된다.

"자 그럼 회의는 이것으로 마치고 나 씨의 식당으로 가십시다."

"잠깐!"

석호의 말이 끝나고 상인들이 일어서려는 걸 민규가 주저앉힌다.

"한 가지 당부말씀드리고자 합니다. 오늘은 술 없이 조촐한 식사자리가 되었으면 합니다. 그리 해 주시겠습니까?"

박 노인을 떠나보낼 때의 송별회가 떠올라서다. 불상사가 난 건 아니었지만 너무 많이들 마시는 바람에 돌아가는 모양새들이 곱지가 않아서다.

"그때의 일 때문인 모양이구먼."

"그려. 즐겁게 마시는 것도 좋지만, 지나치면 좋지 않거든."

"그래예. 그리 하입시더."

민규의 당부를 받아들인 상인들은 나 씨의 한식식당에서 조촐한 식사자리를 갖은 다음, 시장에서 이인직의 연주를 듣기로 한다.

바라는 바대로 술이 없는 식사자리가 된 것이다. 아예, 술을 치워버렸다.

시장에는 벌써부터 사람들 몇이 기다리고 있었다.

"최 군도 하모니카를 같이 불면 어떻겠소?"

민규가 이인직의 의견을 묻는다.

"여태 해오던 걸 새삼스레 그게 무슨 소리요?"

이인직이 옆에 있는 최 군의 손을 잡고 흔들어댄다.

음악은 민규와의 이별을 아쉬워하는 석별로부터 시작이 된다.

시간이 감에 따라 사람들이 모여들고, 민규와 함께 하는 마지막 연주가 골목골목으로 스며들어간다.

"애 많이 쓰셨습니다."

　연주는 11시가 지나서야 끝이 나고, 혼신을 다한 이인직의 모습에 민규가 감사해하며 손을 잡고 흔들어댄다.

"그래요. 전라도 말로 오늘은 특별히 애 좀 썼습니다."

"섭섭해서 어쩐 다요?"

"모두가 다 그렇지."

"만난 지 엊그제 같은데……. 세월 참 빠르지예."

"그르게나 말여."

"이제 헤어지며 언제 만날 수나 있겠십니꺼?"

"제가 오면 되죠."

"말이 쉽제. 살다보며 오기가 쉽겠습니꺼?"

"그래예. 어쨌든 가가 잘 사이소. 돈도 많이 벌고예."

　민규와 상인들 간에 작별인사가 아쉬움으로 많이 길어졌다.

　상인들과 작별을 마친 민규가 이인직과 후가모도에게로 온다.

"저도 마사노 상 댁으로 같이 가겠습니다."

"그래요?"

"우리야 좋지만 내일 일을 나가야 되잖소?"

"언제 만나겠다고 이런 때 일을 나가겠습니까?"

"그래도 그렇지!"

　후가모도는 하루라도 쉬어서는 안 되리만치 생활이 팍팍하다.

그럼에도 민규와의 마지막을 함께 하겠다는 것이니……. 마음이 짠하다.

"잠깐만요."

이인직이 24시 편의점으로 뛰어가면서 소리친다.

"오늘 같은 날 술 한 잔 안 할 수 있소?"

이인직이 들고 온 비닐봉지를 흔들어댄다.

늦은 밤 발소리를 죽어가며 골목으로 걸어가는데 희미한 가로 등 아래서 마사노가 기다리고 있다.

떠난다고 생각하니 을씨년스럽기만 하던 마사노의 집이 이제는 추억의 장소가 되지 않을까, 그리 생각하니 가슴이 먹먹해진다. 자고새기를 6년여 동안 해왔으니……. 짧지 않은 세월이다.

마사노가 먼저 들어서서 전기 스위치를 올린다. 마사노는 환하 게 밝아진 응접실에 탁자를 가운데다 끌어다놓고, 이인직은 탁 자 위에 캔 맥주 통들과 마른 생선 안주와 과자봉지들을 꺼내놓 는다.

"앉으세요."

냉랭하고 싸늘하던 마사노가 요즘은 퍽이나 사근사근하다. 뭐 가 잘못 된 게 않았나 싶으리만치.

"한 집안 식구로 살아왔는데……."

마사노의 표정이 침통하다.

"모두가 떠나가니……. 아쉽고, 섭섭하고, 그렇습니다."

촉촉해진 눈 가장자리를 손등으로 훔쳐 내기까지 한다.

"마사노 상이야 여전히 저와 함께 살게 돼서 좋고, 후가모도는 아이들과 함께 살게 돼서 좋고, 박 형은 가족의 품으로 돌아가게 돼서 좋고, 그러니 모두들 다 잘 된 거 아니오? 섭섭해 할 것이 아니라 축배를 들어야지요. 그런 의미에서 건배를 하십시다."

"듣고 보니 그러네요."

마사노가 살포시 미소를 지어 보인다.

"마사노 상! 오늘따라 참 예쁘십니다."

"놀리시는 겁니까?"

이인직의 의미심장한 말투에 마사노가 토끼눈으로 돌아본다.

"좋다는 말씀이지요! 그런 의미에서 건배!"

이인직이 캔 맥주를 집어 들어 선창으로 건배를 외치고, 복창으로 화답하며 캔 맥주를 들이킨다.

오랜만에 마셔보는 맥주다. 쌉싸래한 맥주가 들어감에 따라 기분이 알딸딸해진다.

"술을 잘 하십니다 그려?"

이인직이 마사노에게 장난조로 던져 붙인다.

"조금은 합니다."

"세 통이 조금이라고요?"

이인직의 말마따나 민규가 보기에도 마실수록 얼굴이 창백해져 가는 것이 보통 실력으로 보이지 않는다.

"저로서도 마사노 상이 술 하시는 건 처음 보는데요?"

"섭섭하잖아요."

섭섭하다는 말, 거짓이 아님을 마사노의 표정이 말해주고 있다.

차갑기만 하던 마사노, 민규는 마사노의 집으로 처음 오던 때를 떠올리고, 이인직은 남게 되었으니 앞으로 잘해보자며 마사노의 맥주통과 부딪고, 후가모도는 좋은 사람들을 만나 좋았다며 한국에 가보고 싶다고 늘어놓는다.

"사실은 잠이 오지 않을 때면 잠자리에 들기 전에 조금씩 마시기는 했어요. 그러다보니 주량이 세 통 정도가 되었나보데요."

이인직은 마사노의 말에 머리를 갸웃하고, 민규도 모를 일이다 싶어 도리질을 친다.

거기다 남자들 앞에서 실오라기 하나 걸치지 않은 알몸으로 스스럼이 없는 행동은 뭐라 해야 되나. 마사노가 설명해주지 않은 한 그건 영원한 숙제일 수밖에 없다. 그녀가 털어놓아 주지 않은 한.

"더 마시겠습니까?"

이인직이 모두를 돌아보며 묻는다. 벽시계가 2시를 가리키고 있다.

"술이 없잖습니까."

마사노가 반문하고 나선다.

"더 마시겠다면 사오지요."

"저는……."

후가모도가 손사래를 친다.

"이 형은?"

"저도 피곤해서 안 되겠는데요……."

"마사노 상! 다들 안 마시겠다는데요?"

"마사노 상, 더 마실 뜻이 없다는데요……."

"됐습니다. 저도 술이 마시고 싶어 그러는 게 아니라……. 분위기가……. 섭섭해서 그러는 거죠."

마사노의 제스처에 취기가 있어 보인다.

"그러시다면……. 된 것으로 하겠습니다."

민규가 정리를 하고 나선다.

더 마셔봐야 그 얘기가 그 얘기이고, 초저녁잠이 많은 후가모도는 더 견뎌 내지를 못할 것이다.

"아쉽지만 이것으로……."

추방

　경찰은 민규를 죄인취급해가며 공항에 인계를 했고, 공항 측에서도 낱낱이 조사를 했다. 장시간에 걸쳐 조사를 하고는 비행기 안에까지 데리고 와 자리에 앉는 것을 확인하고서야 돌아갔다.
　"완전한 죄인이구먼."
　마지막으로 탑승한 자신에게 쏠리는 승객들의 눈초리가 따가웠다.

　죄인일 수밖에 없는 것이……. 일본의 법을 어긴거니까.
　죄인 취급 받은 대가가 고스란히 돈으로 전달되었으니 억울할 건 없다.
　창밖으로 시선을 던진다. 밖은 자신이 치러낸 치욕들과 상관없이 활주로 잔디밭으로 쏟아져 내리는 햇살에 눈이 부시다. 그간의 고초들이 꿈속인양 이다지 한가로운 세상이 펼쳐져 있고, 자신도 이제 그 세상 속으로 합류해 들어간다고 생각하니 가슴이 벅차오른다.
　비행기의 동체가 서서히 움직이다가 고공으로 기분 좋게 솟아오른다.
　경찰은 그동안 번 돈의 행방을 집요하게 캐물었다. 술과 파친코로 다 날려버렸다고 해도 곧이들으려 하지를 않았다. 그러다 끝내 밝혀낼 방법이 없고 더 이상 추궁할 수가 없게 되자 포기를 해버렸다. 돈을 지니고 있었다면 몽땅 압수당해버리고 말았을 일이다. 일본인이었지만 번 돈을 꼬박꼬박 챙겨준 마사노가 그렇게 고마울 수가 없다.

사람이란 장단점이 있게 마련이다. 하지만 마사노는 남에게 피해가 되는 그런 단점은 아니다. 다만 인상이나 성격이 차갑다든가, 남자 앞에서 거리낌없이 홀라당 옷을 벗어버린다든가 하는 것이니. 그보다는 정직한 생활태도가 훨씬 더 좋은 장점이라고 해야 할 것이다.

이인직이 끝내 모르는 게 있다. 홍 여사의 문제로 미스 홍이 찾아오던 날 밤의 일을. 숨길 일이 있었던 것은 아니지만 굳이 털어놓아 놀림 당하고 싶지 않았던 것이다. 게다가 그 좋은 기회를 놓쳐버렸느냐며 비아냥댔을 것이니까.

황 주사의 식당을 경찰이 다녀갔다. 시장을 다녀간 건 사전 답사라는 생각이 들었다. 경찰이 한국인이라는 말을 했다는 것과, 한국인이 모이면 뭐가 달라도 다르다는 말에서 어떤 내막이 있지 않겠나 싶었다.

도둑이 제발 저리다고, 경찰이 황 주사의 식당을 다녀갔다는 사실에 상인들은 불안에 떨었다. 법의 잣대를 들이대면 걸리지 않을 상인들이 별로 없을 것이기 때문이다.

그날 불안한 마음에 미스 홍이 민규를 찾아왔고, 그 밤을 미스 홍과 함께 보냈던 것이다.

"전에도 그런 일이 있었다 아임니꺼? 그래가 물건 다 압수당했지예. 그래 가 오늘은 집으로 안 오고, 물건 싸들고 상인들 모두 호텔로 갔을 낍니더."

그날 두려워하는 미스 홍을 혼자 보낼 수가 없어 숙소까지 바래다주었다.

"내일 알아볼 테니 걱정 말고 쉬어."

"이 상황에서 지를 혼자 놔두고 간다꼬예?"

돌아서려는 것에 울먹이는 미스 홍.

그날따라 그녀의 연하늘색 원피스 차림이 가냘파 보였다. 그날은 당차고 발랄하던 미스 홍이 아니었다. 단교를 선언하며 다부지게 쏘아붙이던 당당함도 없이 가녀린 여자에 불과했다. 그런 그녀를 혼자 내버려 두고 돌아선다는 게 남자로서 할 짓이 아닌 것 같았다.

그녀를 따라 맨션 밖으로 난 철제 계단을 올라 이 층 복도로 들어섰다. 그녀가 현관문을 따고 들어가면서 전기스위치를 올렸다.

목재 거실바닥, 다다미방, 욕실, 화장실, 거실 등. 주방과 한쪽으로 붙박이장이 딸린 아담한 구조였다.

"잠깐만예."

그녀가 방으로 들어가면서 문을 닫았다. 안에서 옷을 갈아입는 그녀의 모습이 유리창 실루엣으로 너울거렸다.

"이제 가도 되겠지?"

민규는 바지와 티셔츠 차림으로 나온 미스 홍에게 동의를 구하듯이 물었다.

"너무하는 거 아입니꺼? 지가 사람 잡아묵는 이무기라도 됩니꺼?"

그러더니 창가로 가서는 오렌지색 커튼을 드르륵 잡아당겼다.

"남들이 보는 건 그렇지예?"

미스 홍의 그 행동에 뭔지 모를 불안이 일었다.

"집에 들어온 거 봤으니까 나는……."

민규는 그곳을 빠져나와야겠다는 생각만 들었다.

"민규 씨가 이러는 거 지가 모를 줄 압니꺼? 지는 당장 헤어져도 후회 같은 거 엄써예. 요구하는 것도 엄써예. 지가 선언했잖아예. 그란데 뭐가 겁난다 말입니꺼. 그러니까네……. 그런 걱정 붙들어 매고 새벽에 가이소. 그때는 안 붙들테니까네예."

그렇게까지 나오는 여자를 뿌리치고 나올 명분이 없었다. 되려 미안하고 가엾게만 보였다.

"미안해."

진심이었다. 철저하게 자신이 너무 이기적이었다는 생각이 들었다.

"내가 못나서……."

미스 홍을 끌어안았다. 힘껏 끌어안았다. 으스러지도록 끌어안았다. 그녀도 필사적으로 파고들었다.

그러다 그녀로서도 끓어오르는 욕정을 어찌할 줄 몰라 하는 것에 정신이 번쩍 들었다. 이러다가 무너지면…… 지금까지 자제해 온 모든 게 허사가 되고 만다.

"안 되겠다 가야지."

몸을 푼 민규가 튕기듯 일어섰다.

"겁쟁이가 따로 없네예."

그러거나 말거나 밖으로 뛰쳐나가 버렸는데 스스로도 우스운 꼴이었다.

"알았으니까네 들어가예."

"아니……. 갈게."

"알았다 안 캅니꺼? 제가 해드린 밥이나 한 끼 들고 가이소. 언제 이런 날이 오겠십니꺼."

그렇게까지 나오는데 그마저 뿌리칠 면목이 없었다.

민규는 미스 홍을 방으로 들여보내고, 자신은 거실 소파에 자리를 잡았다.

그러다 깊은 잠이 들었던가.

"일어났어예?"

떨그럭거리는 소리에 눈이 떠진 민규에게 청색 바지에 미색 티셔츠 차림의 미스 홍이 긴 머리를 뒤로 묶은 모습으로 다가왔다. 순간, 신혼부부 같은 느낌이 들었다.

"혹시 코골지 않았나?"

"쪼매는 곯습디더. 그 정도는 누구나 곤다 아입니꺼."

쑥스러운 질문이었는데 다행이다 싶었다. 대부분 자신의 코골이에 대해서는 알지를 못하니까.

"식사 하셔야지예. 세수하고 오이소."

욕실 겸 화장실엔 수건과 비누가 새것으로 준비되어 있었다.

세수를 마치고 나온 민규는 식탁에 차려진 음식들에 그만 눈이 휘둥그레졌다.

국이며, 생선찌개며, 김치, 깍두기, 그 외 반찬들이 보통의 음식이 아니었던 것이다. 민규가 일본에 있으면서 그와 같이 갖춰진 한정식 밥상을 받아보기는 처음이었다.

"이게 다……?"

벌어진 입을 다물지 못했다.

"지가 만들었냐 그기지예? 지가 했심더."

"어느 결에……."

"민규 씨 잠든 사이에 가만가만 했다 아입니꺼. 언니가 사다놓은 재료들을 총동원 해가지고예. 떠날 임을 위해……. 오늘 아이머 언제 이런 날이 올끼라꼬예. 그래가 했지예. 솜씨는 없찌만도 엄청 정성을 들인거니까네 맛나게 드시기나 하이소."

그러면서 다소곳이 붉어진 얼굴.

민규는 미스 홍의 또 다른 모습이 놀라웠다.

생각지도 않게 박 노인의 간호를 자처하고 나섰던 미스 홍. 그녀의 그 극진한 간호에 상인들 모두가 감탄해 마지 않던가. 그런 그녀가 차려 내놓은 음식이라니.

민규는 목이 멨다.

그날 그렇게 목멘 밥을 먹었고, 그녀에게 도무지 무엇을 어찌 해줄 수 없는 자괴감에서 돌아서고 말았던 것이니…….

"행복하이소. 가끔……. 아주 가끔 전화라도……. 아, 아이지예. 그럴 거 없지예. 마 됐심더. 마 잘 가이소."